# MEISTER DER RACHE

GÖTTER VON VEGAS
BUCH DREI

SIENNA SNOW

# MEISTER DER RACHE

## GÖTTER VON VEGAS - 3

VON SIENNA SNOW

Ins Deutsche übertragen von Michael Krug

# 1

Henna

»OH GOTT, was hab ich letzte Nacht getan?« Ich stöhnte leise, als die Sonne mein Gesicht erfasste und mich die Augen zusammenkneifen ließ.

Sonst vergaß ich nie, die Verdunkelungsvorhänge zu schließen. So viel konnte ich nicht getrunken haben.

Ich verlagerte auf dem Bett das Gewicht und wimmerte. Alles tat mir weh. Der Rücken, die Arme, die ... An der Stelle ereilte mich eine Erkenntnis.

Als ich mich auf die Seite drehte, schlief neben mir der zugleich atemberaubendste und ärgerlichste Mann, den ich je kennengelernt hatte.

Oh Gott, das konnte ich nicht wirklich getan haben.

Nur verrieten mir das Unbehagen und die Erregung

zwischen meinen Beinen, dass ich sehr wohl getan hatte. Mehrmals, wie ich mich plötzlich erinnerte.

*Scheiße, Scheiße, Scheiße.* Was zum Teufel hatte ich mir dabei gedacht, mit Zacharias Lykaios ins Bett zu steigen?

Er war der Feind.

Heiß wie die Hölle mit einem sündhaften Körper. Trotzdem ein Feind.

Es hätte am Pokertisch enden sollen wie bisher immer. Gewinnen, sein Geld nehmen, flirten und gehen.

Wie bei den meisten Pokerabenden mit hohem Einsatz waren wir beide die Letzten am Tisch. Die anderen Teilnehmer waren bereits vor Stunden ausgestiegen. Ich wollte gerade mitgehen, als Zack den Pott um eine Nacht ergänzt hat, die ich nie vergessen würde. Es war eine Mutprobe. Er wusste, dass er verlieren würde, und er wollte, dass ich meinen Gewinn einforderte. Also habe ich ihn mit einer Nacht überboten, in der er mit mir anstellen dürfte, was er wollte. An der Stelle hatten seine Augen aufgeleuchtet, und er hatte die Karten auf den Tisch gelegt.

Royal Flush.

Er hatte mich überlistet. Es war sein erster Sieg gegen mich in mehr als sechs Monaten.

Als er mir die Hand entgegenstreckte, legte ich die Finger hinein und folgte ihm aus dem Pokerraum.

Dabei musterte ich sein Gesicht und widerstand dem Drang, seine bartstoppelige Kieferpartie zu streicheln. Dunkles Haar, eine Frisur, die ihn zugleich jung und doch professionell wirken ließ, ein Gesicht wie von griechischen Göttern modelliert, dazu der Körper eines Kriegers mit schlanken, definierten Muskeln. Dann waren da noch die Tätowierungen, die er unter den maßgeschneiderten Anzügen versteckte.

Ich musste aufhören, ihn anzuglotzen, und mich stattdessen schleunigst absetzen.

Verdammt, wo war ich eigentlich?

Ich hob den Kopf.

Der Raum war in Grautönen gehalten, mit blauen und schwarzen Akzenten. Äußerst maskulin.

Zacks Penthouse. Im *Aegis*.

Einfach großartig.

Es gab keine Möglichkeit, das Hotel zu verlassen, ohne dass mich jemand bemerkte. Dafür war ich zu bekannt.

Ich schlängelte mich aus dem Bett. Dabei bemerkte ich die am Kopfteil befestigten Seidenbänder.

Hitze stieg mir in die Wangen. Zack hatte es tatsächlich geschafft, mir eine Nacht zu schenken, die ich nicht vergessen würde, und ich hatte ihn mit mir machen lassen, was er wollte.

Mein Körper vibrierte und wollte die Nacht noch einmal erleben.

Das war so was von übel.

Ich verdrängte den Gedanken und begann, den Boden nach meinen Sachen abzusuchen. Als ich mein Kleid fand, erwies es sich als in der Mitte zerrissen. Die Erinnerung an Zacks leidenschaftliche Hände stieg aus meinem Gedächtnis auf. Er hatte ungeduldig versucht, die Knöpfe auf der Rückseite meines Kleids zu öffnen, bevor er es aufgab und mir das perlenbesetzte Stück einfach vom Leib riss.

Wir hatten es so eilig gehabt, uns zu entblößen, dass wir es nicht mal bis zum Bett geschafft hatten. Es war geil, schweißtreibend und alles verzehrend gewesen.

Rasch biss ich mir auf die Unterlippe, als ein Stöhnen aus meinem Mund zu dringen drohte.

*Reiß dich zusammen, Henna.*

Ich stürmte in Zacks begehbaren Schrank, riss ein T-Shirt heraus und streifte es über, bevor ich in den Schubladen wühlte, bis ich eine Jogginghose fand. Ich musste den Bund einrollen und verknoten, damit mir das Teil nicht runterrutschte. Mehr konnte ich nicht tun. Der Mann war doppelt so groß wie ich.

Auf Zehenspitzen schlich ich aus dem Schlafzimmer und entdeckte sowohl meine Handtasche als auch meine High Heels im Flur der Diele des Penthouse-Apartments. Ich schlüpfte in die Schuhe, schnappte mir meine Clutch und trat den Weg zu Zacks Privataufzug an.

Seufzend warf ich einen letzten Blick über die Schulter in Richtung seines Schlafzimmers. Wenn nur die Umstände anders wären.

Dann stieg ich mit dem Wissen in den Fahrstuhl, dass ich mich früher oder später mit den Nachwehen einer unbesonnenen Nacht auseinandersetzen müssen würde.

Ich brauchte gut 45 Minuten, um es zurück zu mir nach Hause zu schaffen. In meinen tausend Dollar teuren Stöckelschuhen und Zacks Trainingsklamotten sah ich lächerlich aus. Aber es schien niemandem aufzufallen. Oder falls doch, ließ es sich zumindest niemand anmerken. Hoffentlich brachte mich niemand mit der stets tadellos gekleideten, professionellen Henna Anthony in Verbindung.

Zum Glück hatte mich Brandon, mein Fahrer, Bodyguard und Haushälter in Personalunion, direkt am Hintereingang der Casinoseite des *Aegis* erwartet. Ohne über meine verrückte Aufmachung mit der Wimper zu zucken, fuhr er mich nach Hause.

»Brauchen Sie mich später noch für den üblichen Tagesablauf oder nehmen Sie sich heute frei? Ist eine Schande, dass Sie nie das schöne Haus genießen, das Sie sich haben bauen lassen.«

Ich wünschte tatsächlich, ich könnte mir den Tag frei nehmen. In meiner Welt gehörten Schlaf, Ruhe und Spaß zu den Dingen, die ich nicht erwarten durfte. Hie und da ein paar abgezweigte Stunden mit meinen besten Freundinnen waren das Höchste der Gefühle. Meine Aufgabe bestand darin, andere zu unterhalten, von Collegestudenten, die Dampf ablassen wollten, bis hin zu Ölmilliardären aus dem Nahen Osten.

»Du weißt ja, wer rastet, der rostet. Heute Abend haben wir ein paar dicke Fische zu Gast, und sie erwarten eine persönliche Begrüßung.«

Brandon schüttelte den Kopf. Er war gutaussehend,

1,95 Meter groß und hatte grau meliertes Haar. Außerdem besaß er eine spürbare, überaus kultivierte Ausstrahlung.

»Ich bin um vier Uhr hier. Schlafen Sie wenigstens ein bisschen.«

»Das ist der Plan. Sobald ich ein paar Verträge geprüft und Anrufe erledigt hab, lege ich mich aufs Ohr.«

»Sie sind stur, Miss Anthony.«

Lächelnd stieg ich aus dem SUV. »Das merkst du erst jetzt? Du rostest allmählich ein, Brandon.«

Wieder schüttelte er den Kopf. »Bis bald.«

Die Garage öffnete sich, als ich mich näherte. Zum Vorschein kam Blane, einer der Sicherheitsleute. Collin, mein Boss bei Lykaios International und gleichzeitig mein Ersatzvater, hatte seit meiner Kindheit darauf bestanden, dass ich auf persönlichen Schutz achten muss. Mittlerweile leitete ich sein Imperium und hatte mich längst daran gewöhnt, von Sicherheitspersonal umgeben zu sein.

»Alles sicher, Ms. Anthony. Sie können sich unbesorgt ausruhen.« Blane nickte mir zu.

»Danke.«

Kaum hatte ich die Schwelle in mein Haus überquert, seufzte ich erleichtert. Endlich konnte ich ungestört ich selbst sein.

Im Haus roch es wunderbar. Gardenien. Meine Lieblingsblume.

Ich schaute hinüber zum offenen Eingang in den großen Wintergarten, der zu einer Gartenoase auf dem Grundstück hinter dem Haus führte. Das palastartige Anwesen stellte meinen Luxus dar, ein Geschenk, das ich mir selbst für all die Opfer, all den Schmerz und all den Schaden aus der Vergangenheit gegönnt hatte.

Mein Haus bildete einen Bestandteil einer achtzig Quadratkilometer umspannenden Siedlung am Stadtrand von Las Vegas, die mir gehörte. Es befand sich auf einem sechs Hektar großen Grundstück und diente als meine Zuflucht vor dem Trubel des Strip.

Auf das Land war ich in meinem ersten Jahr an der University of Nevada in Las Vegas gestoßen. Penny war damals mit ein paar Freundinnen vom College nach Hause gekommen, und wir hatten einen Ausflug zu den Höhlen etwa eine Stunde außerhalb von Las Vegas beschlossen. Auf dem Heimweg hielten wir in einem kleinen Diner. Die Besitzerin, eine ältere Lady, erzählte uns von all dem Landbesitz, den ihr kürzlich verstorbener Mann ihr hinterlassen hatte. Sie erwähnte auch, dass sie ihn verkaufen wollte.

Schon seit ich denken konnte, wusste ich, dass Immobilien mein Weg sein würden, der Welt meinen Stempel aufzudrücken. Allerdings wusste ich auch, dass ich mir in den populäreren Gegenden von Las Vegas nichts leisten konnte. Meine einzige Hoffnung bestand darin, einen Rohdiamanten zu kaufen.

Also überredete ich die anderen, einen Umweg einzuschlagen und uns das Grundstück anzusehen: die reinste Wüste. Keine Infrastruktur, rein gar nichts. Gerade mal eine einspurige Schotterstraße gab es. Das einzige Lebenszeichen war die unverkennbare Silhouette von Las Vegas in der Ferne.

Ich wollte es auf Anhieb haben, und niemand würde es mir ausreden können. Weil ich darin ein Potenzial sah, das niemand sonst erkannte.

Ich blieb mit der Besitzerin in Kontakt und ließ sie wissen, dass ich am Kauf ihres Grundstücks interessiert wäre. Mir war durchaus bewusst, dass sie mich für verrückt hielt, weil ich es wollte. Und für noch verrückter, als ich zwei Jahre später mit einem Angebot in bar für ihr irre großes Grundstück bei ihr aufkreuzte.

Es hatte mich drei weitere Jahre gekostet, bis ich das Land erschlossen hatte. Mittlerweile jedoch gehörte es zu den begehrtesten Gemeinden im Umfeld von Las Vegas. Die durchschnittlichen Hauspreise rangierten im zweistelligen Millionenbereich.

Die meisten Menschen hatten keine Ahnung, dass ich dahintersteckte. Was mir nur recht war. Vor allem, weil ich nicht preisgeben konnte, woher ich das Geld für das Projekt hatte. Es stammte nämlich von meinen Gewinnen bei geheimen und hochgradig illegalen Pokerturnieren, bei denen Hunderte Millionen mit einem guten Blatt den Besitzer wechselten.

Mein Telefon klingelte, als ich mir die Schuhe abstreifte und in Richtung der Küche ging.

Ein Blick aufs Display verriet, dass meine kleine Schwester Anaya anrief.

Sie befand sich zu einem Praktikum in Genf. Jedes Mal, wenn ich mit ihr telefonierte, beschlich mich das Gefühl, dass sie Heimweh hatte. Wir standen uns so nah, wie es Schwestern nur konnten. Wir hatten die

Verbrechen unseres verstorbenen Vaters überlebt, eines berüchtigten Veruntreuers mit einer ellenlangen Liste von Feinden. Er hatte Selbstmord begangen, statt sich für seine Verbrechen der Justiz zu stellen. Zum ersten Mal im Leben waren wir länger als einen Monat voneinander getrennt. Sie fehlte mir wie verrückt, aber ihr Praktikum war eine Chance, die weniger als ein Prozent aller Bewerber erhielten.

»Hallo, Schwesterchen. Was macht das gute alte Europa?«

»Mich fertig. Ich bin so was von geschlaucht.«

»Damit sind wir schon zwei.«

»Lange Nacht gehabt? Wen musstest du denn fein bewirten? Einen Sultan? Einen zurückgezogen lebenden Milliardär? Oder vielleicht einen unverschämt heißen Geschäftsmann?«

Gott, wenn sie nur wüsste.

»Wir hatten große Kaliber im Haus. Vor heute Abend graut mir ein bisschen. Da empfangen wir eine Gruppe europäischer Aristokraten, die einen Junggesellenabschied feiern wollen. Ich kann von Glück reden, wenn ich die nächsten zwei Tage überhaupt zum Schlafen komme. Und dann muss ich mich noch auf die Messe in weniger als zwei Wochen vorbereiten.«

»Ach ja, die internationale Automesse von Las Vegas. Die liebe ich. Falls du den neuen Lamborghini fahren darfst, von dem gerade sämtliche Zeitschriften berichten, werd ich so was von neidisch.«

Zu den Vorteilen des Umzugs der Messe in die Lykaios

Arena gehörte das Privileg, einige der Autos fahren zu dürfen.

»Ich verspreche, eine etwaige Spritztour für mich zu behalten.«

»Verstehe. Das heißt, du bist schon für eine Fahrt oder zumindest eine Mitfahrt eingetragen.«

»Meine Lippen sind versiegelt. Aber wer wirklich davon abgehalten werden muss, sich hinters Steuer zu setzen, ist Collin. Er ist genauso ein Adrenalinjunkie wie ich.«

»Du sorgst doch dafür, dass er es nicht übertreibt, oder?«

Collin Lykaios war neben unserer Mutter der einzige Mensch, den Anaya und ich von ganzem Herzen liebten. Er hatte uns im wahrsten Sinne des Wortes vor der Welt beschützt und dafür Lebensqualität und seine Familie geopfert. Ich würde dem Mann nie vergelten können, was er alles für uns getan und welche Geheimnisse er für uns bewahrt hatte. Abgesehen von den Genen betrachtete ich ihn in jeder Hinsicht als meinen Vater.

»Ach weißt du, Anaya, ich lasse Collin aus Flugzeugen springen und rackern ohne Ende. Ist nur fair, dass er genauso viel schuftet wie ich, immerhin gehört ihm der Laden.«

»Du bist so 'ne dumme Kuh«, warf sie mir schnaubend vor. »Er fehlt mir. Genau wie du und Mama.«

Bei ihrem Tonfall regte sich Besorgnis in mir.

»Ana, ist was passiert?«

»Nichts Schlimmes. Der Job ist bloß schwieriger als

erwartet. Ich komm mir vor, als wär ich einer Sekte beigetreten.«

Meine kleine Schwester war der totale Bücherwurm. Ich hatte so das Gefühl, ihr eigentliches Problem stellte der soziale Umgang mit anderen dar.

»Also spielen sich Marketing und Social-Media-Analyse wohl nicht nur hinter den Kulissen ab, was?«

Sie schnaubte. »Nicht mal annähernd.«

»Du schaffst das schon. Noch einen Monat, dann bist du wieder zu Hause. Gerade rechtzeitig für Pennys Hochzeit.«

Persephone Kipos war unsere Cousine und eine rundum erstaunliche Frau. In etwas weniger als sechs Wochen würde sie Hagen Lykaios heiraten. Es würde eine Verschmelzung von Pennys indischem und griechischem Erbe werden. Penny wollte bei der Hochzeit eine Feier, die sowohl die Traditionen ihrer indischen Mutter – meiner Tante – als auch ihres griechischen Vaters ehrte.

»Ich kann's kaum erwarten. Das wird so ein Spaß. Außerdem bin ich inzwischen alt genug zum Trinken. Und das heißt, ich kann beim Feiern zu dir aufholen.«

»Ja, ja. Als hättest du dich die letzten Monate zurückgehalten.«

»Ich hab keinen Tropfen Alkohol getrunken. Ist eine Klausel in meinem Vertrag. War ein bisschen ätzend, dass ich auf meinen Einundzwanzigsten nicht mit Champagner anstoßen konnte. Aber wie du so schön zu sagen pflegst: Arbeit ist Arbeit, und da ist zu tun, was man muss.«

Aus ihrem Mund klangen meine Worte deprimierend.

Ich musste mir wirklich beizeiten etwas Inspirierenderes einfallen lassen.

»Du, mir ist ein Gerücht zu Ohren gekommen.«

»Ich höre.«

»Eigentlich nicht wirklich ein Gerücht, weil es bestätigt wurde. Penny hat mir erzählt, du hast eine geile Party verlassen, um mit Zack zu pokern.«

Ich gähnte und beschloss spontan, das Bett wäre eine bessere Option als Arbeit. »Penny ist ein Klatschweib.«

»Also ist es wahr?«

»Das war dienstlich. Wir mussten ein Spiel mit hohem Einsatz zwischen seinen und meinen großen Fischen organisieren. Ist 'ne lange Geschichte, aber die Spieler sind alle freundschaftliche Rivalen. Sowohl die Lykaios Casinos als auch die Aegis Casinos haben viel Geld verdient. Nur das zählt.«

Es war zugleich der Grund, warum Zack und ich bei einem nächtlichen Pokerspiel gelandet waren. Und das hatte dazu geführt, dass wir uns gegenseitig das Hirn rausgevögelt hatten.

»Hast du's getan?«

»Was?«

»Ich will's nur wissen. Hast du endlich Zack besprungen? Wenn man euch zusieht, könnte man meinen, zwei wilde Tiere würden sich gegenseitig umkreisen.«

»Das kränkt mich jetzt.«

»Du hast es nicht geleugnet.«

»Ana, ich hab keine Zeit für eine Beziehung.«

»Ich rede ja nicht von Heirat und Babys, obwohl du

langsam ins Alter dafür kommst.« Bei der Belustigung in ihrer Stimme hätte ich sie am liebsten geschüttelt. Ich war erst siebenundzwanzig. »Ich rede davon, es dir von ihm besorgen zu lassen. Die Brüder sind bekannt für ihre irren Fähigkeiten zwischen den Laken.«

»Du musst aufhören, Boulevardblätter zu lesen, und dich stattdessen auf Schule und Arbeit konzentrieren.«

»Und wieder hast du's nicht abgestritten.«

»Ich geh jetzt ins Bett. Du bereitest mir Kopfschmerzen.«

»Hab dich lieb, Schwesterherz.«

»Ich dich auch, Kleine.«

»Ich bin zehn Zentimeter größer als du. Ich bin nicht die Kleine.«

»Genau. Du bist ja so schlau. Jetzt geh ich ins Bett.« Kurz verstummte ich. »Ana, wenn du nach Hause kommen willst, schicke ich dir sofort Collins Jet.«

Sie seufzte. »Nein, ich muss das durchziehen. Soweit ich gehört hab, ist das Praktikum der schwierigste Teil bei der Arbeit für die Firma. Danach erwartet mich ein Job, sobald ich den Abschluss habe. Ich investiere jetzt und sahne mit Zinsen ab, wenn ich offiziell bei der Firma anfange.«

»Gut. Nur harte Arbeit führt am Ende zum Erfolg.«

»Sag mal, wirst du eigentlich jemals den Versuch aufgeben, Collin alles zurückzuzahlen, was er für uns getan hat? Dann könntest du nämlich mal selbst leben. Er erwartet keine Gegenleistung, Henna. Er will nur, dass du glücklich bist.«

Ich erstarrte. »Das Thema steht nicht zur Diskussion, Ana.«

»Du willst nie darüber reden. Du bist nicht die Einzige, die ihm was schuldet.«

»Anaya.« Ich packte für sie meine Stimme einer großen Schwester aus.

»Na schön. Schlaf ein bisschen. Ich ruf dich in ein paar Tagen wieder an.«

2

Zack

ICH STRECKTE mich und rollte mich auf die Seite, als sich der Alkoholdunst und die Schlaftrunkenheit langsam lichteten.

»Henna«, murmelte ich und wollte mich noch ein letztes Mal in ihr verlieren, bevor ich den Tag in Angriff nehmen würde.

Ich hätte mir selbst in meinen kühnsten Träumen nicht ausgemalt, dass ein Kartenspiel zur unglaublichsten und erotischsten Nacht meines Lebens führen würde. Im Verlauf der letzten Jahre hatten wir unzählige Male gegeneinander gespielt. Nie hatte sich daraus mehr als knisternde Blicke und der Versuch ergeben, den Pott abzuräumen.

Ich konnte nicht genau sagen, was vergangene Nacht über mich gekommen war. Jedenfalls hatte ich sie mit einer Herausforderung konfrontiert. Sie hatte sie angenommen und für mich all meine Sehnsüchte und Fantasien Wirklichkeit werden lassen.

Die Frau war eine Göttin, forderte einerseits ihr eigenes Vergnügen ein und gab doch gleichzeitig die Kontrolle ab. Und Mann, konnte die Frau küssen!

Mein bestes Stück schwoll pulsierend an und wollte sich tief in Hennas seidiger, feuchter Hitze vergraben.

»Henna. Komm her.« Ich stemmte mich auf die Ellbogen und rechnete damit, sie auf der anderen Seite meines Betts schlafen zu sehen.

Niemand da.

Ich sah auf die Uhr – Mittag. Auszuschlafen, war nicht ungewöhnlich, wenn eine Nacht als Casinobesitzer bis in die frühen Morgenstunden dauerte. Und da Henna und ich erst um sieben eingeschlafen waren, hätte sie eigentlich zu müde sein müssen, um sich zu rühren. Verdammt, ich hatte es ihr viermal besorgt.

Ich wischte mir mit der Hand übers Gesicht und warf die Decke zurück. Nachdem ich mich aus dem Bett gerappelt hatte, durchsuchte ich mein Penthouse. Vielleicht trank sie gerade Kaffee.

Fast jeder, mit dem sie zu tun hatte, kannte ihre Koffeinsucht. Ich betrat die Küche, fand jedoch keine Spur von ihr.

Verdammt, ich entdeckte nirgendwo eine Spur von ihr,

abgesehen vom anhaltenden Duft des von ihr bevorzugten Parfums mit Jasminnote.

Das durfte nicht wahr sein. Sie hatte mich ohne einen Blick verlassen. Keine Nachricht, nichts.

Unwillkürlich verkrampfte ich die Kieferpartie.

Wenn sie dachte, ich würde es bei einer Nacht belassen, irrte sie sich gewaltig.

⁂

»MR. LYKAIOS, es warten bereits alle im Konferenzraum auf Sie«, teilte mir mein persönlicher Assistent Simon mit, als ich mein Büro betrat.

Ich wappnete mich für die finsteren Blicke, die ich zweifellos von meinen Brüdern Hagen und Pierce ernten würde. Immerhin kam ich eine Stunde zu spät zu einer Projektbesprechung zwischen HPZ, dem Konglomerat, das meinen Brüdern und mir gehörte, und Lykaios International, dem Konzern meines entfremdeten Vaters Collin Lykaios, den Henna Anthony leitete.

Beim Gedanken an sie verdrängte ich einen Anflug von Irritation und rückte mein Jackett zurecht, während ich Simon in den Konferenzraum folgte.

So ziemlich der letzte Ort, an dem ich gerade sein wollte, aber es führte kein Weg daran vorbei. Der Gewinn aus dem Joint-Venture-Projekt über drei Resorts im Südpazifik würde doppelt so hoch ausfallen wie alles, was wir bisher mit einer Immobilieninvestition verdient hatten.

Mir schmeckte überhaupt nicht, dass meine Brüder die Beziehung zu dem Mann wiederaufleben ließen, der uns alle im Alter von kaum achtzehn Jahren rausgeworfen hatte. Und nun tätigten wir Geschäfte mit ihm. Andererseits befanden sich beide in anderen Lebensphasen.

Hagen stand kurz davor, seine Traumfrau zu heiraten, und Pierce war Vater und mit der Liebe seines Lebens verlobt, Amelia Thanos. Ich war überzeugt davon, dass ihre Hochzeit genauso groß ausfallen würde wie die von Hagen und Penny, wenn nicht noch größer. Vielleicht aber auch nicht – wie ich Pierce kannte, würde er Amelia vielleicht dazu überreden, mit ihm durchzubrennen.

Dann war da noch die Tatsache, dass die Frau, die mich vor zwei Nächten erst um den Verstand gebracht und dann ohne ein Wort verlassen hatte, im selben Raum wie meine Familie saß. Am liebsten hätte ich mit der Faust gegen die Wand geschlagen.

Verdammt, ich konnte sie immer noch auf den Lippen schmecken, konnte immer noch spüren, wie sich ihre Muschi um mein bestes Stück zusammengekrampft hatte, als sie gekommen war.

Mich hatte noch nie im Leben eine Frau so zurückgelassen. Sonst war immer ich derjenige, der sich davonstahl, bevor meine Gespielin erwachte.

Kaum hatte ich den Raum betreten, wurde es schlagartig still.

»Die Verspätung tut mir leid. Ich hatte ein Treffen, das überzogen wurde.«

Mein Blick blieb auf meine Brüder gerichtet. Ich nahm weder Collin noch Henna zur Kenntnis.

Aber verflucht, der einzige freie Platz befand sich ihnen gegenüber.

»Du kommst gerade rechtzeitig, um die letzten Bestimmungen durchzugehen, bevor wir unterzeichnen.« Hagen reichte mir einen Ordner. »An den markierten Stellen brauchen wir deine Unterschrift. Pierce und ich haben unsere Exemplare gerade unterzeichnet. Collin und Henna auch.«

Ich überflog die Verträge. Alles sah nach dem Standard für ein hochpreisiges Bauprojekt aus. Meine Anwälte hatten die Unterlagen vergangene Woche vorab geprüft, deshalb wusste ich, dass damit alles in Ordnung war. Da stolperte ich über eine Stelle, an der es hieß, ein Team aus Mitgliedern von HPZ und Lykaios International würde die erste Erschließungsphase auf der Insel Bora Bora beaufsichtigen, die in weniger als zwei Monaten beginnen sollte.

»Wer wird dem Team angehören, das nach Bora Bora fliegt?« Ich sah dabei meine Brüder an, aber Henna antwortete.

»Die Logistik klären wir noch.« Der Klang von Hennas honigsüßer Stimme brachte mein bestes Stück zum Zucken und schürte meine Wut. »Hagen hat mir eine Liste mit Namen von HPZ gegeben, und ich habe eine Liste von Mitarbeitern, die für das Projekt qualifiziert sind. Ich weise das Team zwei Wochen lang ein, danach kehre ich zu meinen üblichen Aufgaben bei Lykaios zurück.«

Ich schaute von den Dokumenten auf und in die Tiefen von Hennas schokoladenbraunen Augen.

Irgendetwas flackerte darin, als sie den Mund öffnete und langsam ausatmete. Oh, sie malte sich gerade alles aus, was wir vorletzte Nacht angestellt hatten.

Und es würde wieder und wieder passieren.

»Wer übernimmt deine Aufgaben hier, während du weg bist?«, fragte ich, obwohl es mich nicht wirklich interessierte.

Lykaios International war das Vermächtnis, das meine Brüder und ich erben sollten. Und was hatte es gebracht, dass Collin praktisch jeden wachen Moment meiner Kindheit gearbeitet hatte, um uns finanzielle Stabilität zu ermöglichen? Letztendlich hatte es unsere Familie zerstört. Ich wollte dieses Vermächtnis lieber Stück für Stück auseinandernehmen, als es jemand anderem zu überlassen.

»Meine Stellvertreterin. Sie ist auf dem neuesten Stand darüber, wie sämtliche Immobilien von Lykaios International zu verwalten sind.«

»Ich komme mit. Ich will sicherstellen, dass dieses Projekt reibungslos über die Bühne geht.«

»Zacharias, das ist Hennas Projekt, und laut Vertrag hat sie die Leitung.«

Ich konnte es nicht leiden, wenn Collin meinen vollständigen Namen benutzte. Jahrelang hatte ich jeden Kontakt mit ihm gemieden, und nun musste ich mit ihm zusammenarbeiten.

Ich richtete das Augenmerk auf meinen Vater. Blaue

Augen, beinah saphirblau, dunkles Haar mit weißen Strähnen, ein Körper, der für einen Mann über sechzig alles andere als gebrechlich wirkte. Dann kam mir ein Gedanke. In etwa dreißig Jahren würde ich genauso aussehen. Meine Gene ließen sich nicht leugnen. Hagen verkörperte eine Kombination unserer beiden Eltern, und Pierce ähnelte mehr unserer Mutter. Aber ich musste ja unbedingt das Aussehen dieses Mistkerls abbekommen.

»Im Vertrag steht auch, dass jeder von uns das Recht hat, den Projektstandort jederzeit zu besuchen.«

Mir war bewusst, dass ich mich wie ein Arsch benahm. Hagen würde mir dafür wahrscheinlich gehörig in den Hintern treten. Als ehemaliger Vollstrecker der Mafia besaß er den Körperbau eines Panzers. Daher würde ich ihm nicht gewachsen sein, aber ich würde ihm einen guten Kampf liefern.

»Sohn, was an dem Projekt bereitet dir Kopfzerbrechen? Das ist das Standardverfahren bei jedem Bauvorhaben.« Collins Miene wirkte aufrichtig besorgt.

Was zum Geier interessierte ihn das?

Unwillkürlich verkrampfte ich die Kieferpartie. »Ich bin nicht dein Sohn. Das hast du vor zehn Jahren klar zum Ausdruck gebracht.«

Collin zuckte sichtlich zusammen. Sofort legte Henna ihm die Hand auf den Arm und flüsterte ihm etwas zu, bevor sie die Aufmerksamkeit auf mich richtete.

Die volle Wucht ihrer Wut erfasste mich. Normalerweise war sie so ruhig, dass sie im Ruf stand, ihre

Opfer zum Mittagessen zu verspeisen, wenn ihr der Geduldsfaden riss.

»Hör gut zu, Zacharias. Ihr seid auf das Projekt aufmerksam gemacht worden, weil Collin dachte, es wäre eine einmalige Gelegenheit, alle seine Söhne mit einzubeziehen. Verwechsle seine Großzügigkeit nicht mit Schwäche. Und glaub bloß nicht, er wäre dadurch für dich angreifbar. Wenn du die von uns angebotenen Bedingungen für unangemessen hältst, steht es dir frei, auf das Geschäft zu verzichten. Wir sind nicht auf dein Kapital angewiesen.«

»Hör auf, dich wie ein Arsch aufzuführen, Zack.« Pierce sah mich finster an. »Entweder du unterschreibst, oder du steigst aus. Hier geht's nicht um dich oder deine Probleme mit Collin. Hier geht's darum, die Zukunft für meinen Sohn und etwaige andere Kinder abzusichern, die wir drei vielleicht noch bekommen.«

Tja, Scheiße. Christopher ins Spiel zu bringen, änderte für mich alles. Ich liebte meinen zehnjährigen Neffen. Der Junge besaß die Gabe, sogar mich mürrischen Arsch zum Lächeln zu bringen. Ich musste mich beruhigen.

»Ich unterschreibe ja, aber ich will beim ersten Spatenstich dabei sein.«

»Das bringt nichts. Zum Baubeginn muss nur ein Vertreter der Bauherren vor Ort sein. Außerdem haben wir Charlie als Bauleiterin, und sie hat Erfahrung mit noch größeren Projekten als unserem. Zu viele Führungskräfte würden den Eindruck erwecken, wir hätten kein Vertrauen in ihre Fähigkeiten.«

Wer war Charlie? Und wer gab seiner Tochter einen Männernamen?

»Kenne ich Charlie? Wer hat sie überprüft?«

Henna sah mich finster an. »Charlie ist Charlotte Steel. Sie bevorzugt Charlie. Ich glaube, Sie haben sie bei Ihrem Projekt in Paris eingesetzt.«

Verdammt. Wie konnte ich das vergessen? Charlotte ... Charlie würde mir in den Hintern treten, wenn ich mich in ihre Arbeit einmischte. Die Frau mochte zierlich wie eine Fee aussehen, aber sie besaß Eier wie ein Kerl und größer als eine Abrissbirne. Sie gehörte zu den Besten auf ihrem Gebiet. Wenn sie die Bauleitung übernommen hatte, bedeutete das, ihr lag etwas am Erfolg des Projekts. Und an Henna.

Charlie hatte schon öfter ein Projekt abgelehnt, wenn ihr die Bauherren nicht zu Gesicht standen. Dann konnte kein Geld der Welt sie umstimmen. Es hieß, sie wäre die Erbin eines norwegischen Ölvermögens, von dem sie sich jedoch abgewandt hatte, als sie herausfand, dass ihre Familie Geschäfte mit einer mit russischen Drogenhändlern verstrickten Firma tätigte.

»Charlotte ist die Beste. Mit ihr hab ich kein Problem.«

»Was ist dann das Problem?« Der Ton von Hennas Stimme verriet mir, dass sie sich jeder Herausforderung stellen würde, die ich ihr hinwarf.

Meine Erektion wurde härter. Verdammt, mein bestes Stück wollte sich überhaupt nicht mehr beruhigen.

Warum es mir immer dann in den Rücken fiel, wenn sie die Krallen ausfuhr, überstieg meinen Verstand. Diese unterschwellige gegenseitige Anziehung knisterte schon seit über fünf Jahren zwischen uns. Bis gestern Nacht hatten wir ihr jedoch nie nachgegeben. Nein, das stimmte nicht – vor ein paar Monaten hatte ich sie geküsst, weil ich nicht wusste, wie ich sie nach einer feuchtfröhlichen Nacht mit Penny und Amelia sonst aus einem von Hagens Clubs bekommen sollte. Zu dem Zeitpunkt war sie sturzbetrunken, und ihr Temperament hatte mit Rekordhitze gelodert, weil die Männer den Mädelsabend gestört hatten. In der Nacht war sie mir unter die Haut gegangen, und seither konnte ich praktisch nur noch daran denken, wie sehr ich zwischen ihre Beine wollte.

»Es ist nicht wirklich ein Problem. Ich finde nur, meine Anwesenheit auf Bora Bora würde eine vereinte Front bei dem Joint-Venture nach außen tragen. Wäre eine großartige Gelegenheit für Publicity, zumal die Öffentlichkeit unsere Unternehmen als Konkurrenten ansieht.«

Henna zog eine Augenbraue hoch, als wollte sie sagen: *Wir sind auch Konkurrenten.* Statt etwas zu erwidern, beugte sie sich zur Seite und sprach im Flüsterton mit Collin. Was immer er erwiderte, ließ sie die Stirn runzeln und tief seufzen, bevor sie nickte.

»Also schlägst du eine Marketingaktion vor?«

»Ja. Es ist weithin bekannt, dass wir ein erfolgreiches Resort am Nordende von Bora Bora besitzen. Eine Ausweitung unserer Präsenz in der Gegend wird nicht unbemerkt bleiben. Und da ich gerade um den Kauf von *Remy Bora Bora* verhandle, während ihr die Anlage längerfristig als Unterkunft für die gesamte Baumannschaft anmietet, zeigen wir so eine geschlossene Front. Vor allem, wenn der Verkauf vor dem Abschluss der Bauarbeiten über die Bühne geht.«

Das *Remy* war eine Anlage, auf die ich seit zwei Jahren ein Auge geworfen hatte. Bora Bora gehörte zu meinen liebsten Zufluchtsorten, und bei einem Kartenspiel erfuhr ich, dass sich die Besitzer mit dem Gedanken an einen Verkauf trugen. Also hatte ich beschlossen, mich auf die Gelegenheit zu stürzen. Den Kauf wollte ich mit eigenen Mitteln finanzieren, nicht über HPZ. Letztlich wollte ich das Boutique-Resort in eine Reihe von Privatunterkünften umwandeln und mir einen Bereich als persönlichen Rückzugsort behalten.

Obwohl Hagen und Pierce von meinem Interesse an dem Objekt wussten, hatten sie die Gegend als perfekten Standort für das Projekt vorgeschlagen, was mich maßlos geärgert hatte. Hennas Vertrag hatte den Preis des Resorts um Millionen in die Höhe getrieben.

Eines Tages würde ich es diesen Arschlöchern heimzahlen.

»Wenn du das Projekt damit irgendwie behindern willst, solltest du bedenken, dass du Millionen an Mitteln von HPZ riskierst.« Nachdem Henna mich mit einem finsteren Blick bedacht hatte, wandte sie sich der Seite des Tisches zu, an der Hagen und Pierce saßen. »Würde einer von euch statt Zack mitkommen? Mir scheint, ihr zwei habt größeres Interesse am Erfolg des Projekts.«

Bevor einer der beide etwas sagen konnte, ergriff ich

das Wort. »Sind beide unabkömmlich. Hagen wird in den Flitterwochen sein, und Pierce trainiert Christophs Schwimmteam. Ich bin als Einziger verfügbar.«

Auf Hennas Stirn erschien der Ansatz einer pulsierenden Ader, die mir verriet, dass sie gleich explodieren würde.

Sie spannte die Kieferpartie an, und ich knirschte mit den Zähnen, als Collin eine Hand auf ihre legte und sie tätschelte.

»Na schön, Zacharias. Du gewinnst. Ich schicke dir die Reisedaten. Erwarte nur keine Fünf-Sterne-Unterkunft. Alle Zimmer sind vergeben. Es kann sogar sein, dass du dir eines mit einem der Manager teilen musst.« Sie schob die Dokumente zu mir und tippte darauf.

»Damit hab ich kein Problem.« Ich hob meinen Stift auf und unterschrieb an allen mit gelben Haftnotizen gekennzeichneten Stellen.

Als ich fertig war, gab ich die Unterlagen zurück und beobachtete, wie Henna sofort aufstand.

»Ich melde mich.«

»Freu mich schon darauf.«

Henna, Collin und unsere Rechtsberater verließen den Raum. Als ich gerade selbst gehen wollte, legte Hagen mir die Hand auf die Schulter.

»Nicht so schnell, Arschloch. Wir müssen uns unterhalten«, sagte Hagen. Ich verlagerte das Gewicht so, dass Hagens Hand von mir abfiel.

»Geht nicht. Ich muss mich erst um etwas kümmern.

Heb dir den Anschiss für unser Treffen heute Nachmittag auf.«

Ohne auf die finsteren Blicke meiner Brüder zu achten, verließ ich den Konferenzraum.

## 3

Henna

ETWAS MEHR ALS zwei Stunden nach der Besprechung, die eigentlich unkompliziert verlaufen sollte und stattdessen zu einem Kräftemessen zwischen Zack und mir ausgeartet war, betrat ich mein Büro.

Seinetwegen war ich in eine Besprechung mit allen meinen Casinomanagern etwas kompromissloser als sonst gegangen. Meine miese Laune blieb keinem verborgen. Alle achteten tunlichst darauf, mich meine Meinung loswerden zu lassen und mir nicht zu widersprechen.

Danach nahm ich mir sogar dreißig Minuten Zeit in der Salzgrotte des *Lykaios Spa,* um zu meditieren und meine Irritation über Zack zu lindern. Ich hätte noch eine zusätzliche Viertelstunde zur reinen Entspannung vertragen können, aber die Arbeit rief.

Kein anderer Mann war mir je so unter die Haut gegangen wie Zack. Wie konnte es sein, dass man jemanden genauso sehr schlagen wie flachlegen wollte?

Ich konnte kaum unseren heutigen Mädelsabend erwarten, um mich bei Penny und Amelia gehörig über ihre Nervensäge von einem Schwager auszulassen. Oder nein – wenn ich es mir recht überlegte, sollte ich lieber kein Wort über ihn verlieren. Sonst würden sie nur sämtliche Einzelheiten wissen wollen, und es könnte damit enden, dass ich gestand, mit Zack geschlafen zu haben.

»Ms. Anthony«, sagte Yvette, meine persönliche Assistentin, als ich mich ihrem Schreibtisch näherte. »Mr. Lykaios wartet in Ihrem Büro auf Sie.«

Ich runzelte die Stirn. »Wie kann das sein? Collin ist mit Pierce in der Schwimmhalle und sieht Christopher beim Training zu.«

Christopher hatte Pierce und Collin wieder zusammengebracht, wie es davor schlicht unmöglich gewesen wäre. Dieser kleine Junge, der so vor Liebe und Freundlichkeit strotzte, weckte in mir den Wunsch, irgendwann selbst ein Kind wie ihn zu haben.

*Dafür, Henna, bräuchtest du allerdings einen Mann, der nicht ständig Mordgedanken in dir auslöst.*

»Nicht Mr. Collin. Mr. Zacharias Lykaios.«

»Sie haben ihn in mein Büro gelassen?«

Yvette war eine loyale Mitarbeiterin. Ich konnte mir nicht erklären, wie sie auf die Idee gekommen war.

»Nein, Ma'am. Ich war im Kopierraum, und als ich zurückgekommen bin, hat er auf dem Sofa in Ihrem Büro gesessen. Ich wusste nicht, wie ich ihn taktvoll ersuchen könnte zu gehen, ohne eine Szene zu verursachen.«

Ich seufzte. »Schon gut, Yvette. Zack ist ein plumper Rüpel. Ich kümmere mich um ihn.«

Damit marschierte ich auf mein Büro zu und stieß die Tür auf.

»Was zum Teufel ist dein Problem, und warum bist du hier?«

Zack drehte sich auf dem Sofa und schaute in meine Richtung. Die Wirkung seines atemberaubenden Gesichts traf mich mit der Wucht einer Abrissbirne. Er sah entschieden besser aus, als ihm gut tat.

Schweigend musterte er mich von oben bis unten. Lust blitzte in seinen Augen auf. Prompt zog sich mein Innerstes zusammen.

»Haben wir denn ein Problem, Henna?« Er stand auf, ging an mir vorbei, schloss die Tür und drückte einen Knopf an der Wand, um die Glaswände des Büros abzudunkeln.

Während ich ihn dabei beobachtete, schlug mein Herz schneller.

»Oh, nur zu, fühl dich ganz wie zu Hause.« Ich verschränkte die Arme vor der Brust.

»Darauf komme ich gern zurück.«

»Was willst du, Zack? Du hast heute schon mehr von meiner Zeit in Anspruch genommen, als ich wollte.«

»Sieht so aus, als würde ich noch etwas mehr davon brauchen.«

»Du raubst mir den letzten Nerv. Du hättest einfach nur die verdammten Dokumente unterschreiben müssen. Probleme damit hättest du schon vor Wochen ansprechen können. Ist dir eigentlich klar, wie viele ich umkrempeln muss, um deine Launen zu befriedigen? Das *Remy* ist eine kleine Anlage mit begrenzter Kapazität. Wir haben jetzt schon Doppelt- und Dreifachbelegungen.«

»Also, wenn dir der Platz für mich solche Sorgen bereitet, kann ich mir ja ein Zimmer mit dir teilen.«

»Das kannst du vergessen.«

»Du kannst mir nicht einreden, dass es was mit Anstand zu tun hätte. Ich habe den Großteil der letzten Nacht und des frühen Morgens heute in dir verbracht. Ich weiß, was du unter deinen maßgeschneiderten Aufmachungen versteckst.« Aus seinen Augen sprach Zorn. »Du kannst dich ja jeden Tag rausschleichen wie eine Diebin in der Nacht, wenn es dir zu viel ist, dich mir zu stellen.«

Hitze stieg mir in die Wangen. Ich hatte mit Verärgerung gerechnet, aber nicht mit solcher Wut. Dann flammte mein eigenes Temperament auf. Also hatte alles, was er den Anwesenden bei der Besprechung zugemutet hatte, mit diesem Morgen zu tun gehabt.

»Du hast den ganzen Aufstand verursacht, weil ich heute Morgen nicht mehr da war? Soll das ein verfluchter Scherz sein? Bist nicht du berüchtigt dafür, nie die Nacht bei einer Eroberung zu verbringen? Ich hab dir nur den Ärger erspart, mich rauszuschmeißen.«

»Ich hätte dich nicht rausgeschmissen.« Sein Blick bohrte sich in mich. »Ich wollte dich noch mal wund ficken, bevor wir beide zur Arbeit aufgebrochen wären.«

Bei seinen derben Worten zuckte mein Innerstes. Ich wandte mich von ihm ab und ging zu den Fenstern mit Blick auf den Strip. Die Visionen davon, was ich ihn mit mir hatte anstellen lassen, durften die Wahrheit nicht trüben, das musste ich verhindern.

Ich starrte auf die vorbeifahrenden Autos und die Fußgänger unten und sagte: »Komm mir nicht so. Du hast einen Ruf. Ich weiß, dass ich nur eine von tausend Frauen bin, die du schon in deine Wohnung abgeschleppt hast. Im Gegensatz zu Hagen hinterlässt du eine Spur abgelegter Gespielinnen, die gern über ihre Erfahrungen reden.«

»Die einzige Frau, die ich je mit zu mir nach Hause genommen habe, bist du.« Sein Ton klang hart und beinah ein wenig verletzt.

»Was?« Ich drehte mich um, glaubte ihm nicht. »Das kann unmöglich stimmen.«

»Stottere ich etwa?« Als er auf mich zukam, wich ich unwillkürlich einen Schritt zurück.

Warum war er so verdammt groß? Trotz meiner 10-Zentimeter-Absätze reichte ich ihm kaum bis zur Schulter.

Als er die Hand hob, hielt ich den Atem an.

*Bitte berühr mich nicht. Sonst werd ich dich bespringen wollen.*

»Es war unvermeidlich.« Er ergriff eine Strähne meines Haars und zwirbelte sie um seinen Finger.

»Was?«

»Das mit uns. Der unglaubliche Sex. Die Machtspielchen.«

»Kann schon sein, dass eine gewisse Chemie zwischen uns herrscht. Deswegen unterscheide ich mich noch lang nicht von jeder anderen Frau. Immerhin bist du ein gutaussehender Mann.«

Eine Falte bildete sich zwischen seinen Brauen. Er kam näher, drängte mich ans Fenster. »Du bist für mich nicht bloß irgendeine Frau, Henna.«

Ich drückte gegen seine Brust, um ihn zurückzuschieben, doch er rührte sich nicht. Stattdessen ergriff er meine Finger und führte sie an seine Lippen.

»Das ist eine schlechte Idee, Zack. Diese Nacht hätte nie passieren dürfen.«

Zart biss er auf meine Fingerspitzen und jagte damit einen Schwall jäher Erregung in meine Mitte. »Wie gesagt, es war unvermeidlich.«

»Es ist gefährlich.« Alles, was mit Zack zu tun hatte, konnte nur zu Kummer führen. »Wir suchen nicht dasselbe.«

»Dann sag mir, was suche ich denn?«

»Eine Frau, die an deinem Arm gut aussieht, dir das Bett wärmt und sonst unsichtbar ist, damit du keine Scherereien mit ihr hast. Das werde ich nie sein.«

»Was, wenn ich dir sage, dass ich Scherereien will?«

Ich verdrehte die Augen. »Und ich will dir ein Stück

vom Mond verkaufen. Lass es, Zack. Dein Bruder heiratet meine Cousine. Unsere Familien sind zu eng miteinander verstrickt.«

»Wir sind nicht verwandt und nicht in irgendeinen Stammbaum aus der griechischen Mythologie eingebunden.«

Wenn er nur wüsste. Anaya blitzte in meinen Gedanken auf, aber ich drängte sie sofort in den Hintergrund. Das war ein Gespräch für einen anderen Tag.

»Was letzte Nacht passiert ist, darf sich nie wiederholen.«

Bevor er etwas erwidern konnte, drang Yvettes Stimme aus dem Lautsprecher meines Telefons. »Ms. Anthony, Ihre Videokonferenz mit Mr. Shah beginnt in zwei Minuten.«

»Lass mich vorbei.« Ich starrte zu Zack hoch. »Ich muss arbeiten. Die Daten für Bora Bora schicke ich dir.«

Ich wollte mich unter Zacks Arm hindurchducken, doch er hielt mich an der Taille fest und bückte sich zu meinem Gesicht herab. Sein Atem hauchte warm auf meine Haut.

»Egal, wie sehr du es leugnen willst – das zwischen dir und mir wird wieder und wieder passieren.« Damit biss er mir in die Unterlippe und fuhr anschließend mit der Zunge über die Stelle, um den leichten Schmerz zu lindern. »Nach der Kostprobe von dir habe ich vor, ausgiebig zu schlemmen.«

»Zack«, murmelte ich, bevor er den Mund auf meinem presste.

Er schmeckte so gut, so berauschend. Meine Brustwarzen richteten sich zu harten Spitzen auf, und mein Verlangen nach diesem nervtötenden Mann steigerte sich. Er küsste mich, als genösse er sein Lieblingsgetränk.

Das musste aufhören. Ich war bei der Arbeit. Und er verkörperte den Feind.

Aber statt ihn wegzuschieben, krallte ich die Hand in sein Hemd und zog ihn näher zu mir. Mein Körper verging sich vor Verlangen, wollte nichts sehnlicher als das Gefühl von Zacks praller Härte tief in mir.

Ich zuckte zusammen, als erneut Yvettes Stimme ertönte. »Ms. Anthony. Ihre Konferenz.«

Wenn ich mich nicht täuschte, schwang Belustigung in ihrem Ton mit – als wüsste sie genau, was in meinem Büro vor sich ging.

Zack starrte mich an, die Lippen prall von unseren Küssen, die kobaltblauen Augen glasig vor Lust.

»Das ist alles andere als eine einmalige Sache.« Damit ließ er mich los, trat einen Schritt zurück, strich seine Kleidung glatt und verließ mein Büro.

4

Zack

ETWA ZWANZIG MINUTEN, nachdem ich Henna sprachlos zurückgelassen hatte, betrat ich das *Ida Astro*, Hagens neuestes Restaurant.

Ich kam fünfundvierzig Minuten zu spät zu meiner wöchentlichen Besprechung mit meinen Brüdern. Wahrscheinlich würde ich mir dafür etwas anhören können, vor allem, weil sonst immer ich der Pünktliche war und von allen anderen dasselbe erwartete.

Pünktlichkeit betrachtete ich in meiner Welt als unabdinglich, und an diesem Tag hatte ich bereits zweimal gegen diese Regel verstoßen.

Verdammte Henna. Das Wissen, was für eine sinnliche

Frau unter ihren Designerklamotten steckte, trieb mich noch in den Wahnsinn. Ich hätte auf Logik hören sollen.

»Guten Tag, Mr. Lykaios«, begrüßte mich einer der Manager. Er überwachte die Wartung der prunkvollen, mundgeblasenen Glasstruktur, die sich über die gesamte Länge der Decke des Haupteingangs erstreckte.

Ich antwortete mit einem Nicken und setzte den Weg zur Terrasse fort, wo mich meine Brüder erwarteten.

Das Restaurant bestach durch ein modernes, gediegenes, Hochglanzflair mit Farbakzenten zum Auflockern der ausgeprägt klaren Linien und Winkel der Einrichtung.

Ich erinnerte mich noch an den epischen Streit mit Hagen, als er den Entwurf dafür vorgelegt hatte. Von den Armaturen bis zur Speisekarte war alles auf Firewater ausgerichtet, einen Whiskey, in den wir viel investiert hatten. Ich hatte gedacht, er hätte den Verstand verloren, als ich erfuhr, dass er das Projekt in Wirklichkeit nicht dem Whiskey selbst gewidmet hatte, sondern der Frau, die insgeheim die Spirituose kreiert hatte. Penny. Seine Starlight.

Früher war eine Beziehung mit ihr für ihn ein Traum, eine Fantasie, die er sich zwar sehnlichst gewünscht, aber nie für möglich gehalten hatte. Und nun würde er sie in wenigen Wochen heiraten.

Ich könnte mir nicht vorstellen, so vernarrt zu sein, dass ich für Liebe etliche Millionen in etwas stecken würde.

Prompt blitzte Hennas Gesicht in meinem Kopf auf, und ich verdrängte es rasch.

Nach Liebe suchten wir beide nicht. Wir waren zu sehr von unseren Endzielen getrieben, um uns ablenken zu lassen. Dass wir im Rennen auf unterschiedlichen Seiten standen, war unpraktisch. Aber es hieß nicht, dass wir es in der Zwischenzeit nicht trotzdem wie die Karnickel miteinander treiben konnten.

»Wie nett von dir, dass du auch aufkreuzt.« Pierce sah mich finster an. »Ich hab für dich das Übliche bestellt.«

Er deutete auf den von mir bevorzugten Scotch, einen fünfundzwanzig Jahre alten Macallan.

»Du kommst zu spät, Arschloch«, warf Hagen mir vor, während er einen Zug von seiner Zigarre nahm.

»Weiß Penny, dass du die Dinger rauchst? Wenn ich mich recht erinnere, kann sie's nicht ausstehen, wenn du wie ein Aschenbecher stinkst.« Ich zog zwischen meinen Brüdern einen Stuhl heraus.

»Ich putze mir die Zähne und dusche, bevor sie nach Hause kommt. Jetzt will ich wissen, wo zum Teufel dich bei der Besprechung der Hafer gestochen hat.«

Ich nahm einen ausgiebigen Schluck von meinem Drink und ließ den Alkohol brennend meine Kehle hinunterrinnen, bevor ich erwiderte: »Keine Ahnung, wovon du redest. Ich wollte nur sicherstellen, dass ich in das Projekt involviert bin, wie wir es bei allem machen.«

»Das ist Quatsch, und das weißt du genau. Ich lasse nicht zu, dass du diesen Deal wegen eines persönlichen Rachefeldzugs vermasselst.« Pierce sah mich finster an.

»Wenn ich mich nicht irre, war Collins Vernichtung ein gemeinsames Ziel. Die treibende Kraft hinter der Gründung von HPZ. Nur weil ihr zwei verweichlicht seid, muss ich das noch lange nicht sein.«

»Ich wiederhole: Du bist ein Arsch.« Hagen lehnte sich auf dem Stuhl zurück, als sich ein Kellner näherte und Essen auf den Tisch stellte.

Er hatte recht. Ich war ein Arsch. Dadurch war ich so erfolgreich. Ich ging Risiken ein, ohne mir lang den Kopf über die Konsequenzen zu zerbrechen. Manchmal hatte ich dabei verloren, aber öfter gewonnen, als es der Wahrscheinlichkeit nach hätte möglich sein sollen.

»Ich hab nicht klagen gehört, als ich das Geld für unser erstes Projekt gewonnen habe. Wenn ich mich recht erinnere, hast du mir damals zu meinen Eiern gratuliert.«

»Ist ein riesiger Unterschied, ob jemand die Zukunft meiner Familie aufs Spiel setzt oder beim Pokern gegen Mafiosi gewinnt. Mach dir Henna nicht zum Feind. Sie hat genauso mächtige Verbindungen wie du. Und ich würde fast wetten, sie hat auch fast genauso viel Kohle wie du, Dagobert. Sie haut nur nicht damit auf den Putz. Ist für sie nur von Vorteil, wenn die Welt glaubt, sie würde auf Collins wohltätigem Trittbrett fahren. Jedenfalls besser, als zu zeigen, dass sie gar nicht die zerbrechliche Tochter eines Kriminellen ist.« Pierce sah mich finster an und schüttelte den Kopf.

»Was willst du damit sagen? Zu wem hat sie Verbindungen?«

»Sylvia Thanos und Eric Donavon.«

Tja, Mist. Sylvia Thanos war die ehemalige Schwiegermutter von Pierce' Verlobter Amelia und eine feste Größe in der griechischen Geschäftsszene. Eine Frau, die keine Skrupel kannte, auch Gewalt einzusetzen, um zum gewünschten Ergebnis zu kommen. Und Eric Donavon war ein irischer Mogul mit einem Draht zu praktisch jedem Verbrechersyndikat Europas.

Wieso zum Geier hatte sie ausgerechnet mit Donavon zu schaffen? Dann ereilte mich eine Erkenntnis.

Es kursierte das Gerücht, eine Frau hätte bei einem von ihm organisierten Spiel in Monte Carlo einen Pott im Wert von über hundert Millionen von Donavon erbeutet. Statt stinksauer zu sein, hatte er der Frau eine Partnerschaft angeboten. Was für eine Partnerschaft, das wusste niemand.

War er ein früherer Lover? Donavon war ein aalglatter, elitärer Typ.

Der Gedanke an sie in seinem Bett ließ mich mit den Zähnen knirschen.

»Ist sie die geheimnisvolle Frau?«, fragte ich, obwohl ich es bereits wusste.

»Ja.« Pierce stieß gedehnt den Atem aus.

»Warum habt ihr nichts gesagt? Das Spiel war vor fast acht Jahren. Ich hätte sie aufhalten können. Ist euch klar, wie gefährlich die Zusammenarbeit mit Donavon ist?«

Donavon stand im Ruf, jeden zu vernichten, der es sich mit ihm verscherzte.

»Komm runter von deinem hohen Ross. Vor acht Jahren haben auch wir zu tief in Draco Jacksons Welt gesteckt, um an was anderes als ans nackte Überleben zu denken.« Hagen schwenkte den Firewater Whiskey in seinem Glas.

Draco Jackson war ein örtlicher Pate der Mafia mit Verbindungen zur Yakuza, dem organisierten Verbrechen in Japan. Er war vor etwa fünfzig Jahren nach Vegas gezogen und hatte eine amerikanische Version der Welt erschaffen, in der er aufgewachsen war. Draco war auch der Mann, der Hagen von der Straße geholt hatte, als Collin ihn mit siebzehn rausgeworfen hatte. Er hatte Hagen einen Job als Vollstrecker und die nötigen Mittel gegeben, damit er Pierce und mir helfen konnte, als uns durch Collin dasselbe Schicksal ereilte wie Hagen.

Ohne Draco wäre keiner von uns heute hier.

Gott, wie ich Collin hasste. Seinetwegen wurde unsere Familie zerstört. Wegen ihm musste ich in unterirdische Glücksspielringe einsteigen, um Hagen dabei zu helfen, uns durchzubringen und für Pierce' Entzug aufzukommen, nachdem seine Karriere als Olympiaschwimmer in sich zusammengefallen war und er im Alkohol sein Heil gesucht hatte, um damit fertig zu werden. Wegen Collin konnte ich die letzten Lebenstage meiner Mutter nicht bei ihr verbringen. Letzteres würde ich dem Mistkerl nie verzeihen. Er würde bezahlen.

»Zur Kenntnis genommen«, sagte ich, bevor ich mich an Hagen wandte. »Ich gehe mal davon aus, dass du als Erster von dem kleinen Geheimnis erfahren hast. Wie hast du's rausgefunden? Als du entdeckt hast, dass Penny hinter Firewater steckt?«

Penny war das kreative Genie hinter Firewater, einem mit Holunderblüten versetzten Whiskey, den sie in einem Labor erschaffen hatte und der schmeckte, als wäre er Jahrzehnte statt nur wenige Monate gereift. Feuerwasser galt derzeit als begehrteste Spirituose auf dem Markt. Manche Abfüllungen gingen für Tausende Dollar pro Flasche weg.

Pierce meldete sich zu Wort. »Ich hatte das Glück, über die Information zu stolpern. Als wir alle letzten Monat für meine Verlobungsfeier in Griechenland waren, hab ich Sylvia und Henna belauscht. Sie haben gelacht und über das Spiel geredet, als wär's eine schöne Erinnerung.« Pierce stürzte seinen Drink hinunter. »Amelia dachte, ich würde übertreiben und Sylvia würde nie zulassen, dass eines der Mädels in gefährliche Situationen gerät. Sie hält ihre Schwiegermutter für eine süße, harmlose alte Dame, obwohl sie genau weiß, dass Sylvia eine eigenwillige Version eines Mafia-Paten ist.«

Hagen schüttelte den Kopf. »Diese Frauen mit ihren Geheimnissen und Verrücktheiten werden uns noch alle grau werden lassen. Ich für meinen Teil bin erleichtert, dass Anaya ein Praktikum bei einer seriösen Technikfirma macht. Ihr würde ich glatt zutrauen, dass sie sich aus reiner Abenteuerlust irgendeiner verdeckten Spionageorganisation anschließt.«

»Warum nimmst du Anayas Ausbildung unter die Lupe?«, fragte ich. »Schon klar, dass sie Pennys kleine Cousine ist, aber das kommt mir sogar für deine Verhältnisse ein bisschen überfürsorglich vor.«

»Es hat sich etwas geändert.« Hagen sah Pierce an, der nickte. »Ich denke, du solltest den Scotch austrinken. Das wird ein schwer zu schluckender Brocken, aber danach wird dir klarer sein, warum dieses Projekt mit Collin und Henna so wichtig für uns ist.«

»Lass die Dramatik. Was zum Teufel ist los?«

»Ich denke, für das Gespräch gehen wir besser rauf in Hagens Penthouse.« Pierce schob seinen Stuhl zurück.

»Mir gefällt's hier.«

»Sturer Hund«, brummelte Pierce und lehnte sich wieder auf seinem Sitz zurück. »Na schön. Aber wenn du eine Szene machst, sperre ich dich mit Henna in ein Zimmer und lasse dich von ihr mit ihren Louboutins windelweich prügeln.«

Wenn Henna mit mir in ein Zimmer gesperrt wäre, würde ich sie auf den Knien meinen Schwanz bis zum Anschlag lutschen lassen.

*Scheiße, warum hab ich mir das Bild jetzt in den Kopf gepflanzt?*

»In dem Zimmer wär ich zu gern eine Fliege an der Wand.« Pierce grinste. »Henna ist ein krasses, herrisches Miststück, wie Amelia sie gern beschreibt.«

»Wie du meinst. Bringen wir's einfach hinter uns.«

»Willst du es ihm sagen, oder soll ich?«, wandte sich Hagen an Pierce.

»Du bist der mit allen Informationen, also nur zu.«

Hagen nickte, fuhr sich mit der Hand durchs kurze Haar und schaute zu mir auf. »Erinnerst du dich daran, wie Mama diese lange Reise gemacht hat?«

Ich war in jenem lang zurückliegenden Sommer noch so jung, kaum acht Jahre alt und so abhängig von Mamas Küssen und Umarmungen. Ein Lächeln von ihr oder eine Berührung ihrer Hand auf meinem Kopf konnten mich beruhigen. Ich war immer streitlustiger als Hagen und Pierce. Immerhin musste ich mich schon als Kleinkind durchsetzen, um nicht von meinen älteren Brüdern überfahren zu werden.

»Ja. Sie war auf einer Weltreise oder so mit ihren Freundinnen. Was ist damit?«

»Mama war in Griechenland, nicht auf Reisen. Sie war schwanger und hat ein Baby zur Welt gebracht.«

Ich verengte die Augen. »Wovon redest du da?«

»Mama hatte eine Affäre. Eine langfristige. Erinnerst du dich nicht, dass sich Colin ungefähr zu der Zeit verändert hat?«

»Da war ich grade mal acht Jahre alt. Wie zum Teufel soll ich mich daran erinnern?«

»Tust du sehr wohl. Du willst nur nicht daran denken.«

Er hatte recht. Früher hatte ich Collin vergöttert, und damals bestand für mich kein Zweifel daran, dass er umgekehrt uns alle vergötterte. Zwar arbeitete er wie besessen, aber wann immer er zu Hause war, widmete er uns jede Minute. Dann hatte er sich plötzlich verändert, wurde zornig, zurückgezogen und ging auf Abstand zu uns allen.

»Mama hätte keine Affäre gehabt. So war sie nicht.« Ich musste sie verteidigen, obwohl ich wusste, dass meine Brüder mich über so etwas nie belügen würden.

»Denk zurück und sag noch mal, dass es nicht stimmt.« Hagen beobachtete mich mit diesem Blick, der herausfordernd besagte: *Los, mach schon.*

In meinem Hinterkopf regte sich eine Erinnerung an einen Mann, der seit dem Jahr, bevor ich mit der Vorschule begonnen hatte, zu uns nach Hause gekommen war. Groß, größer als Collin, mit einem Teint, der vom indischen Subkontinent zu stammen schien. Er hatte uns damals oft besucht. Wann immer er es tat, ging das Kindermädchen mit mir in den Park oder ins Museum. Hagen und Pierce gingen zu der Zeit bereits zur Schule und sahen den Mann nie. Und als ich dann in die Schule kam, fiel mir der Geruch eines fremden Eau de Cologne im Haus auf.

*Gott, es ist wahr.*

»Du hast ihn gesehen.« Pierce beugte sich vor. »Ich weiß es. Manchmal bist du ganz aufgeregt geworden, wenn du Mama umarmt und gesagt hast, dass sie komisch riecht. Du warst schon immer extrem geruchsempfindlich.«

Ich rieb mir die Augen und schüttelte den Kopf. »Victor Anthony.« Mir drehte sich der Magen um.

Ich wusste ohne Zweifel, dass er es war. Und das bedeutete … Oh Scheiße.

»Anaya«, flüsterte ich. »Sie ist unsere Schwester.«

»Ja. Wir hatten sie die ganze Zeit vor uns und haben es nie bemerkt. Und dabei ist sie Mama abgesehen vom braunen Teint, den sie von Anthony hat, wie aus dem Gesicht geschnitten.«

Er hatte recht. Anaya besaß Mamas feine Züge,

haselnussbraune Augen und schlanke Figur. Und sie war so viel größer als Henna oder ihre Mutter.

»Warum hätte Mama ihr eigenes Kind aufgeben sollen? Das ergibt doch keinen Sinn. Ihre Kinder waren ihr Leben.« Ich hatte das Gefühl, eine ganze Flasche Whiskey zu brauchen, um das zu verarbeiten.

Mama hatte betrogen. Sie hatte Collin das Herz gebrochen.

War Collin das Opfer?

Nein, er hatte seine eigene Entscheidung getroffen, als er uns rausgeworfen hatte.

»Über Mamas Gründe kann ich nichts sagen. Ich kann mich nur an Collins Perspektive orientieren.« Hagen nahm einen ausgiebigen Schluck von seinem Whiskey. »Laut ihm war er selbst schuld, dass Mama bei Anthony gelandet ist. Er sagt, dass er Mama vernachlässigt hat. Nur durch ihre Einsamkeit war es Anthony möglich, sie zu verführen und sich Zugang zu den Familienfinanzen zu erschleichen. Um die Zeit der Anklage gegen Anthony herum hat Collin die Affäre entdeckt.

Mama wollte eine zweite Chance mit ihm, hat aber festgestellt, dass sie schwanger war. Sie wusste, dass es keine Möglichkeit gegeben hätte, die Wahrheit hinter Anayas Geburt zu verbergen. Also hat sie die Entscheidung getroffen, Anaya in Lena Anthonys Obhut zu geben.

Wie sich herausgestellt hat, war es die beste Entscheidung für Anayas Sicherheit. Collin konnte dadurch Henna, Anaya und Lena vor den Leuten verstecken, die Victor Anthony über den Tisch gezogen hatte. Darunter war auch Draco, der zweistellige Millionenbeträge verloren hat. Draco wollte eines der Mädchen als Bezahlung für das Verbrechen ihres Vaters.«

Bei der Vorstellung von Henna oder Anaya als Spielball in Draco Jacksons Machenschaften wurde mir schlecht. Er hatte die Finger in so ziemlich allem drin, von Waffen bis hin zu Prostitution.

Scheiße, das wurde allmählich zu viel.

»Sag was«, drängte mich Hagen.

Gott, wie griechisch war es, dass ich mit der Halbschwester meiner Halbschwester schlief?

»Weiß Henna Bescheid?«

Pierce übernahm die Antwort. »Wir sind uns nicht sicher, aber aus dem Bauch heraus würde ich sagen, ja. Sie war damals in deinem Alter und muss bemerkt haben, dass ihre Mutter dünn gewesen und trotzdem von einem Tag auf den anderen mit einer kleinen Schwester aufgekreuzt ist.«

»Ich weiß, was du gerade denkst, und du reißt dich besser zusammen«, sagte Hagen. »Die Anthony-Frauen beschützen sich gegenseitig mit Zähnen und Klauen. Also stürm nicht – ich wiederhole, stürm *nicht* zu Henna und verlang Antworten von ihr. Vergiss nicht, dass ihre Familie genauso sehr ein Opfer ist, wie wir es sind.«

»Wie lange wisst ihr es schon?« Ich richtete die Frage an Pierce. In ihm konnte ich am einfachsten lesen. Dem Mann standen die Emotionen ins Gesicht geschrieben. Ganz im Gegensatz zu meinem ältesten Bruder, dem man kaum anmerkte, dass er überhaupt ein Mensch war.

Seinen unerschütterlichen Panzer konnte nur Penny knacken.

»Ich hab's Anfang des Sommers erfahren, aber Hagen weiß es schon länger.«

»Das ist Monate her. Was für eine Scheiße.« Ich stieß mich vom Tisch ab und stand auf.

»Setz dich wieder, Zack.« Hagen packte mich am Arm und versuchte, mich zu überragen.

Dummerweise war ich genauso groß wie er, also hatte die Taktik, die er bei Pierce regelmäßig anwandte, keine Wirkung bei mir. Ich schüttelte seine Hand ab und ließ mich von meiner Wut dazu verleiten, Hagen gegen das Kinn zu schlagen. Der Treffer stieß ihn zurück und ließ ihn das Gesicht mit den Händen bedecken.

»Hast du gedacht, ich wäre ein Weichei und kann die Wahrheit nicht verkraften? Ich hatte das Recht, es zu erfahren.«

Sofort sprang Pierce auf und stellte sich zwischen Hagen und mich. »Herrgott noch mal. Ich wusste ja, dass wir uns dafür zurückziehen hätten sollen. Jetzt beruhig dich wieder, du Penner. Ist dir klar, dass drinnen Leute sind, die uns sehen können?«

Bevor ich darauf antworten konnte, erschienen Leute vom Sicherheitsdienst und schauten ratlos zwischen uns allen hin und her. Sie wussten nicht recht, was sie tun sollten, immerhin verkörperten wir alle ihre Bosse.

Als Traurigkeit in Hagens Augen trat, floss die Streitlust schlagartig aus mir ab. Mit demselben Blick hatte er mich immer bedacht, wenn ich in selbstzerstörerische Muster verfallen war, sei es in Form von Schlägereien bei verbotenen Pokerspielen oder bei meinen Geschäften mit Draco oder anderen Unterweltgrößen. Er war in einer Zeit, in der er selbst erst erwachsen wurde, mein Anker gewesen. Hagen war mir der Vater gewesen, der mir Collin hätte sein sollen.

Ich rieb mir mit der Handfläche übers Gesicht. »Das entschuldigt Collin nicht.«

»Richtig, tut es nicht«, pflichtete Pierce mir bei. »Aber es rückt in ein anderes Licht, was passiert ist.«

»Heißt das, ihr zwei habt ihm verziehen?«

»Wir arbeiten daran.«

»Ich kann mir nicht vorstellen, dass ich das je schaffe.« Ich stieß den Atem aus. »Gehen wir ins Penthouse. Ich brauch was von Pennys Sonderlos, um mich zu beruhigen und das Chaos zu verdauen, das unser Leben ist.«

5

———

Henna

»STEH AUF«, hörte ich Amelia in dem Moment sagen, als ich ans Telefon ging.

Amelia Thanos gehörte zu meinen besten Freundinnen und leitete Thanos Sports, eine internationale Agentur für Sportwerbung und -management. Außerdem war sie mit Pierce Lykaios verlobt und Mutter ihres gemeinsamen zehnjährigen Sohns.

»Nein.« Blinzelnd versuchte ich, die Uhr scharf in den Blick zu bekommen.

22:00 Uhr

»Verdammt, Ame. Ich bin heute zum ersten Mal seit über fünf Monaten vor Mitternacht ins Bett gekommen. Und hab erst eine halbe Stunde geschlafen.«

In den letzten zwei Wochen hatte ich mich darauf konzentriert, den Erfolg der Automesse sicherzustellen und gleichzeitig meine Pflichten als Trauzeugin bei Pennys Hochzeit zu erfüllen. Das hatte mich ausreichend auf Trab gehalten, um nicht an die Nacht mit Zack oder das Projekt auf Bora Bora zu denken, in das sich Zack regelrecht hineingedrängt hatte.

Ich wusste, dass ich mir zu viel zugemutet hatte und Ruhe brauchte. Collin schien meine Erschöpfung bemerkt zu haben. Er hatte mich förmlich durch die Tür hinausgeschoben und zum Schlafen vergattert.

Ich ging auf dem Zahnfleisch und beschloss daher, auf ihn zu hören, statt dagegen aufzubegehren, wie ich es normalerweise getan hätte. Außerdem waren die großen Kaliber, die wir im Haus hatten, ohnehin langjährige Freunde von Collin und würden seine Gesellschaft der meinen vorziehen.

»Willst du schlafen oder sehen, wie ich heirate?«

*Schlafen* lag mir auf der Zunge, bis mir ins Bewusstsein drang, was Amelia gerade gesagt hatte.

»Du tust *was?*« Abrupt setzte ich mich im Bett auf.

»Heiraten. In einer Stunde. Nach Vegas-Art. Schwing dich zu der Adresse, die ich dir aufs Handy geschickt habe. Penny und Hagen sind schon unterwegs, Zack auch. Ich kann dir verraten, dass Zack ziemlich ähnlich wie du reagiert hat.« Sie lachte. »Ihr zwei seid wirklich aus demselben Holz geschnitzt.«

»Ich bezweifle, dass er schon im Bett gelegen hat.«

»Stimmt, er hat gerade ein paar große Kaliber aus Indonesien betreut.«

»Wie kann er dann wie ich reagiert haben?«

»Weil ihr beide stinksauer werdet, wenn jemand eure Pläne durcheinanderbringt.«

»Halt bloß die Klappe, Thanos, sonst lasse ich dich nie wieder Kämpfe in meiner Arena buchen. Ich bin überhaupt nicht wie Zacharias Lykaios.«

»In weniger als einer Stunde heiße ich Lykaios, und meine Buchungen für die nächsten zehn Jahre hab ich schon. Den Rest der Welt kannst du vielleicht einschüchtern, aber ich kenne das Geheimnis, wie man dich rumkriegt.«

»Und wie?«

»Mit drei Schachteln von Sylvias Gebäck.«

Prompt rumorte mein Magen. Abgesehen davon, dass Sylvia Thanos die bedeutendste knallharte Matriarchin war, die ich kannte, agierte sie in der Küche wie eine Göttin. Jedes Mal, wenn ich sie auf ihrer Privatinsel vor der Küste Griechenlands besuchte, lief ich Gefahr, fünf Kilo zuzulegen.

»Unfair. Ich werd ihr sagen, dass du mich mit ihren Köstlichkeiten erpresst hast.«

»Hör auf zu jammern und schwing deinen Hintern her.«

Ich schob mich aus dem Bett. »Na schön. Gibt's eine Kleiderordnung?«

»Wir reden von einer Kapelle mit Elvis. Zieh an, was du willst.«

»Das wird interessante Fotos geben.« Ich lachte. »Wir sehen uns in einer halben Stunde.«

***

»HENNA *MASI*, darf ich den Kopf auf deinen Schoß legen? Im Haus ist es zu laut zum Schlafen.« Christopher, Amelias und Pierce' zehnjähriger Sohn, kam auf mich zu, während ich mich auf der um ihr Penthouse verlaufenden Terrasse entspannte.

Die Hochzeit war eine kurze, fünfzehnminütige Angelegenheit, und ich konnte immer noch glauben, dass sie wirklich stattgefunden hatte.

Spontanität war sonst nicht Amelias Stärke. Sie plante immer alles penibel, und soweit man wusste, sollte ihre Hochzeit über Weihnachten in ein paar Monaten steigen.

Amelia hatte mir erklärt, dass Christopher den Grund für die Vorverlegung verkörperte. Er hatte gewollt, dass seine Eltern zu seinem Geburtstag verheiratet sein würden, und so hatten sie ihm den Gefallen getan. Mittlerweile war der arme Junge völlig erschöpft, weil er schon weit länger als sonst wach war.

»Dann komm mal an Bord, kleiner Mann.«

Er gähnte, zog am Kragen seines Hemds und ließ sich dann auf das riesige, halbmondförmige Freiluftsofabett fallen, das einen beträchtlichen Teil der Terrasse einnahm.

Ich hob die Decke an, die ich mir über die Beine gelegt hatte, und wartete, bis er sich niedergelassen hatte, bevor ich das weiche Material über seinen Körper ausbreitete.

Dann spielte ich mit seinem seidigen, dichten schwarzen Haar, ein typisches Merkmal aller Lykaios-Männer.

»Du riechst gut. Mama sagt, das liegt daran, dass du einen Chemiker dazu gebracht hast, dir einen eigenen Duft zu machen.«

Lächelnd dachte ich an Amelias verschnupfte Reaktion zurück, als sie damals davon erfahren hatte – Pavlo Rici, der Chemiker schlechthin für edle Parfüms der Oberliga, hatte eingewilligt, einen Duft für mich zu kreieren, während er sie hatte abblitzen lassen.

Amelia hatte keine Ahnung, dass Pavlo sich damit bei mir bedankt hatte. Ich hatte nämlich für ihn eine Schuld von fast zweihundertfünfzigtausend Euro bei einem privaten Pokerclub in Monte Carlo beglichen, der von Eric Donavon finanziert wurde. Eric war kein Mann, dem man auch nur einen Cent schulden wollte. Ich gehörte zu den wenigen Menschen, die ihn je geschlagen hatten. Deshalb respektiert er mich und war ein Verbündeter geworden. Er schuldete mir ein paar Gefallen, auf die ich jedoch nur als letzten Ausweg zugreifen würde.

Gott, ich hasste meinen Vater dafür, was er meiner Familie angetan hatte. Und dennoch war ich selbst mit einem Mann befreundet, der mehr Verbindungen zur Mafia hatte, als man sich vorstellen konnte.

Zum Glück hatte ich mich mit Eric nie über Geschäftliches hinaus eingelassen. Er sah nach Art seiner nordischen Vorfahren umwerfend aus – groß, erhabene Gesichtszüge – und besaß den Stil seiner Mutter italienischer Abstammung. Ich hatte von Eric die unausgesprochene Dauereinladung, mehr aus unserer Freundschaft werden zu lassen, doch ich hatte nicht vor, darauf zurückzukommen. In Versuchung war ich schon oft geraten. Aber ich wusste, dass Eric ein Schürzenjäger war, und konnte nicht riskieren, mich mit jemandem einzulassen, der in einem Monat weiterziehen würde.

An der Stelle tauchte Zacks Gesicht vor meinem geistigen Auge auf.

Mit ihm hatte ich die Regeln eindeutig gebrochen. Zack war genauso schlimm wie Eric, und mit ihm war ich ins Bett gesprungen.

Es hatte mich einfach gereizt. Mittlerweile hatte ich den Drang befriedigt. Es lag in der Vergangenheit, und dort würde es bleiben.

*Lügnerin! Lügnerin!*

Ich verdrängte die Gedanken und konzentrierte mich auf Christopher. »Deine Mama ist bloß neidisch. Aber wenn du ihr ein Geschenk machen willst, kann ich mit Pavlo sprechen, damit er einen Duft nur für sie kreiert.«

Mit strahlenden Augen hob Christopher den Kopf. »Wirklich? Das würdest du für mich tun?«

Ich bückte mich und küsste ihn auf den Kopf. »Für dich würde ich alles tun. Aber es muss ein Geheimnis bleiben. Ich weiß, dass deine Mama keine Überraschungen mag – aber von der wird sie begeistert sein.«

»Ich sag kein Wort, versprochen.« Er senkte den Kopf wieder auf meinen Schoß.

Einige Minuten lang schwiegen wir. Der Wind legte zu,

und ich atmete die Wärme von Las Vegas ein. Die meisten Menschen konnten das Wüstenklima in Nevada nicht ausstehen, ich hingegen hatte es immer geliebt. Die karge Landschaft vermittelte etwas Friedliches. Na ja, vielleicht nicht unbedingt Las Vegas – die Stadt schlief nie –, aber alles außerhalb der Stadt. Ich liebte die Klippen, das Terrain, die Einsamkeit.

»Hattest du heute Abend Spaß?«

»Ja. Mama und Papa gehören jetzt offiziell mir.« Christopher fielen allmählich die Augen zu.

Ich lächelte. »Sie haben immer dir gehört.«

»Ja, aber jetzt bin ich ein Lykaios.«

Seine Worte trafen mich ins Herz und ließen mich den wahren Grund für die spontane Hochzeit begreifen.

Pierce war Christophers biologischer Erzeuger, doch bis zum vergangenen Jahr hatte der Junge geglaubt, Amelias erster Ehemann Stavros Thanos wäre sein Vater.

Da er mittlerweile die Wahrheit kannte, wollte er wie der Vater und die Onkel sein, zu denen er aufschaute.

»Du bist immer ein Lykaios gewesen, Kleiner. Du bist genauso stur und ehrgeizig wie der ganze Haufen.«

Als keine Antwort kam, wurde mir klar, dass Christopher eingeschlafen war. »Ich bin mir nicht sicher, ob mich das jetzt kränkt oder nicht.«

Abrupt schaute ich auf und erblickte Zack an der Tür zwischen Außenterrasse und Wohnzimmer.

»Ist bloß die Wahrheit.« Ich leckte mir die Lippen und versuchte, die Reaktion meines Körpers auf seine Anwesenheit zu unterdrücken.

Zwei Wochen lang hatte ich ihn gemieden und nur über E-Mails und unsere persönlichen Assistenten mit ihm kommuniziert.

»Du bist gut im Umgang mit ihm.«

»Er ist ein außergewöhnlicher Junge.« Ich strich Christopher die Strähnen aus der Stirn.

»Du liebst ihn, als wäre er dein eigenes Kind.«

»Ist er ja praktisch. Ich habe fast jeden seiner bisherigen Höhepunkte miterlebt. Und ich kann aufrichtig sagen, dass er meine erste Liebe war.«

Ich war sechzehn, als die damals völlig verängstigte achtzehnjährige Amelia den kleinen Christopher auf die Welt gebracht hatte. So sehr ich den süßen kleinen Fratz liebte, er hatte mir auch als Abschreckung vor Sex gedient. Wahrscheinlich hatte ich deshalb bis Mitte zwanzig gewartet, um auch nur daran zu denken, mit einem Mann mehr zu tun, als ihn zu küssen.

»Hast du gewusst, dass er Pierce' Sohn ist?« Zack kam näher und setzte sich links von mir aufs Sofa. Mit einer Hand streichelte er über den Kopf des schlafenden Christopher, dann neigte er mein Kinn so nach oben, sodass ich ihm in die Augen sah.

»Ich habe es vermutet. Amelia war Hals über Kopf in Pierce verliebt, zu sehr, um ihn zu betrügen. Und ich wusste auch, wie weit Collin gehen würde, um seine Familie zu beschützen.«

Eine Sekunde lang verhärteten sich Zacks Züge, dann entspannten sie sich. »Also bewahrst du seine Geheimnisse?«

»Nein. Er bewahrt meine.«

Zack öffnete den Mund, um etwas zu sagen, bevor er ihn wieder schloss und tief Luft holte. Erst dann ergriff er das Wort wieder. »Was ist mit Anayas Geheimnissen?«

*Was zum Geier meint er damit?*

Ich musterte ihn eindringlich und ich wusste, dass ich dabei irritiert aussah. »Collin würde alles tun, um Ana und mich zu beschützen.«

»Genau wie du umgekehrt. Du hast gewusst, warum Collin für Amelias und Pierce' Trennung gesorgt hat.«

Er sprach es als Feststellung aus, aber ich antwortete darauf wie auf eine Frage. »Ja.«

»Ihr seid seine Töchter.« In seiner Stimme schwang Resignation mit.

»Seine Handlungen haben ihn mehr gekostet, als du dir vorstellen kannst.« Kurz verstummte ich. »Er wollte euch nie verletzen. Er liebt euch alle mehr, als ihr je begreifen werdet.«

»Das ist nebensächlich. Er *hat* uns verletzt. Er hat unsere Familie zerstört. Mich hat er von meiner Mutter ferngehalten, bis ich nichts anderes mehr tun konnte, als mich von ihr zu verabschieden.«

Ich wollte Collin verteidigen, aber er hatte das alles tatsächlich getan. Nicht, weil er es wollte, sondern weil er dazu gezwungen wurde. Von einem Mann, einem Mafioso, der Anaya oder mich als Bezahlung für die Verbrechen unseres Vaters an ihm wollte.

Ich schwieg. Es war weder die richtige Zeit noch der richtige Ort für eine Diskussion über die Lügen und

Wahrheiten der Vergangenheit. Außerdem sprach über dieses Geheimnis niemals jemand außerhalb meiner Familie.

Verdammt, nicht mal Anaya kannte die Wahrheit. Bis sie davon erfuhr, erschien es mir nicht richtig, etwas zu sagen. Es war längst überfällig, sie einzuweihen, nur musste Mama erst dazu überredet werden. Sie beharrte auf dem Standpunkt, dass es nichts brachte, Ana etwas zu verraten. Manchmal fragte ich mich, ob sich Mama in Wirklichkeit nur davor drücken wollte, noch einmal alles zu durchleben, was Papa ihr angetan hatte, uns und allen, die ihm vertraut hatten.

»Was willst du von mir hören, Zack?«

»Keine Ahnung. Ich will ihn abgrundtief hassen. Ich will alles zerstören, was er aufgebaut hat, um ihn für seine bescheuerten Entscheidungen bezahlen zu lassen.«

Ich hob das Kinn. »Gut, dass ich zwischen dir und deinem Endziel stehe. Ich werde nämlich alles tun, was ich kann, um dafür zu sorgen, dass Collins Imperium bestehen bleibt und an die nächste Generation übergeht.«

Zacks Blick wurde lustvoll, und ich spürte ein Kribbeln tief in mir.

Es gefiel ihm, wenn ich ihm die Stirn bot. Vielleicht versuchte er deshalb immer wieder, mich auf die Palme zu treiben.

»Hör auf, mich so anzusehen. Das ist nicht angebracht, während dein Neffe auf meinem Schoß schläft.«

Zack strich mit dem Daumen über meine Unterlippe.

»Dann gehe ich davon aus, dass du kein Problem damit hast, wenn Christopher nicht in der Nähe ist.«

Ich drehte das Gesicht weg und widerstand dem Drang, mit meiner Zunge über die Stelle zu lecken, die Zack gerade berührt hatte.

»Du verwirrst mich. Wie kannst du mich wollen, wenn du weißt, dass ich diejenige bin, die zwischen dir und deinem Endziel steht?«

»Ich hab dir schon mehrfach gesagt, dass Collin nichts mit uns zu tun hat.«

»Es gibt kein ›Uns‹. Wir hatten einen One-Night-Stand, mehr nicht.«

Kaum hatte ich den Satz beendet, hörte ich, wie sich jemand räusperte.

Penny lehnte am Bogendurchgang der Terrasse, die Arme vor der Brust verschränkt, einen faszinierten Ausdruck im Gesicht.

»Beachtet mich gar nicht. Es wurde gerade interessant.«

Zack murmelte eine Verwünschung und erhob sich vom Sofa. »Ich nehme Christopher mit und bringe ihn ins Bett. Du kümmerst dich um Miss Neugierig.«

Ich beobachtete, wie er Christopher in Pierce’ und Amelias Penthouse trug. Der Mann würde mich noch in den Wahnsinn treiben. Warum wollte er ausgerechnet mich, obwohl sich haufenweise Frauen auf die Chance stürzen würden, das Bett mit ihm zu teilen?

»Du kannst aufhören, ihn mit den Augen zu bespringen.« Penny kroch auf die Polsterung des Sofas, ließ sich links von mir an der Rückenlehne nieder und zog an der Decke, bis sie ihre Beine verhüllte.

»Sicher, ich teile meine Decke gern, danke fürs Fragen.«

»Hör auf, rumzuzicken, Anthony, und fang an zu reden.«

»Worüber?«

Penny knurrte. »Fang vielleicht mal damit an, dass du mit Zack geschlafen hast.«

Sah ganz so aus, als würde sie gleich die große Schwester raushängen lassen. Penny und ich waren zwar Cousinen ersten Grades, aber eher wie Geschwister aufgewachsen. Wir waren in guten wie in schlechten Zeiten füreinander dagewesen, vom Tod von Pennys Mutter bis dahin, dass ich wegen Papas Verbrechen meine Jugend untergetaucht verbringen musste.

Sie nahm nie ein Blatt vor den Mund und liebte mich, ob sie meine Entscheidungen nun guthieß oder nicht. Penny gehörte zu den wenigen Menschen, die von meinem Erfolg in der illegalen Glücksspielwelt wussten. Verdammt, das Pokern hatte sie von mir gelernt. Wir stärkten uns immer gegenseitig den Rücken, um jeden Preis.

»Ich warte.«

Ich seufzte. »Es war ein Fehler. Der sich nicht wiederholen wird.«

»Soweit ich das mitbekommen habe, hat er durchaus vor, es zu wiederholen. Mehrfach.«

»Was er will und was passieren wird, sind zwei verschiedene Paar Schuhe.«

»Die Quoten sagen, dass du diese Wette verlieren wirst.« Penny lehnte den Kopf an meine Schulter. »Henna, ich will nicht, dass du verletzt wirst.«

Ich lehnte die Wange an Pennys Stirn. »Werde ich nicht, weil es ein einmaliger Ausrutscher bleibt.«

Mein Bauchgefühl teilte mir mit, dass ich Müll redete. Ich wusste, wenn Zack und ich wieder allein wären, würden wir es treiben wie die Karnickel, genau wie vor zwei Wochen.

»Du bist keine Frau für Gelegenheitssex, Henna. Ich liebe Zack – er gehört zur Familie – aber er wird dir wehtun.«

»Das ist keine Liebe, Penny. Glaubst du, ich würde mich noch mal auf eine Situation wie die mit Hunter einlassen? Ich bin keine naive Zweiundzwanzigjährige mehr, die unbedingt von jemandem geliebt werden will.«

An Hunter Carson zu denken, widerstrebte mir zutiefst. Ich hatte ihn im letzten Jahr am College kennengelernt, als ich in einer abgelegenen Ecke der Schulbibliothek gelernt hatte. Hunter war ein Gastredner für die Wirtschaftshochschule und auf der Suche nach einem ruhigen Platz zum Lesen. Wir hatten uns auf Anhieb gut verstanden und eine Fernbeziehung begonnen. Ich hatte gedacht, ich wäre verliebt, und mir war nie in den Sinn gekommen, dass er mich seiner Familie und seinen Freunden verheimlichen könnte.

Penny und Amelia hatten Hunter von Anfang an nicht gemocht, aber ich hatte ihre Bedenken ignoriert. Kurz vor dem Abschluss erfuhr ich durch eine von Penny durchgeführte Untersuchung, dass Hunters Familie Millionen durch das Schneeballsystem meines Vaters verloren hatte.

Hunter hatte unsere Beziehung nur inszeniert, um es meinem Vater heimzuzahlen und herauszufinden, ob meine Mutter etwas von dem Geld versteckt hatte. Alles, was er mir erzählt hatte, waren Lügen gewesen. Ich hatte mich wie eine komplette Idiotin gefühlt, weil ich auf einem Süßholzraspler im Designeranzug auf den Leim gegangen war.

Die Leute hatten keine Ahnung, dass wir im Grunde nur mit den Kleidern am Leib dagestanden hatten, als der Skandal aufgeflogen war. Collin war der einzige Grund, warum wir nie auf der Straße gelandet sind. Er nutzte seine Verbindungen, um uns nach Arizona zu bringen und uns neue Identitäten zu verschaffen. Mein wahres Ich nahm ich erst am College wieder an.

Zum Gott hatte ich nie von meiner Teilnahme an illegalen Pokerspielen oder dem von mir angehäuften Geld erzählt. Ich würde Hunter ohne Weiteres zutrauen, dass er versucht hätte, es mir abzuknöpfen. Seither beschränkte ich meine Beziehungen auf flüchtige Affären, ließ mich nie auf etwas ein oder erwartete mehr.

»Ich meine nicht Hunter. Er hat dich von Anfang an benutzt. Seine Familie und er waren nicht besser als dein Vater.« Durch die Vehemenz in ihrer Stimme liebe ich sie nur noch mehr als ohnehin schon. »Ich rede davon, dass Zack nicht zögern würde, dich zu überrollen, um an Collin ranzukommen. Sein Verlangen nach Rache stellt alles in den Schatten. Nur das hat ihn die letzten zehn Jahre lang angetrieben.«

Ich zog eine Augenbraue hoch. »Ist mir nicht neu. Mir ist sehr wohl bewusst, auf welchen Seiten wir beide stehen. Ich kann nicht leugnen, dass es der Sex war, den ich je hatte, aber es wird nicht noch mal vorkommen.«

»Sieh mir in die Augen und wiederhol das, ohne eine Miene zu verziehen.« Sie zeigte zwischen ihren Augen und meinen hin und her. »Selbst ein Blinder könnte die Chemie zwischen euch beiden sehen. Es ist ein Wunder, dass ihr nicht schon längst übereinander hergefallen seid.«

»Egal. Es war eine einmalige Sache. Meine Neugier ist gestillt.«

»Du belügst dich mit Vorliebe selbst. Henna.« Pennys Gesichtsausdruck wurde ernst. »Ich kenne dich. Sei vorsichtig. Zack ist so leicht zu lieben, aber schwer zu halten. Was glaubst du wohl, warum er so einen Rattenschwanz von Frauen gibt, die ihn hassen? Er ist zwar immer von vornherein ehrlich zu ihnen, aber irgendwie denkt trotzdem jede, sie könnte ihm den ewigen Junggesellen austreiben.«

»Ist dir schon mal der Gedanke gekommen, dass wir in der Hinsicht ideal zusammenpassen? Heiraten und glücklich bis ans Lebensende ist nicht das, was ich suche. Der Traum gehört Amelia und dir.«

»Dann muss ich mir wohl keine Sorgen machen.«

Wir wurden beide still, betrachteten die Nacht und die Lichter des Vegas Strip unter uns.

»Da ist noch was, worüber ich mit dir reden wollte.«
Penny hob den Kopf und sah mich eindringlich an.

»Schieß los.«

»Hast du die Finger immer noch in den privaten
Spielsälen in Monte Carlo drin?«

»Willst du das wirklich wissen?«

»Ich halte es für gefährlich, die Verbindung zu Eric
Donavon aufrechtzuerhalten.«

»Genau wie deine Beziehung zu Draco Jackson.«

»Das ist nichts Geschäftliches. Es beschränkt sich
darauf, dass er Lanas Großvater und Hagens ehemaliger
Boss ist.«

Ich runzelte die Stirn und sah sie ausdruckslos an.
»Also schickst du ihm nur deshalb Spezialabfüllungen
deines Whiskeys, weil er ein netter alter Mann ist.«

Draco Jackson hatte während Pennys Studium in
Stanford ein Interesse an ihr entwickelt. Penny wollte
glauben, dass Draco nur auf sie aufpasste, weil sie
Laborpartnerin und Freundin seiner einzigen Enkelin
Lana war. Ich hatte mich dem Irrglauben nie hingegeben.
Jeder weit und breit kannte die Geschichte meiner Familie.
Ebenso bekannt war Pennys Verwandtschaft mit Victor
Anthony, wenn auch nur durch seine Heirat mit meiner
Mutter.

Mein Bauchgefühl sagte mir, dass Draco in
Wirklichkeit Lana als Pennys Laborpartnerin arrangiert
hatte, um Ausschau nach mir und meiner Familie zu
halten, als wir zwei Jahre später aus der Versenkung
aufgetaucht waren. Ich hasste den Mann schon ewig und

machte vor Penny nie einen Hehl daraus. Allerdings hatte ich ihr auch nie von der verkommenen Verbindung Dracos zu meiner Familie oder davon erzählt, dass er meine Schwester oder mich als Bezahlung für Papas Verbrechen wollte. Ich hatte Mama versprochen, es geheim zu halten, und daran hatte ich mich gehalten.

»Ich schicke ihm Whiskey, weil er ein netter alter Mann und freundlich zu mir ist.«

»Ein netter alter Mann, der zufällig ein Mafioso ist.«

»Und du bist mit einem attraktiven älteren Mann im Geschäft, der zufällig einen Großteil des organisierten Verbrechens in Europa finanziert.«

»Dafür hab ich meine Gründe.«

»Zum Beispiel den, dass deine enge Verbindung zu Donavon jeden davor abschreckt, auch nur daran zu denken, sich mit dir, deiner Familie, Collin oder deinen Betrieben anzulegen. Jeder mit Augen im Kopf sieht, dass du Collin genauso skrupellos beschützt wie er dich und Anaya als Kinder. Und genauso rigoros, wie er die Wahrheit über Anayas Geburt streng geheim gehalten hat.«

Ich verschluckte mich um ein Haar. »Wie bitte?«

»Du hast mich schon gehört.«

»Aber wie hast du's rausgefunden?«

»Ist 'ne lange Geschichte. Du sollst nur wissen, dass ich Bescheid weiß. Und ich glaube nicht, dass du von Draco noch irgendwas zu befürchten hast. Er ist nicht mehr derselbe wie damals zur Zeit der Unterschlagung. Er ist nicht mal mehr derselbe wie noch vor einem Jahr.«

»Ich verlasse mich auf dein Wort.« Und wenn Penny

noch so sehr glauben wollte, dass sich Draco wegen seines Zerwürfnisses mit Hagen geändert hatte, ich konnte es nicht ... Oh mein Gott. »Penny, weiß Hagen, dass Ana seine Schwester ist?«

Ich sah Penny in die grünen Augen.

Sie nickte.

»Hat Draco es ihm gesagt?«

Wieder nickte sie.

»Also wissen es auch Pierce und Zack?«

»Pierce schon, bei Zack bin ich mir nicht sicher. Hagen wollte damit warten, es Zack zu erzählen, weil ihn der Tod ihrer Mutter am härtesten getroffen hat. Ich glaube nicht, dass er verkraften könnte, wenn Rhea Lykaios auf einmal von dem Podest gestoßen wird, auf dem sie für ihn sein Leben lang gestanden hat.«

Mich überkam das Gefühl, dass mir alles Blut aus dem Kopf abfloss. »Bitte sag Hagen, er soll es ihm nicht verraten. Zack könnte meine Mutter oder Ana zur Rede stellen. Ich will nicht, dass irgendjemand was zu Ana sagt. Sie weißt nichts davon. Mama will es so.«

Die Panik, die sich in meinem Magen festsetzte, ließ mich wünschen, ich wäre im Bett geblieben, statt zur Hochzeit zu kommen.

»Ihr werdet es ihr eher früher als später sagen müssen. Hagen ist fest entschlossen, seine Schwester in sein Leben zu integrieren.«

»Es wird warten müssen, bis sie von ihrem Praktikum zurückkommt. Bitte bring ihn dazu, sich bis nach eurer Hochzeit zurückzuhalten. Ich muss erst mit Mama reden.«

Penny seufzte. »Na schön.«

»Was soll ich nur tun, Penny? Mein Leben lang versuche ich schon, meine Familie zu beschützen. Ich muss Collin sagen, dass Hagen und Pierce die Wahrheit über Anaya kennen.«

»Das weiß er«, hörte ich Amelia sagen, die gerade die Terrasse betrat.

Sie trug noch das elfenbeinfarbene Spitzenkleid, in dem sie Pierce geheiratet hatte, aber sie hatte sich das lange schwarze Haar zu einem lockeren Knoten auf dem Kopf zusammengesteckt, statt es offen über den Rücken wallen zu lassen.

Amelia ließ sich auf meiner anderen Seite auf dem Freiluftsofa nieder und ergriff meine Hand.

»Sowohl Hagen als auch Pierce haben mit ihm über die Vergangenheit geredet. Die Geheimnisse um Draco sind der Grund, warum die drei wieder zueinandergefunden haben.«

»Ihr zwei solltet auf meiner Seite stehen. Warum bin ich die Letzte, die davon erfährt?« Ich war mir nicht sicher, ob ich verletzt oder stinksauer war – vielleicht beides. Die beiden verkörperten meine besten Freundinnen, und sie hatten mich völlig im Dunkeln gelassen.

»Aus dem gleichen Grund, warum du es uns seit unserer Kindheit verheimlicht hast.« Penny fädelte die Finger zwischen die meiner freien Hand. »Du musst die Last nicht mehr allein mit dir herumschleppen. Ich liebe deine Mutter – sie ist die nächstbeste Erinnerung an meine eigene Mama. Aber es ist nicht fair von ihr, auf

Geheimnissen zu bestehen, während sie einen Bundesstaat entfernt lebt und nicht ständig die Erinnerungen an die Vergangenheit vor Augen hat. Es ist an der Zeit, dass alles ans Licht kommt.«

»Ich weiß.« Widerwillig fand ich mich mit der Wahrheit ab. »Ich rede mit Mama, wenn sie zur Hochzeit herkommt. Sie muss erfahren, was ich vorhabe. Und wenn ich es Ana sage, werd ich eure Unterstützung brauchen.«

»Du weißt, dass wir für dich da sind.« Penny lehnte sich an mich.

»Das ist so beschissen. Ich schlafe mit dem Halbbruder meiner Halbschwester. Könnte es eigentlich noch griechischer werden?«

»Äh ... Entschuldige mal.« Amelia drehte sich mir zu. »Ich hab so das Gefühl, mir ist etwas entgangen.«

Penny lachte. »Mach's dir gemütlich. Unsere Freundin hier hatte nicht nur Geheimnisse aus der Kindheit vor uns.«

Ich zuckte zusammen und verkündete: »Ich glaub, ich brauche 'nen Drink.«

6

---

Henna

»WIRD VERDAMMT NOCH MAL ZEIT, dass du endlich aufkreuzt«, hörte ich als Erstes, als ich Pennys und Hagens Penthouse betrat. Wegen Vorbereitungen in letzter Minute kam ich zu spät zu Pennys Junggesellinnenabschied.

»Ana.« Ich stürmte auf meine kleine Schwester zu, küsste sie auf die Wangen und umarmte sie innig. »Du hast mir so sehr gefehlt. Was machst du denn hier? Ich dachte, das Praktikum endet erst ein paar Tage vor der Hochzeit.«

»Ich bin früher fertig geworden und durfte Brianas Privatjet nutzen, um nach Hause zu fliegen.«

Briana, eine reiche italienische Erbin und Gesellschaftsdame, gehörte zu meinen liebsten Freundinnen. Außerdem gehörte sie irgendeinem europäischen Nachrichtendienst an. Welchem, das wusste ich nicht genau. Ich wusste nur, dass sie für Pennys, Amelias oder meinen Schutz sorgte, wenn sie nicht im Einsatz war. Eine wahrhaft erstaunliche Frau.

Und dadurch, dass sie es übernommen hatte, auf Anaya aufzupassen, liebte ich sie unwillkürlich noch mehr.

Ich spähte über Anas Schulter. »Wo ist sie?«

»Bei irgendeiner Wohltätigkeitsveranstaltung ihrer Familie in Rom. Du weißt ja, wie ihre Familie darauf reagiert, wenn sie was verpasst.«

»Ich bin sicher, ihre Familie wird sich noch wünschen, sie wäre ferngeblieben. Bri liebt es, ihre Mutter auf die Palme zu bringen.«

»Briana will unbedingt jede Menge Fotos vom Junggesellinnenabschied sehen.«

»Ich bin so froh, dass du hier bist.« Ich umarmte Ana erneut, dann bemerkte ich ihr Kleid. »He, du, das ist *mein* neues Kleid. Ich hab's noch nicht mal getragen. Außerdem bedeckt es kaum deinen Schritt.«

Ana verdrehte die Augen. »Ist doch nicht meine Schuld, dass du so klein bist. Ich hatte nichts zum Anziehen im Schrank, also hab ich deinen geplündert.«

»Du hättest auch Amelia nerven können. Ihr seid ungefähr gleich groß und ähnlich gebaut. Bestimmt hätte sie etwas für dich, in dem du nicht aller Welt zeigen würdest, was du hast.«

»Sicherheitshalber hab ich Shorts darunter an.« Ana zog den Saum des Kleides hoch und zeigte mir glänzende Herrenshorts der Farbe meines Kleids.

Ich runzelte die Stirn. »Wenn Mama das sieht, dreht sie durch. Kameras, Ana. Vergiss nicht, dass Penny hier genauso prominent ist wie Amelia. Sie können nirgendwohin, ohne dass irgendein Reporter eine Kamera auf sie richtet.«

»Dafür haben wir die hier.« Amelia trat mit Spitzenmasken aus Seide in verschiedensten Farben und Designs ein. »Niemand wird merken, dass wir es sind. Wir werden für alle Welt wie eine gewöhnliche Mädelstruppe wirken, die zum Feiern um die Häuser zieht.«

Ich wollte einwenden, dass sich unmöglich verbergen ließe, wer wir waren, vor allem, weil ich für sämtliche Shows und Clubs eine VIP-Behandlung arrangiert hatte.

Penny hob sich ein Glas Firewater an die Lippen und lächelte über meine Verärgerung. »Mach dich mal für eine Nacht locker. Wenn du das privat hinkriegst, dann auch in der Öffentlichkeit. Niemand wird wissen, dass die unbekümmerte Frau, die in der Stadt ihr Unwesen treibt, die verklemmte Henna Anthony ist.«

»Manchmal kann ich dich echt nicht leiden.« Ich schnappte mir eine Maske im Blauton meines Kleids.

»Ist gar nicht wahr.« Penny kam auf mich zu und küsste mich auf die Wange. »Du liebst mich heiß und innig. Deshalb hast du das alles auch geplant.«

»Hoffentlich hast du einen Lapdance arrangiert«, meinte Anaya, während sie ihre Maske festband. »Ohne ist ein Junggesellinnenabschied in Vegas nicht vollständig.«

Lieber Gott, ich hoffte aufrichtig, dass in dieser Nacht niemand von uns verhaftet werden würde.

HAGEN WÜRDE MICH UMBRINGEN.

Ich beobachtete, wie Penny lachend dem Stripper auf den Hintern klatschte, der rittlings über ihrem Schoß stand und das Becken kreisen ließ. Gott, ich hoffte, keine der Frauen würde so dumm sein, einem der Brüder irgendwelche Fotos zu schicken. Zum Glück hatten wir uns alle für die Spitzenmasken entschieden, die zum Karnevalsmotto des Abends passten. Wenn jemand im Publikum ein Video aufnähme, würde man darin nur eine Gruppe junger Frauen sehen, die Junggesellinnenabschied feierten. Man würde uns nicht identifizieren können. Nur bei Hagen würde das nicht funktionieren. Der Mann würde seine Frau überall erkennen.

Ich warf einen Blick zu Amelia – lauthals johlend feuerte sie Penny vom Bühnenrand aus an.

Tja, Mist, auch Pierce würde mir dafür die Ohren langziehen. Ich konnte mir nicht vorstellen, dass er seine Frischangetraute auf der Bühne einer Männerrevue haben wollte.

»Was versteckst du dich hier?« Anaya trat hinter mich. Ich verbarg mich hinter dem Bühnenvorhang vor den Blicken der Zuschauer.

»Ich glaube, der Besuch der Stripshow war ein Fehler.« Ich konnte nur den Kopf schütteln, als Amelia mitten auf die Bühne ging, sich ebenfalls rittlings über Pennys Schoß aufbaute und den Körper am Rücken des Strippers rieb. »Ich stecke so was von in der Tinte.«

»Ach, jetzt hör doch auf. Es ist ein Junggesellinnenabschied. Ich wäre schon längst da draußen, wenn in meinem Vertrag nicht eine Klausel über öffentliches Verhalten stünde.«

Ich sah sie an. »Bitte sag, dass du nicht in Wirklichkeit irgendeiner Sekte beigetreten bist.«

Anaya lehnte den Kopf auf meine Schulter. »Manchmal kommt es mir so vor. Aber nein, es ist bloß ein erzkonservatives Unternehmen, das mir ein Wahnsinnsgehalt zahlen wird, damit ich nach dem Abschluss dort arbeite.«

»Ich bin stolz auf dich. Aber ich bin froh, dass du zu Hause bist. War ätzend, nicht jeden Tag dein hübsches Gesicht zu sehen.«

»Kann ich nur zurückgeben.« Anaya ergriff meine Hand und schob mich in Richtung der Bühne.

»Was machst du da?«

»Meine steife Schwester dazu bringen, Spaß in der Öffentlichkeit zu haben. Hast du versprochen. Zeig der Welt die unbekümmerte Frau, die du sonst nur bei uns herauslässt.«

»Hast du den Verstand verloren? Ich hab nichts dergleichen versprochen.«

Als ich versuchte, mich von ihr zu befreien, stieß sie mich in die wartenden Arme eines Strippers. Oh Mann. Seit wann war meine kleine Schwester so stark?

»Hallo, Boss. Lust auf ein Tänzchen?« Arnaldo, der Cheftänzer der Show, zog mich an sich.

Er war ein attraktiver Dreiundzwanzigjähriger mit

Muskeln ohne Ende und einem Lächeln, das Herzen schmelzen lassen konnte.

Als ich schon ablehnen wollte, rief Penny meinen Namen und fügte hinzu: »Wird verdammt noch mal Zeit, dass du bei dem Spaß mitmachst.«

Ich seufzte.

»Sie wollen doch Ihre Cousine nicht enttäuschen.« Arnaldo winkte ein paar weitere Tänzer herbei.

Sie umzingelten mich.

»Das gehört sich nicht. Was wird Collin sagen?« Mein Protest klang sogar für meine eigenen Ohren lahm.

»Kommen Sie schon, Ms. Anthony. Sie wissen genau, dass Mr. Lykaios höchstens herzhaft darüber lachen wird. Zeigen Sie uns die innere Wilde. Wir wissen alle, dass sie sich irgendwo unter Ihren schicken Designerklamotten versteckt«, rief ein anderer Tänzer.

»Mach mit, ist doch bloß Spaß.« Amelia kam auf uns zu. »Mit den Masken weiß niemand, dass wir das auf der Bühne sind. Bitte, Henna Benna.«

Penny rief herüber: »Ja, bitte, Henna Benna.« Ich konnte es nicht leiden, wenn sie meinen Namen so verunstalteten.

Als mich beide mit einer Schmollmiene ansahen, musste ich lachen.

»Na schön. Aber wenn ich mein Gesicht in irgendeiner Boulevardzeitung finde, seid ihr alle so was von dran.«

7

———————

Zack

»Oh, bei allem, was heilig ist. Ich werde ihr den Hintern versohlen, bis er knallrot ist.« Hagen stürmte in den Pokerraum.

Pierce und ich schauten von unseren Karten auf.

»Was hat deine liebe Starlight jetzt wieder angestellt?«, fragte ich und hoffte, nicht vom Tisch aufstehen zu müssen.

Im Pott befanden sich hundert Riesen. Ich hatte einen Straight Flush und stand kurz davor, mit Pierce den Boden aufzuwischen. Im Verlauf der Jahre war Pierce zwar besser geworden, trotzdem war ein Spiel gegen ihn immer noch so, als klaute man einem Baby einen Lutscher.

»Sieh dir den Scheiß an und sag mir, dass es nicht gerechtfertigt wäre.« Hagen zeigte das Display seines Handys in meine und Pierce' Richtung, bevor er ein Video abspielte.

Es zeigte Penny mitten auf der Bühne der Show *Dirty Nights All Male Review*. Einer der Tänzer und Amelia rieben und wiegten sich an Penny. Amelia warf eine Hand in die Luft und packte mit der anderen die Schulter des Tänzers, als würde sie einen Cowboy reiten.

Anayas Stimme lieferte einen detaillierten Kommentar zu den Szenen für eine Frau namens Briana. Was mir verriet, dass sie das Video offenbar an den falschen Empfänger geschickt hatte.

Dann schwenkte die Kamera auf Henna, eingezwängt zwischen zwei anderen Tänzern. Einer stand mit den Händen an ihren Hüften hinter ihr, der andere rieb sich erst an ihrem Körper, dann ging er in die Hocke, bis sich sein Gesicht auf Höhe ihres Beckens befand.

Sofort spürte ich, wie mir Hitze und Wut in den Kopf schossen.

Bevor ich etwas sagen konnte, war Pierce so zornig aufgesprungen, dass sein Stuhl umkippte. »Was zum Teufel denken die sich? Ist ihnen klar, wie viele Kameras auf sie gerichtet sind? Die Masken helfen einen Scheißdreck dabei, ihre Gesichter zu verdecken.«

Das Video schwenkte auf Anayas Kopf. Auf ihrer Haut glänzte ein Schweißfilm, und sie trug mehr Make-up, als ich es von ihr kannte.

Gott, wie hatte ich übersehen können, dass sie meine

Schwester war? Sie sah aus genau wie Mama aus, nur mit goldener Haut.

»Bri, ich hab dir ja gesagt, ich würde mich benehmen und trotzdem einen Weg finden, die Mädels richtig Spaß haben zu lassen. Ich will nicht lügen – es hat geholfen, dass zwei der Jungs in der Show in meinem Kurs Politikwissenschaft 450 sind und Eindruck bei der Schwester vom Boss schinden wollten. Apropos Boss: Hast du gesehen, dass ich sogar Henna dazu gebracht hab, sich locker zu machen? Ich hab doch gesagt, sie braucht keinen Alkohol dafür. Nächstes Mal spielst du den Bodyguard, und ich tanze auf den Tischen. Hab dich lieb. Küsschen.«

Anaya blies Küsse in Richtung der Kamera, bevor das Video abrupt endete.

Hagen drehte das Handy wieder zu sich herum und wählte eine Nummer. »Wo sind sie jetzt?« Welche Antwort er am anderen Ende der Leitung auch bekam, er knurrte und beendete den Anruf. »Gehen wir. Sie sind weg von der Show und tanzen jetzt im Nachtclub *Aphrodite's Garden*.«

---

WIR BRAUCHTEN GUT dreißig Minuten ins *Cypress*, Collins neuestes Casino-Hotel. Der Sicherheitsdienst wollte uns auf Hennas Anweisung abfangen. Anscheinend hatte sie geahnt, dass Hagen auftauchen würde und dafür vorgesorgt. Zum Glück hatte sie ihren Männern jedoch auch gesagt, sie sollten sich zurückhalten, falls Hagen aussieht, als könnte er den Laden niederreißen, und das tat er.

Als wir *Aphrodite's Garden* betraten, beeindruckte mich der Nachtclub auf Anhieb. Der Club versprühte eine lebendige Atmosphäre, ohne dabei zu grell zu wirken. Als Farbschema diente Weiß mit Akzenten heller Farben in Form von Blumen. Alles hochwertig und elegant, ohne spießig rüberzukommen.

Wenn Hagen nicht nur rot sähe, würde ihn das Ambiente wahrscheinlich ansprechen, und er würde versuchen, sich Hennas Designer für eines seiner künftigen Projekte zu krallen.

Ich sichtete die Frauen als Erster und knirschte unwillkürlich mit den Zähnen. Alle trugen immer noch Masken, tanzten aber nun mit Clubbesuchern statt mit den Strippern aus der Show.

Penny und Amelia räkelten sich Rücken an Rücken und rieben die Hintern aneinander. Anaya tanzte mit irgendeinem hünenhaften Arsch … und dann war da noch Henna.

Sie wirbelte mit Brady Lane über die Tanzfläche, einem bekannten Choreographen für Stars, regelmäßiger Gast des Clubs. Er stand im Ruf, sowohl auf als auch abseits der Tanzfläche äußerst beliebt bei Frauen zu sein. Die beiden bewegten sich so flüssig, dass ich wusste, Henna musste Tanzunterricht genommen haben. Und offenbar nicht bloß einen Crashkurs. Wie sie mit sämtlichen Schritten von Lane mithielt, verriet mir, dass sie sich irgendwann im Leben ausführlich damit beschäftigt haben musste.

Wann zum Geier hatte sie Zeit gehabt, Tanzen zu lernen?

Lane neigte sie nach hinten, und sie warf lachend den Kopf zurück. Als er sie wieder hochzog, gelangte sie so nah zum Gesicht des Mistkerls, dass er sie hätte küssen können. Und ich konnte nur daran denken, ihm die Visage zu polieren.

Henna gehörte mir. Ob sie es zugeben wollte oder nicht.

Ohne mich darum zu scheren, dass ich eigentlich mitgekommen war, um meine Brüder davon abzuhalten, einen Wirbel zu verursachen, bahnte ich mir einen Weg durch die Menge.

Lane bemerkte mich, zog eine Augenbraue hoch, beugte sie näher zu Henna und flüsterte ihr etwas ins Ohr. Sie lachte und küsste ihn auf die Wange. Langsam trat Lane einen Schritt zurück, verneigte sich vor Henna und verschwand in der Menge. Henna tanzte mit geschlossenen Augen weiter zum Rhythmus der Musik.

Sie war ein so wunderschönes Gesamtpaket, bot alles: Aussehen, Intelligenz und Herz. Ihr einziger Makel war ihre bedingungslose Liebe zu Collin.

Ich rempelte mich weiter durch die Tanzenden, bis ich mich unmittelbar hinter Henna befand. Ihr perfekter runder Hintern wiegte sich zur Musik und löste in mir Visionen davon aus, wie ich sie von hinten nahm. Diese Frau war dafür gebaut, dass sich ein Mann in ihr verlieren konnte.

Nein, nicht irgendein Mann. Ich.

Als ich die Hände an ihre Taille legte, erstarrte sie abrupt.

»Zack«, flüsterte Henna.

Also wusste sie, dass ich es war. Hatte sie mich gesehen, oder hatte Lane es ihr gesagt?

Ihre Hand legte sich auf meine. »Was machst du hier?«

»Mit dir tanzen.«

Sie warf mir über die Schulter einen verkniffenen Blick zu. »Ich meine, was machst du in meinem Club?«

Ich rieb die Kieferpartie an ihrem Hals und spürte, wie sie schauderte. Ganz gleich, wie sehr sie leugnete, dass ich ihr unter die Haut ging, ich kannte die Wahrheit. Sie wollte mich genauso sehr wie ich sie.

»Ich halte Hagen davon ab, hier alles niederzureißen, während er versucht, seine Verlobte zu finden. Musste Anaya unbedingt das Video mit den Strippern schicken? Hagen ist fast durchgedreht.«

»Sie hat *was* getan?« Henna drehte sich in meinen Armen um. Wie sich ihr schweißnasser Körper anfühlte und duftete, brachte mich beinah zum Stöhnen.

Schlagartig hatte ich eine Erektion in der Hose.

Ich zog sie an mich, und wie auf ein Stichwort wechselte die Musik zu einem sexy Hip-Hop-Beat. Den DJ des Clubs versuchte Hagen schon seit Jahren abzuwerben. Aber ganz gleich, wie viel er ihm bot, nichts funktionierte. Er war Henna gegenüber loyal und dadurch indirekt Collin gegenüber.

Ohne nachzudenken, schlang Henna die Arme um meinen Nacken und begann, im Takt des Songs zu tanzen.

Diesmal würde sie nicht behaupten können, es läge an Alkohol. Ich konnte keinen Tropfen in ihrem Atem riechen. An diesem Abend drehte sich alles um Penny, was bedeutete, dass Henna praktisch arbeitete.

Ich ließ die Hand von ihrer Taille zur prallen Erhebung einer Pobacke gleiten. Mir war nie klar, wie sehr mich Hinterteile ansprachen, bis ich Hennas perfektes Exemplar gesehen hatte.

»Ich glaub nicht, dass Anaya das Video an Hagen schicken wollte – die Nachricht war für eine Frau namens Briana. Sie hat irgendwas davon gesagt, dass ihr Mädel mal ein bisschen Dampf ablässt wie eine Normalsterbliche.«

»Das ist übel. Der Tänzer hatte die Hände an ihrem ...«

»Hintern«, beendete ich den Satz für sie. »Ich weiß. Und Hagen weiß es auch.«

»Ich glaube, Phillip hat sich ein bisschen hinreißen lassen.«

»Das ist hoffnungslos untertrieben und der Grund, warum wir hier sind. Wenigstens hat nicht Amelia den Lapdance gekriegt, sonst hätte Pierce diesen Phillip wohl längst aufgespürt und grün und blau geprügelt.«

»Wo sind die anderen? Penny hat gesagt, sie will auf keinen Fall vor vier gehen. Als ihre Trauzeugin bin ich verpflichtet, den Plan durchzuziehen.«

Sie warf einen Blick über meine Schulter, dann seufzte sie. »Tja, das war's dann wohl mit dem Plan. Ganz ehrlich, Hagen hebt ›besitzergreifend‹ auf ein völlig neues Niveau.«

Ich folgte der Richtung von Hennas Blick und

schüttelte den Kopf. Hagen hatte Penny in den Armen und verließ mit ihr gerade den Club. Penny wirkte nicht im Geringsten verärgert – sie lächelte nur zu meinem Bruder hoch und lehnte den Kopf an seine Schulter. Pierce hingegen hatte den Arm schützend um Amelia geschlungen, sah sie finster an und hielt ihr hitzig einen Vortrag – den Amelia mit Sicherheit völlig ignorieren würde.

»Was soll ich sagen? Wir Lykaios-Männer sind manchmal ein bisschen übereifrig, wenn's um unsere Frauen geht.«

»Kann ich mir bei dir nicht vorstellen.«

Ich ließ die andere Hand ihren Rücken hinauf und in ihr Haar wandern, krallte die Finger hinein und zog ihren Kopf zurück. »Du kennst mich nicht gut genug, um das beurteilen zu können.«

Wenn es mir möglich gewesen wäre, hätte ich mich an Hagens Beispiel orientiert, Henna aus diesem hormonverseuchten Club geholt, mir ein Zimmer gesucht, ihr dort den Arsch dafür versohlt, dass sie sich von einem anderen Mann hatte anfassen lassen, und es ihr dann besorgt, bis sie nicht mehr aufrecht laufen könnte.

Vor Henna hatte jede Frau, die dachte, sie könnte mich eifersüchtig machen, hoffnungslos ihre Zeit verschwendet. Und nun hatte ich es mit einer Frau zu tun, die keine Ahnung hatte, wie sie sich auf mich auswirkte. Dass sie unsere eine gemeinsame Nacht als Fehler betrachtete, ärgerte mich maßlos. Ich hatte vor, das noch in dieser Nacht zu ändern.

»Zack, ich freu mich schon darauf, die Frau kennenzulernen, die dich mal in die Knie zwingt. Sie wird eine wahrhaft beeindruckende Lady sein müssen.«

Bei Hennas Worten überkam mich ein Anflug von Besorgnis. Was zum Teufel passierte mit mir? Diese Frau musste eine Art Hexe sein. In der einen Minute wollte ich sie am liebsten erwürgen, in der nächsten konnte ich nur daran denken, wie sehr ich sie entblättern und für den Rest unseres Lebens an mein Bett binden wollte.

Ein neuer Song ging fließend in den Takt des alten über und riss uns aus der Trance, in die wir verfallen waren.

»Ich sollte gehen.« Sie wollte zurücktreten, aber ich hielt sie fest, verstärkte den Griff um ihr Haar.

»Lass uns den Tanz beenden, dann kannst du gehen.«

Sie schaute zu mir auf. Ihre Atmung ging flach, ihre Haut fühlte sich warm an – nicht nur vom Tanzen, sondern auch von der Erregung, die sie nicht unterdrücken konnte, wenn ich sie berührte.

»Ich ... Wir können nicht ...«

Ich schnitt ihr das Wort ab, indem ich ihr einen Finger auf die prallen Lippen legte. Mir waren die Augen nach oben gerollt, als sich dieselben Lippen über meine Härte gestülpt hatten.

»Es ist nur ein Tanz, Henna.«

»Zwischen uns ist nichts nur ein Tanz.« Damit hatte sie recht.

»Nur ein Tanz. Das hat nichts zu bedeuten.«

Sie wusste genauso gut wie ich, dass es eine Lüge war. Trotzdem kam sie näher, bis sie mich berührte.

Unsere Körper bewegten sich im Einklang, wogten und räkelten sich im erotischen Rhythmus eines Bollywood-inspirierten Beats.

Gott, war sie umwerfend – und damit meinte ich nicht nur ihr Aussehen, das jedem Covermodel ebenbürtig oder überlegen war. Nein, auch ihre Intelligenz und die dicht unter der Oberfläche verborgene Sinnlichkeit.

Noch nie hatte ich eine Frau so sehr begehrt.

Ich drehte sie herum, bis ich ihren Rücken vor mir hatte. Sie warf den Kopf zurück und rieb ihren drallen Hintern an meiner steinharten Erektion. Ich legte die Handfläche auf ihren Bauch und schob sie tiefer, bis ich mich nur noch einen Hauch von ihrem Becken entfernt befand. Ihr Atem stockte, und mich kostete es alle Willenskraft, dem Drang zu widerstehen, noch tiefer zu gleiten. Aber dafür trieben sich in der Nähe zu viele Leute mit Kameras herum. Und Henna kämpfte täglich hart, um sich ihren Ruf zu bewahren.

Sie hob die Arme und fädelte die Finger in mein Haar. Eine Weile spielte sie mit den Strähnen, bevor sie die Hände davon entfernte, sie tiefer wandern ließ, bis sie sich auf meinen Nacken legten. Ihr üppiger Busen hob sich dabei.

Ohne nachzudenken, strich ich mit der Hand ihren Bauch hinauf zwischen ihren Brüsten hindurch, bis sich meine Finger um ihren Hals schmiegten.

Ich hörte, wie sie gedämpft stöhnte.

Als sie den Kopf zur Seite neigte, sah ich Verlangen und Erregung in ihrem Gesicht. »Z-Zack.«

Ich biss ihr in die Unterlippe, bevor ich sie küsste. Sie schmeckte süß mit einem Hauch von Limette. Das verriet mir, dass sie Mocktails getrunken hatte, die sie bekanntlich gern genoss.

Diese Frau war wie eine Droge, von der ich nicht genug bekommen konnte.

Wir küssten uns nicht nur, sondern verschlangen uns geradezu gegenseitig, während wir uns weiter zur Musik bewegten.

Als wir nach Luft schnappten, murmelte ich: »Komm mit mir nach Hause, Henna. Lass uns sehen, wohin es führt.«

Hennas Körper versteifte sich, als würde ihr in dem Moment bewusst, was sich zwischen uns abspielte.

»Nein. Das darf nicht noch mal passieren.«

Sie löste sich aus meinem Griff, entfernte sich zwei Schritte von mir, legte mir die Hand auf die Brust und schnappte nach Luft.

Dann sah sie mir in die Augen. »Wir sind nicht gut füreinander. Wir haben zu viele familiäre Bindungen. Das würde alles nur noch mehr verkomplizieren.«

Statt zu diskutieren, beobachtete ich, wie sie sich von mir entfernte und den Club durch den Hinterausgang verließ.

8

___

Henna

ICH EILTE in den Beobachtungsraum des Clubs und
versuchte, meine tobenden Hormone unter Kontrolle zu
bringen.

An meiner Haut klebten Schweiß und der Duft des
einen Mannes, den ich unbedingt *nicht* begehren wollte.

Es war ein Fehler gewesen, den Tanz in eine solche
Richtung gehen zu lassen.

Gott, ich hätte es besser wissen müssen, als ihn zu
küssen. In seiner Nähe verlor ich jede Fähigkeit, rational
zu denken.

Mein Körper vibrierte noch vom Gefühl von Zacks
Armen um mich und vom Kribbeln seines dichten
schwarzen Haars unter meinen Fingern.

Ich ging zur Fensterwand mit Blick auf die Tanzfläche unten. Dort schloss ich die Augen und lehnte die Stirn an die kühle, außen verspiegelte Scheibe.

Ich hätte nicht mit ihm tanzen sollen. Ich hätte mich nicht von der Musik hinreißen lassen sollen. Und vor allem sollte ich ihn nicht so verdammt sehr wollen.

Warum musste es ausgerechnet Zacharias Lykaios sein?

Ich sollte aus der Vergangenheit lernen. Stattdessen hatte ich es wieder mit einem Mann zu tun, der mir nur Ärger bereiten konnte.

In dem Moment öffnete sich die Tür, und meine Haut prickelte. Zack.

Das war nicht gut.

»Was machst du hier drin?«, fragte ich, ohne mich umzudrehen. »Der Zutritt hier ist verboten.«

Als das Schloss klickte, zog sich mein Magen zusammen.

»Du weißt, warum ich hier bin.«

»Es war nur ein Tanz.«

»Wer uns zugesehen hat, dürfte das wohl anders empfunden haben.«

Ich ignorierte seine Bemerkung und wiederholte: »Du darfst nicht hier oben sein.«

»Ich halte mich nie an die Regeln. Warum sollte ich jetzt damit anfangen?«

Kurz schloss ich wieder die Augen und versuchte, eine Möglichkeit zu finden, Zack loszuwerden. Mir fiel nichts ein.

Als ich die Lider öffnete, landete mein Blick auf Penny und Hagen beim Tanzen.

Anscheinend hatte sie ihn überredet, noch mal zurückzukommen. Bei Starlight schmolz der Mann dahin wie Butter in der Sonne.

Er küsste sie auf die Stirn und lächelte auf sie hinab. Sie waren so ineinander versunken, dass die Welt um sie herum wahrscheinlich explodieren könnte, ohne dass sie es merken würden. Ein Anflug von Neid fuhr mir ins Herz. Hagen liebte sie so sehr. Für ihn würde es keine Rolle spielen, wenn sie eine unschöne Vergangenheit hätte. Oder wenn ein Schandfleck an ihrer Familie haftete. Für ihn zählte nur, dass sie seine Liebe erwiderte.

Ich spürte, wie Zack hinter mich trat. Seine Körperwärme strahlte auf meine Haut.

»Sie sind perfekt füreinander. Genau wie Pierce und Amelia.«

Mein Blick richtete sich auf die Ecke des Raums zum VIP-Bereich. Dort ließ Amelia die Füße baumeln, während sie auf Pierce' Schoß saß und mit Anaya plauderte. Ihre Eheringe glänzten und reflektierten die Lichter im Club.

»Ja, sind sie wirklich. Sie verdienen ihr Happy End.«

Zack legte neben meinem Kopf eine Hand auf die Scheibe. »Suchst du das auch?« Warum musste er so gut riechen?

Ich wollte mich zu ihm umdrehen und an ihm schnuppern, hielt mich aber davon ab, dem Drang nachzugeben.

»Tu ich nicht«, behauptete ich.

Aber es war gelogen. Jede Frau wollte ihren Traum. Aber manchmal schien es besser zu sein, sich mit den Karten abzufinden, die man ausgeteilt bekommen hatte, statt sich nach einer unmöglichen Zukunft zu verzehren.

»Was suchst du dann, Henna?«

Ich hatte nicht die geringste Ahnung. Seine Nähe brachte meinen Verstand durcheinander.

»Das ist mein Geheimnis.«

Zack trat näher, bis seine Erektion gegen meinen Hintern drückte.

»Ich kenne ein Geheimnis, das du nicht zugeben willst, nicht mal dir selbst gegenüber.«

»Und das wäre?«

»Du stehst drauf, wenn es dir ein Mann hart besorgt, dich dazu bringt, die Kontrolle abzugeben, und dir Vergnügen so bereitet, wie du's nur aus Büchern kennst.«

Bilder fluteten meinen Geist. Von Zack, wie er mich an sein Bett fesselte und meinen Körper mit einem Schnittmusterrad reizte, bis ich keuchte und so erregt wurde, dass ich ihn schluchzend anflehte, es mir zu besorgen.

Gott, ich hatte ihn in jener Nacht so viel mit mir anstellen lassen. Dinge, die ich noch nie zuvor mit jemandem gemacht hatte. Er hatte gewusst, was ich brauchte, hatte gewusst, dass ich die Kontrolle abgeben und dominiert werden wollte.

»Ich weiß, woran du gerade denkst. Wirst du von der Erinnerung feucht? Weckt sie Sehnsucht in dir?«

Mein Herzschlag beschleunigte sich ebenso wie meine Atmung.

»Wenn du dich nur nicht aus dem Bett geschlichen hättest. Ich hätte dich gleich nach dem Aufwachen vor Lust zum Schreien gebracht.«

»Es wird nicht noch mal passieren. Es *darf* nicht noch mal passieren.«

»Wen versuchst du gerade zu überzeugen?«

*Mich*, wollte ich sagen.

Seine Finger strichen meine Arme hoch und verursachten mir eine kribbelnde Gänsehaut.

»Sag mir, dass du das nicht willst.« Er schob mein Haar beiseite und küsste meinen Nacken.

Ohne nachzudenken, drehte ich mich so, dass ich ihm die empfindsame Stelle zwischen Hals und Schulter präsentierte.

Als er zart zubiss, streckten sich unwillkürlich meine Finger durch und pressten gegen das Fenster.

Ich stöhnte, als sich meine Mitte zuckend zusammenzog.

Eine Hand strich über meinen Oberkörper, legte sich auf meinen Busen und kniff den Nippel beinah schmerzlich fest. Erregung und Verlangen entfachten in mir und ließen mich mehr wollen.

»Reicht dir die Erinnerung an eine Nacht?« Seine andere Hand löste sich von der Scheibe und wanderte zum Saum meines Kleids, zog es nach oben, bis er die Seide erreichte, die meine feuchte Spalte bedeckte.

Sein Finger streifte durch den feuchten Stoff meine Lustperle und ließ mich nach Luft schnappen. »Zack.«

Ich packte seine Hand, hielt ihn davon ab, weiterzumachen.

»Das dürfen wir nicht.«

Seine Zunge leckte kurz über mein Ohr, bevor er an meinem Ohrläppchen knabberte. »Wir haben es schon getan. Sogar mehrmals.«

Gott, ich konnte nicht klar denken, wenn er das tat. »Es darf nicht noch mal passieren.«

»Sag du mir, dass eine Nacht für dich genug war, dann nenne ich dich Lügnerin.«

Ich atmete tief aus und versuchte, mich auf die Konsequenzen zu konzentrieren, nicht auf seinen verruchten Mund oder seine Finger.

»Ich will nicht leugnen, dass stimmt, was wir beide wissen. Das heißt aber noch lange nicht, dass irgendetwas daraus werden darf.«

»Von wegen.« Mit einem Ruck drehte er mich zu sich herum, drückte mich mit dem Rücken an die Scheibe und schloss mich mit seinen Armen links und rechts von mir ein. »Collin hat mit dem zwischen uns nichts zu tun.«

»Und ob. Du willst den Mann vernichten, der mir das Leben gerettet hat. Und ich werde ihn um jeden Preis schützen.« Ich wollte Zack von mir schieben, aber er ergriff meine Hand, zog sie nach unten und legte sie auf seinen prallen Schritt. Die Erhebung fühlte sich so lang und dick an, dass ich die Finger um seine herrliche Männlichkeit legen und sie massieren wollte.

Bis zu diesem Mann hatte ich das beste Stück eines Mannes nie als schön empfunden, aber Zack spielte in der Hinsicht in einer eigenen Liga.

»Hast du gewusst, dass deine Augen fast schwarz werden, wenn du wütend bist?« Er beugte sich vor, bis seine Lippen nur noch Bruchteile eines Zentimeters vor meinen schwebten. »Oder wenn du erregt bist?«

Ich durfte mich nicht noch einmal hinreißen lassen, ganz gleich, wie sehr ich jene unglaubliche Nacht erneut erleben wollte.

»Lass mich los, Zack.«

Er grinste. »Lass du mich doch los.«

Ich erstarrte, als ich merkte, dass er meine Hand nicht mehr festhielt. Stattdessen rieb ich aus eigenem Antrieb seine dicke Härte. Ich tat genau das, wogegen ich mich zu wehren versuchte.

Als ich ihn losließ, schoss mir Hitze in die Wangen. Ich schloss die Augen und lehnte den Kopf an die Scheibe zurück.

Dieser Mann war mein Kryptonit.

Warum, oh warum nur hatte ich es über den Pokertisch hinausgehen lassen?

*Weil du eine Nacht lang spüren wolltest, wie es ist, einem Mann zu gehören, der weiß, was du brauchst, bevor du es selbst weißt.*

»Sieh mich an und sag mir, dass ich gehen soll. Ein Wort, und ich verlasse den Raum.«

Ich schlug die Lider auf und starrte in seine stechenden blauen Augen.

Ein Mann sollte nicht so umwerfend sein dürfen. Zacks Pupillen hatten sich geweitet, seine Wangen waren gerötet, sein Atem ging flach. Er war genauso erregt wie ich.

»Warum ich?«

Noch nie hatte sich ein Mann so auf mich ausgewirkt.

»Weil du mich brauchst. Unter all deiner Selbstbeherrschung weißt du genau, dass ich als Einziger stark genug bin, um dir die Unterwerfung zu schenken, nach der du dich sehnst – von der du fantasierst, die du dir aber verweigerst.«

Meine Kehle wurde trocken, und ich schluckte.

»Also, sag mir, was du von mir willst.« Er knabberte an meiner Unterlippe, verursachte ein erlesenes Brennen darin. »Soll ich gehen?« Er presste den Körper an meinen. »Oder willst du sehen, wie tief dieser Kaninchenbau reicht?«

Bevor mir bewusst wurde, was ich tat, fädelte ich die Finger in Zacks Haar und zog ihn zu mir.

Seine Lippen bedeckten meine. Er schmeckte nach Scotch und nach sich selbst. Sein Kuss wurde leidenschaftlicher. Seine Zunge rieb an meiner, während seine Hüften an meinem Becken kreisten.

Das beherrschte er entschieden zu gut.

Ich zog mich zurück, schnappte nach Luft und murmelte: »Das ändert gar nichts.« Ich zog sein Hemd aus der Hose. »Du bist trotzdem der Feind.«

Er fing meine Hände ab und drückte sie ans Fenster. Eine Furche bildete sich zwischen seinen Brauen.

Der Druck um meine Handgelenke jagte einen

Schauder durch meinen Körper. Meine Muschi quoll über vor Verlangen, zuckte und sehnte sich nach Zack in mir.

»Ich bin nie dein Feind gewesen. Ein Rivale, ja. Ein Feind – nein.« Er hielt meine Arme mit einer Hand weiter fest, während er mit der anderen über meinen Schenkel strich, bis er sie auf meine Scham legte. »Herrgott, bist du feucht. Ich muss dich schmecken.«

Er ließ meine Hände los und sank auf die Knie. Mit einer schnellen Bewegung riss er mir den Tanga vom Leib, zog mich mit einem Ruck zu seinem Mund und leckte tief meine triefende Spalte.

Instinktiv senkte ich die Arme, um nicht das Gleichgewicht zu verlieren. Gleich darauf spürte ich das Brennen eines Klatschens auf meinen Oberschenkel.

Ich schrie vor Schreck auf, bevor ich unwillkürlich stöhnte, als der kurze Schmerz in ein Verlangen nach mehr überging.

»Nimm sie wieder hoch. Wenn du dich noch mal bewegst, höre ich auf.«

Der Befehlston seiner Stimme erreichte mit seinem warmen Atem meine sehnsüchtige, pralle Liebesknospe und ließ mich die Arme zurück in Position heben. Ich würde mich unmöglich davon abhalten können, ihn zu berühren.

Noch kein Mann hatte es gewagt, mich so herumzukommandieren, weder im Schlafzimmer noch außerhalb, und doch ließ ich mir nun von Zacharias Lykaios bereitwillig Befehle erteilen.

Das war so verrückt.

Als könnte er meine Gedanken lesen, schaute er meinen Körper entlang zu mir auf und sah mir in die Augen.

»Gibt's ein Problem?« Er blies auf meine pulsierende Scham. »Wie gesagt, ein Wort von dir, dann gehe ich und es endet.«

»Nein.« Ich presste die Handrücken gegen das kühle Glas. »Hör nicht auf.«

»Wie du willst.« Sein Mund senkte sich wieder auf mich.

Zuerst leckte er auf und ab, reizte mich, streifte kaum meine Klitoris. Dann umkreiste seine verruchte Zunge das pralle Nervenbündel und schnippte dagegen, bis ich mich japsend und zuckend gegen ihn lehnte.

Es kostete mich alle Willenskraft, die Arme an der Scheibe zu belassen. Die Lichter im Club unten blitzten um uns herum und vermittelten uns das Gefühl, mitten auf der Tanzfläche zu sein.

Zack brummte, während er mich leckte. Seine Finger bohrten sich in meinen Hintern, während er mich mit kraftvoll an seinen forschenden Mund zog.

Meine Muschi zuckte und zog sich zusammen, ließ mich den Rücken durchwölben. »Bitte. Oh bitte. Ich bin fast da.«

»Ich weiß«, murmelte er und schob die Zunge tief in mich, bevor er sich zurückzog. »Wie willst du kommen?«

»Was? Ich dachte, das wäre offensichtlich.«

Er knabberte an meinen unteren Lippen, bescherte mir damit ein herrliches Brennen. Sofort geriet mein Inneres in Wallung, und ich stand kurz davor, den Gipfel zu erklimmen.

»Sag es, Henna. Oder ich lasse dich so hängen. Ich weiß, was du brauchst. Du weißt, was du brauchst. Und ich brauche die Worte.«

Ich wand mich hin und her, als er einen Finger in meinen bebenden Kanal schob und ihn nach oben krümmte, bis er die empfindliche Nervenfläche tief in mir streifte. Ein zweiter Finger gesellte sich zum ersten, und beide stießen vor und zurück.

»Verdammt noch mal, Zack. Gib mir den Hauch Schmerz, den ich brauche. Sonst kann ich nicht kommen.«

»Und war das jetzt so schwer?« Er saugte an meinem Kitzler, klemmte ihn sich zwischen die Zähne, schob gleichzeitig einen dritten Finger in mich und dehnte mich mit einem verrucht erlesenen Brennen.

Mein Körper explodierte förmlich und katapultierte mich über den schmalen Grat zwischen Schmerz und Lust. Mein Inneres zog sich um seine tastenden Finger zusammen und molken sie förmlich, als wären sie seine Mannespracht. Unwillkürlich warf ich den Kopf zurück und schrie Zacks Namen.

Erst, als ich allmählich wieder runterkam, bemerkte ich, dass ich die Hände in Zacks Haar gekrallt hatte, während er mich weiter leckte.

Ich wollte die Hände von ihm lösen, aber Zack packte sie. Er hielt meine Handgelenke fest, während er sich den Mund an meinem Oberschenkel abwischte und aufstand. Beim Anblick der Lust in seinen Augen zog sich mein

Innerstes prompt erneut zusammen. Als ich hinabblickte, sah ich das Ergebnis meiner Erregung an seinen Fingern glänzen.

Warum fand ich das so geil? Dieser Mann brachte mich dazu, Dinge zu wollen, die ich nicht begehren sollte. Vor allem versaute, verschwitzte, perverse Dinge.

»Ich werd's dir besorgen, bis es dir die Augen verdreht.« Ich leckte mir über die Lippen. »Soll mir recht sein.«

Er löste den Griff um meinen Arm und führte die mit meiner Essenz bedeckten Finger an meine Lippen.

»Lutsch dran.«

Ich öffnete den Mund, befolgte seine Anweisung. Der Geschmack breitete sich explosiv über meine Geschmacksknospen aus, eine Mischung aus würzig und süß.

Er zog die Finger heraus, dann rieb er mit dem Daumen meinen Hals hinab. »Gefällt dir das?«

Wäre es in Ordnung zuzugeben, dass ich den Geschmack meiner eigenen Erregung genoss?

Ich nickte und spürte, wie mein Gesicht vor Verlegenheit heiß wurde.

»Verstehst du jetzt, warum du mir den letzten Monat nicht mehr aus dem Sinn gegangen bist?«

»Warum zwingst du mich, so was zuzugeben?«

Er saugte sich meine Unterlippe in den Mund und entließ sie mit einem schmatzenden Laut. »Denn unter der Fassade der allzeit souveränen Henna Sara Anthony steckt eine Hedonistin, die jemanden braucht, der sie zum Spielen herauslockt.«

Er hatte recht. Meine wenigen Erfahrungen in der Vergangenheit waren zwar angenehm gewesen, aber nicht annähernd so wie das, was mit Zack geschah.

Es war, als hätte er mir mit einer einzigen intensiven Nacht der Ekstase jeden anderen Mann vermiest.

*Tu dir das nicht an, Henna.*

»Und da du sie jetzt hast, was hast du vor?«

Seine Finger wanderten zur Rückseite meines Kleids. »Ich habe vor, es dir die ganze Nacht lang zu besorgen.«

Mein Magen vollführte vor Erregung einen Satz. »Ziemlich ehrgeizig, oder?«

Langsam zog Zack den Reißverschluss meines Kleids nach unten. In Zeitlupe teilte sich der Stoff. »Es ist kein Ehrgeiz, wenn es wahr ist. Und ich hab schon bewiesen, dass ich die ganze Nacht durchhalten kann. Findest du nicht?«

»Doch«, räumte ich mit einem zittrigen Atemzug ein.

»Aber jetzt sofort hab ich vor, dich schnell zu nehmen. Deinetwegen hatte ich den letzten Monat lang einen Dauersteifen. Ich muss die ärgste Lust abbauen.«

»Du hast einen Monat lang keinen Sex gehabt?« Ich konnte die Überraschung in meiner Stimme nicht verbergen.

Seine Hand legte sich um meine Kehle. Aus seinem Gesicht sprach Verärgerung. »Im Gegensatz zur öffentlichen Meinung geben sich bei mir nicht die Frauen die Tür in die Hand. Die Zahl ist eklatant ungenau.

Außerdem bist du seit geraumer Zeit die Einzige, die ich will.«

Mein Herz fühlte sich an, als würde es gequetscht. Hier ging es um Sex, um Chemie, um körperliche Begierde. Wenn ich mir gestattete, an mehr zu glauben, war mir Schmerz vorherbestimmt.

Ich unterdrückte den Gedankengang und erwiderte: »Worauf wartest du dann noch?«

»Auf rein gar nichts.« Damit senkte er den Mund auf meine Lippen und ertränkte mich in berauschenden Küssen.

Die nächsten Minuten lang gebärdeten wir uns wie tollwütige Tiere, die nur das Ziel hatten, sich gegenseitig zu entblättern.

Noch nie hatte ich einen Mann so gewollt.

Als ich nach Zacks Gürtel griff, hielt er meine Finger zurück. »Sag mir, dass du ein Kondom hast.«

Warum löste der Gedanke, dass er nicht allzeit bereit für Sex war, ein Glücksgefühl in mir aus?

Er biss mir auf die Unterlippe, holte meine Aufmerksamkeit zurück zu seinen Worten. »In meiner Handtasche.«

Er fasste hinter sich zum Tisch und packte meine Clutch. Kurz wühlte er darin herum, fand das Kondom und hatte sich gerüstet, kaum dass ich seine wunderschöne Erektion befreit hatte.

Zack hob mich hoch, drückte meinen nackten Rücken gegen das Fenster. Ich schlang die Beine um seine Taille und umklammerte seine Schultern.

»Bereit?«, fragte er und brachte die Eichel seiner gewaltigen Mannespracht an meiner feuchten Pforte in Stellung.

»Natürlich bin ich bereit. Fick mich, Zack.«

Er stieß hart in mich, ließ mich nach Luft schnappen. »Oh Gott.«

Diesmal glitt er nicht langsam in mich wie beim ersten Mal, als wir miteinander geschlafen hatten. Er war so viel größer als jeder andere, mit dem ich je zusammen gewesen war. Er wollte, dass es schmerzte, weil er wusste, dass ich darauf stand – das verriet mir das Leuchten in seinen Augen.

»Gott. Du bist so eng.« Er zog sich zurück und stieß wieder zu. »Du fühlst dich so verdammt gut an.«

Mit jedem Stoß dehnte ich mich mehr um ihn herum. Er ging es absichtlich langsam an, um mich in den Wahnsinn zu treiben und dazu zu bringen, um den Orgasmus zu betteln, den er kontrollierte.

Ich zog an seinem Haar. »Härter. Bitte härter.«

Er änderte den Takt, stieß tiefer und mit der Kraft zu, die ich brauchte. Ich explodierte und umklammerte seinen zustoßenden Kolben. Meine Fingernägel bohrten sich in seine Schultern, als ich aufschrie.

»Zack. Oh Gott! Zack.«

»So ist's gut, Süße. Komm.« Er schob die Hand zwischen unsere Körper und ertastete meine pralle Lustperle.

Dann spielte er daran und reizte sie, ließ mich auf Wolke sieben schweben, führte mich nahtlos von einem

Höhepunkt zum nächsten, während er weiter in mich stieß.

Nur bei diesem Mann war ich je so gekommen. Als ich allmählich bereit wurde, die Lust ausklingen zu lassen, presste Zack die Lippen auf meinen Mund und kam heftig. Seine Härte schwoll schier unglaublich dick an und zuckte in mir.

Er brach den Kuss ab und starrte mir in die Augen, während er auf den letzten Resten seines Orgasmus surfte. Dann lehnte er die Stirn an meine.

»Gott, das hab ich gebraucht.« Er klang vor Lust so berauscht, dass es mich zum Lächeln brachte.

Zacks Härte fühlte sich immer noch dick in mir an, obwohl er gerade so heftig gekommen war.

»Nicht nur du.«

»Wir sind gut zusammen.«

»Na ja, zumindest dann, wenn wir nackt sind.« Ich stieß den Atem aus los und versuchte, meinen Herzschlag zu beruhigen.

»Komm mit mir nach Hause.«

Kurz schloss ich die Augen. Wenn es nur so einfach wäre. Wenn diese Anziehungskraft nur keine Folgen hätte.

»Nein. Es hat sich nichts geändert. Du bist immer noch der Feind. Ich lasse nicht zu, dass du mich benutzt, um Collin zu verletzen.«

Zack versteifte sich, hob den Kopf und zog sich aus meinem Körper zurück. Sofort vermisste ich, wie er sich anfühlte.

»Das hat nichts mit dem alten Mann zu tun, und das

weißt du auch.« Mit einem Ruck entfernte Zack das Kondom und knotete es zu, bevor er es in den nahen Mülleimer warf. »Wenn ich es mit dir treibe, geht's um uns und sonst niemanden.«

»Es gibt keine Möglichkeit, das Gegenteil zu beweisen.« Ich sackte gegen die dampfbeschlagene Scheibe zurück und spürte, wie der Schweiß auf meinem Körper abkühlte.

»Verdammt, Henna. Was hätte ich davon zu gewinnen, mit dir zu schlafen?« Frustriert fuhr er sich mit der Hand durchs Haar.

Verärgert und in nackter Pracht stand er vor mir. Er sah umwerfend aus.

»Vielleicht hast du gedacht, du könntest was über Collin erfahren, indem du mich verführst.«

»Um Himmels willen, Henna. Ich musste dich nicht verführen. Wir sind beide heiß aufeinander. Schon immer gewesen.« Zack bewegte sich auf den Haufen Kleidung am Boden zu, hob mein Kleid auf und reichte es mir, bevor er in die eigenen Sachen schlüpfte. »Lass mich wiederholen, dass es nichts mit dem alten Mistkerl zu tun hat.«

Mein Temperament flammte auf. »Sprich vor mir nie wieder respektlos über Collin. Du hast keine Ahnung, warum er bestimmte Entscheidungen getroffen hat oder was sie ihn gekostet haben.«

Ich stieg in mein Kleid, und er griff hinter mich, um den Reißverschluss zuzuziehen, ohne sich darum zu scheren, dass ich keine Unterwäsche trug.

»Wird der Mann immer die Hürde zwischen uns sein?«

»Warum ist das so wichtig? Ich bin bloß eine weitere

Frau in der langen Reihe deiner Eroberungen. Oder hast du mich angesehen und an ein nettes Häuschen mit weißem Lattenzaun und trautes Familienleben mit mir gedacht?«

»Henna ...« Sein Tonfall klang warnend und zunehmend gereizter. »Hätte ich auch nicht gedacht.«

Er packte mich an den Oberarmen und zog mich näher. »Selbst wenn ich mehr wollte, würdest du mir dem Vorzug vor ihm geben?«

Finster starrte ich ihn an. »Nein.«

Abrupt ließ er mich los, und ich stolperte zurück.

»Da hast du's. Du liebst Collin so sehr, dass du blind dafür bist, was für ein sadistisches Arschloch er ist. Er schenkt dir die Liebe, die er seinen Söhnen hätte schenken sollen, und das ist keine Rechtfertigung dafür, was er meinen Brüdern und mir angetan hat.«

»Er ist nicht das Monster, für das du ihn halten willst. Die wahren Monster sind vor deinen Augen, und du bist zu blind, um sie zu erkennen.«

»Oh, ich kenne die Monster genau, mit denen ich Geschäfte mache. Scheiße, ich bin selbst eines davon.«

Damit wirbelte Zack herum und stapfte zur Tür hinaus.

9

Henna

»MAMA, ich muss mit dir über etwas reden, bevor Ana raufkommt.«

Meine Mutter, Lena Anthony, schaute vom Spiegel auf, wo sie das letzte Make-up auftrug, bevor wir losgehen wollten, um Penny zu helfen, sich für ihre Hochzeit fertig zu machen. Für eine Frau, die auf die sechzig zuging, sah meine Mutter mehr als jugendlich aus. Ihr Haar war auch ohne Färbung immer noch glänzend schwarz, ihre Haut verschont von Falten. Man konnte sie eher für meine Schwester als meine Mutter halten. Ich konnte nur hoffen, dass ich die Fähigkeit, so würdevoll zu altern, von ihr geerbt hatte.

Mama war am Vortag aus Arizona eingeflogen. Durch

all den Trubel rund um die Hochzeit hatten wir noch keinen Moment Zeit gehabt, um uns ungestört unter vier Augen zu unterhalten. Es hieß jetzt oder nie, das wusste ich.

Es würde ihr nicht gefallen, aber die Zeit war reif. Für mich bestand kein Zweifel daran, dass Mama das Richtige tun würde, auch wenn sie dafür ihren Stolz opfern musste. Na ja, ich hoffte es zumindest.

»Geht's um Anayas neuen Job? Ich weiß, dass es ihr dort gefallen hat, aber sie sieht so müde aus. Außerdem will ich nicht, dass sie nach Washington, D. C. zieht. Das ist so weit weg von uns.«

Ana hatte erst an diesem Tag ein offizielles Angebot erhalten, nach ihrem Abschluss für die Firma zu arbeiten, bei der sie das Praktikum in Europa absolviert hatte. Ihr Gehalt würde im hohen sechsstelligen Bereich liegen, mit einem Spesenkonto extra. Es erschien fast zu schön, um wahr zu sein. Andererseits machte Anaya nie halbe Sachen. Zwar würde sie alle längeren Ferien unbezahlt für zusätzliche Schulungen in der Firma verbringen müssen, doch sie war gern bereit, das Opfer zu bringen.

»Nein, es geht um die Vergangenheit.« Ich spürte, wie sich das Gewicht von Beklommenheit auf meine Schultern senkte, als ich zum Schminktisch ging, wo Mama stand.

»Ich hab dir das schon mal gesagt. Die Antwort ist nein. Ich will nicht mehr darüber diskutieren.« Ihr scharfer Tonfall duldete keinen Widerspruch.

Ich seufzte tief. »Mama, es ist an der Zeit. Zu viele

Leute wissen es mittlerweile. Wenn wir es Ana nicht sagen, dann jemand anders.«

»Was soll das heißen, dass es Leute wissen? Collin würde niemandem davon erzählen, schon gar nicht nach allem, was er getan hat, um uns zu schützen.«

»Es waren auch andere Leute involviert. Außerdem sieht sie aus wie ihre Brüder und ihre leibliche ...«

»Hör sofort auf.« Schmerz stand Mama ins Gesicht geschrieben, als sie mir das Wort abschnitt. »Wag es ja nicht, sie zu erwähnen.«

»Mama, ich will Rhea nicht verteidigen, aber auch sie war ein Opfer. Papa hat sie ausgenutzt.«

»Ich will nicht hören, wie du sie in Schutz nimmst. Sie war verheiratet und hat mit einem verheirateten Mann geschlafen. Ihre Einsamkeit war kein triftiger Grund, um zu betrügen. Und um das Gesicht zu wahren, hat Rhea auch noch ihr Kind weggegeben. Sie ist zu ihrem perfekten Lebensstil mit Weltreisen zurückgekehrt, während ich die Scherben des Schlamassels auflesen musste, den dein Vater uns hinterlassen hatte.«

Mittlerweile strömten Mama Tränen übers Gesicht. Ich konnte mir gar nicht vorstellen, welchen Schmerz sie durch Papa, die Medien und die Regierung ertragen haben musste. Sie hatte unter einem fremden Namen ein Leben in einem Bundesstaat und einer Stadt für uns aufgebaut, wo sie niemanden kannte.

»Es tut mir so leid, Mama. Ich hab nicht nachgedacht, bevor ich geredet hab. Du bist die stärkste Frau, die ich kenne. Ganz gleich, was dir entgegengeschleudert wurde, du hast immer nach vorn geschaut und dein Leben weitergeführt.«

Sie ergriff meine Hand und drückte sie. »Du und ich sind uns ähnlicher, als du glaubst.«

»Wenn das nur wahr wäre.« Ich sah tief in die schokoladenbraunen Augen meiner Mutter. »Es ist an der Zeit, dass du dich von der Last all der Geheimnisse befreist. Du musst uns nicht länger beschützen. Ana kann es verkraften.«

»Anaya ist gerade dabei, ein neues Leben zu beginnen. Das tue ich ihr nicht an. Ich weiß, dass ihre Brüder sie lieben würden, aber sie hat es nicht verdient, diese Last tragen zu müssen. Es kann nichts Gutes dabei herauskommen, wenn sie die Wahrheit erfährt.«

»Ich weiß es. Schon seit Jahren.«

Mama und ich erstarrten, als Ana das Zimmer betrat.

»Glaubst du, ich hätte mich nicht gefragt, woher ich meine hellere Haut oder meine haselnussbraunen Augen habe? Ich sehe weder dir noch Papa ähnlich.« Traurigkeit überschattete ihre sonst so strahlenden Augen, während ihr Tränen übers Gesicht liefen. »Wie konntest du mich mit dem Wissen lieben, wer ich war? Wofür ich stehe? Er hat dich betrogen, und ich bin der Schandfleck, der daraus entstanden ist.«

Mama ließ meine Hand fallen, stürmte zu Ana und schloss sie in die Arme.

»Du bist mein Baby. Das warst du von der Sekunde an, als man dich mir in die Arme gelegt hat. Hätte er nicht getan, was er nun mal getan hat, gäbe es dich nicht. Ich würde alles noch mal durchleben, wenn du dadurch wieder mein wärst.«

Anaya schluchzte. »Wann wird er aufhören, uns wehzutun?«

»Es hat nicht mehr die Macht, uns wehzutun. Gib sie ihm nicht.« Mama strich Ana das Haar glatt und küsste sie auf die Stirn. »Egal, wer dich geboren hat, du bist mein Kind, und Henna ist deine Schwester. Nichts wird daran je etwas ändern.«

Ich schluckte schwer. Meine Kehle brannte, und ich weinte leise.

»Ihre Brüder sind anständige Männer, Mama.« Ich ging zu meiner Mutter und Anaya, die sich nach wie vor umarmten. »Sie werden Ana kennenlernen wollen. Nicht nur als Pennys Cousine, sondern als Schwester.«

Ana starrte mich an. »Woher weißt du das?«

»Penny und Amelia haben es mir in der Nacht erzählt, in der Ame und Pierce geheiratet haben.«

»Und woher wissen sie es? Warum hat niemand was gesagt?« Ana wischte sich mit dem Handrücken über die Wangen.

»Es spielt keine Rolle, wie es irgendjemand herausgefunden hat«, sagte Mama. »Ich habe immer gewusst, dass es irgendwann herauskommen würde. Ich hatte nur gehofft, es würde länger dauern.«

Die Resignation, die sie ausstrahlte, ließ mich etwas erkennen – sie fürchtete sich nicht davor, dass die Öffentlichkeit die Wahrheit erfahren würde, sondern dass sie ihr Kind verlieren könnte. Ein Kind, in dessen Adern nicht ihr Blut fließen mochte, dem aber ihr Herz gehörte.

Ich legte ihr die Hand auf die Schulter. »Mama, das ist nichts, wovor man sich fürchten muss. Sie wissen, was du Anaya bedeutest. Ich hab Hagen sagen gehört, wie sehr er sich wünschte, seine Mutter wäre so stark gewesen wie du. Sie respektieren dich.«

»Lass es uns einen Schritt nach dem anderen angehen. Sie wissen ja nicht mal, dass du es mir gesagt hast. Heute geht es um Penny und Hagen.«

Anaya richtete sich auf und löste den Griff um unsere Mutter.

Sämtliche Emotionen verpufften schlagartig aus ihrem gesamten Auftreten. Als hätte es den Zwischenfall nie gegeben. Anaya war eigentlich immer die Sensible von uns beiden gewesen. Ihr Praktikum schien sie abgehärtet zu haben.

Bevor ich einen Kommentar zu ihrer dramatischen Veränderung abgeben konnte, kam Adrian Kipos herein, Pennys zweiundzwanzigjähriger Bruder.

Er bildete einen totalen Kontrast zu seiner Schwester. Penny hatte den indischen Teint und die Züge eines Models von Karina Masi geerbt, der älteren Schwester meiner Mutter, die bei Pennys Geburt gestorben war. Adrian hingegen besaß die scharf geschnitten Züge des nordischen Erbes seiner Mutter. Das Einzige, was beide Geschwister gemeinsam hatten, waren die stechenden grünen Augen. Sie stammten von der griechischen Seite meines verstorbenen Onkels Jacob.

Die Geschwister liebten sich genauso innig wie Anaya und ich einander. Sie würden sich immer gegenseitig beschützen und füreinander kämpfen, durch dick und dünn.

»Sind die Damen bereit?« Er richtete die Frage zwar an uns alle, aber sein Blick galt allein Anaya.

Adrian ging zu ihr und flüsterte ihr etwas ins Ohr, ohne sich darum zu scheren, dass Mama und ich ihn beobachteten.

Anaya runzelte die Stirn. »Nichts.«

»Ich weiß, dass irgendwas nicht stimmt«, sagte er ein wenig lauter.

Ana stieß ihn weg und presste zwischen zusammengebissenen Zähnen hervor: »Spielt das eine Rolle? Tu nicht so, als würde dir was an mir liegen. Du hast klar zum Ausdruck gebracht, wo wir stehen.«

Ich sah meine Mutter an und übermittelte ihr die stumme Frage, ob sie wusste, was los war. Mama zog die Brauen hoch und zuckte mit den Schultern.

»Verdammt, Ana.« Er wollte sie am Arm packen, doch Ana vollführte blitzschnell irgendeine verrückte Ninja-Bewegung und drehte Adrian die Hand auf den Rücken.

Wieso zum Teufel hatte sie das gemacht? Er war vermutlich doppelt so schwer wie sie und etwa zwanzig Zentimeter größer.

»Rühr mich nicht an. Du fasst mich nie wieder an. Die Chance hast du vergeigt. Du lebst dein Leben, ich meines.«

Adrian stieß die Luft aus, und ich erkannte, dass er sich absichtlich von Anaya in der Position fixieren ließ. Adrian trainierte jeden Tag Mixed Martial Arts mit einem Coach aus Amelias Trainingseinrichtung.

»Ana, ich hab keine andere Wahl.«

»Blödsinn. Du hast bloß zu viel Angst vor den Konsequenzen, und ich hab's satt, zu warten.«

Damit löste sich Anaya von Adrian und stapfte an mir vorbei. »Gehen wir. Eine Braut wartet auf ihre Hochzeitsgesellschaft.«

Also, das wurde von Minute zu Minute schräger. Ich steckte in irgendeiner seltsamen Sex-Kiste mit Zack, der zufällig der Halbbruder meiner Halbschwester war, und meine Halbschwester hatte irgendetwas Unbekanntes mit dem Halbbruder meiner Cousine am Laufen.

Es stand außer Zweifel, dass wir eine überaus verworrene Familie waren. Die griechischen Götter wären stolz.

* * *

## Zack

LEICHT ERSCHÖPFT und verkatert ging ich zu meinem wöchentlichen Pokerspiel, das inmitten einer Gruppe von Lagerhäusern am Stadtrand von Las Vegas stattfand. Vor weniger als vierundzwanzig Stunden hatten sich Penny und Hagen auf Hennas schickem Anwesen das Jawort gegeben.

Schick war eine Untertreibung für ihr Haus. Ich hatte von dem Anwesen gehört, das sich Henna errichtet hatte, trotzdem hätte ich nie damit gerechnet, was uns erwartete. Da verstand ich, warum der Bau zwei Jahre gedauert hatte. Der Ort wirkte malerisch, aus der Ferne nicht prunkvoll. Wenn man schließlich vorfuhr, stieß man auf ein weitläufiges Anwesen, das sich nahtlos in die umliegende Wüste und die Canyons fügte.

Wen auch immer Henna mit der Gestaltung des Hauses beauftragt hatte, die Person kannte sie gut. Alles bildete eine Hommage an ihre unaufdringliche Eleganz. Wenn man die Frau nicht kannte, dann sah man nicht, was für eine spektakuläre Persönlichkeit sie war.

Gott, ich hörte mich an wie ein liebeskrankes Weichei.

Andererseits war es schon mehr als beeindruckend zu sehen, wie die Frau eine Hochzeit für dreihundert Leute ausrichtete und völlig unbeeindruckt von dem Chaos blieb, das der Tag mit sich brachte.

Hoffentlich fühlte sie sich wenigstens genauso überfahren wie ich. Erst kurz vor drei Uhr morgens war ich gegangen, und da hatte in ihrem Haus noch Hochbetrieb geherrscht.

Ich nahm meinen üblichen Platz am Tisch ein, bestellte bei der Bedienung einen Drink und deutete dem Banker meinen normalen Buy-In an.

Ich legte den Kopf nach links und rechts schief und versuchte, die steifen Schultern zu lockern.

»Siehst müde aus, Junge«, meinte Dwight Jones. Er war professioneller Pokerspieler, hatte seine Gewinne klug in

Immobilien investiert und war so zum zigfachen Multimillionär geworden.

Mr. D., wie alle Dwight nannten, war der wohl launischste Kerl, mit dem ich je gespielt hatte. Ich war mir nicht mal sicher, ob ich ihn je lächeln gesehen hatte.

An Abenden, an denen er am Tisch saß, ließen sich die geschwätzigeren Stammspieler selten blicken. Es galt als feste Regel, nicht mehr zu quatschen, sobald die Karten ausgeteilt waren. Mr. D. neigte dazu, Leute zu schlagen, die nicht die Klappe halten wollten.

Das eine oder andere Mal war mir schon selbst danach zumute gewesen, doch ich konnte mich immer zurückhalten.

»Das ist noch untertrieben. Bin noch dabei, mich zu erholen. Ist ätzend, wenn man nach einer ereignisreichen Nacht zur Arbeit muss.«

»Hab gehört, dein Bruder hat geheiratet. Richte ihm meine Glückwünsche aus.«

»Mach ich.«

»Wie war's, deinen alten Herrn dort zu sehen?«

Im Lauf des Tages hatte Collin mehrfach versucht, ein Gespräch mit mir anzuzetteln. Ich hatte mich nicht wie ein totaler Arsch benommen und ihn völlig ignoriert, aber unsere Konversation kurz und unpersönlich gehalten.

»Halb so wild. Hab den Umgang mit Collin auf ein Minimum beschränkt. Die meiste Zeit musste ich dafür sorgen, dass der Bräutigam nicht kalte Füße bekommt und Reißaus nimmt. Hagen kann's nicht leiden, im Mittelpunkt zu stehen. Dass er einer Hochzeit mit dreihundert Gästen

zugestimmt hat, legt Zeugnis von seiner Liebe zu
Penny ab.«

»Hätte nie gedacht, dass ich's noch erlebe, wie die
Lykaios-Brüder einer nach dem anderen in den Hafen der
Ehe einlaufen. Zuerst mein Kumpel Pierce und dann
Hagen. Pass lieber auf. Du wirst der Nächste sein.«

»Da muss ich dich wohl enttäuschen. Zack ist nicht der
Typ zum Heiraten«, sagte Henna, als sie an den Tisch trat.

Sie sah frisch wie der Morgentau aus. Ihr Make-up saß
makellos, die Kleidung wies keine einzige Falte auf. Das
Haar trug sie zu einem glatten Pferdeschwanz
zusammengebunden. Als in meinen Gedanken ein Bild von
mir aufblitzte, wie ich es mir mit der Hand in ihren langen
Strähnen besorgte, zuckte es unwillkürlich in meiner
Hose.

Hätten die Gäste in der riesigen Villa, die sie
bescheiden als Haus bezeichnete, nicht noch ausgelassen
gefeiert, ich hätte versucht, sie zu überreden, mich bleiben
zu lassen.

»Und welcher Typ bin ich dann?« Ich starrte sie an.

»Der Typ, der es mit einer Frau treibt und nicht
langfristig denkt.«

»Damit hat sie dich erwischt, Junge.« Dwight klopfte
mir auf den Rücken. »Henna, Schatz, wann erlöst du mich
endlich von meinem Elend und machst einen ehrenwerten
Mann aus mir?«

»Du bist zu viel für mich, Mr. D.« Henna schüttelte den
Kopf. »Außerdem könnte ich nicht allen deinen
Freundinnen das Herz brechen, indem ich dich vom Markt

nehme. Wahrscheinlich würden sie versuchen, mich im Schlaf zu ermorden.«

»Ich würde dich beschützen, wenn du mir nur die Chance gibst.« Theatralisch fasste er sich an die Brust, als hätte er Schmerzen.

Henna bückte sich und küsste ihn auf die Stirn. »Mal sehen, wie du heute Abend spielst, dann schauen wir weiter.«

Flirtete Mr. D. etwa? Verdammt, seine Wangen waren rosig geworden, und er lächelte. Was um alles in der Welt ging hier ab? »Ach herrje, Henna, Liebste. Das heißt bestimmt, du willst mich ausnehmen wie beim letzten Mal. Kannst du dich nicht hin und wieder erbarmen und einen alten Mann gewinnen lassen?«

Ich räusperte mich, um dem Wahnsinn ihrer Unterhaltung einen Riegel vorzuschieben. »Sieht so aus, als wären wir heute Abend nur zu dritt.«

»Lasst uns einsteigen«, hörte ich einen Mann von der Tür der Lagerhalle sagen. Mist. Es handelte sich um Draco Jacksons Enkel, Sota, Ren und Eiji.

Ihr Kommen bedeutete, dass Draco etwas von mir wollte. Sie suchten mich nie auf, ohne einen Gefallen von mir zu brauchen. Ja, es wurde zwar immer erwidert, aber es verhielt sich nicht so, dass ich entscheiden konnte, ob ich helfen wollte oder nicht. Draco hatte uns nach dem Irrsinn in unserer Vergangenheit unterstützt, daher konnten wir ihm unmöglich etwas abschlagen. Obwohl er den Grund verkörperte, warum meine Schwester aufgewachsen war, ohne uns zu kennen.

Er war ein Mafioso und verhielt sich so, wie man es von einem erwartete. Allerdings fiel mir auf, dass sich Draco in den letzten Monaten immer öfter an mich wandte. Was höchstwahrscheinlich mit Hagen zu tun hatte.

Mein älterer Bruder hatte in seiner Jugend als Vollstrecker für Draco gearbeitet und alles getan, was der ältere Mann von ihm verlangte, ohne Fragen zu stellen. Laut Hagen hatte er die Verbindung zu Draco so gut wie abgebrochen, nachdem er die Wahrheit über unsere Mutter und die Anthonys erfahren hatte. Hagen meinte, es würde eine lange Weile dauern, bis er darüber hinwegkäme, dass der Schmerz unserer Jugend von einem Mann inszeniert wurde, den er als Ersatzvater betrachtet hatte.

Daher wandte sich Draco statt an Hagen an die anderen Lykaios-Brüder, wenn er einen Gefallen brauchte, insbesondere an mich.

Wieso Draco mir den Vorzug gegenüber Pierce gab, war mir schleierhaft. Jedenfalls würde ich mit Sicherheit gleich erfahren, wie meine nächste Aufgabe in der Welt des ehemaligen Yakuza-Mitglieds und derzeitigen Paten der Mafia von Las Vegas aussehen würde.

Als die Männer ihre Plätze einnahmen, schlug Hennas entspanntes Auftreten ebenso wie das von Dwight in eine steife Haltung um. Praktisch jeder wusste, zu wem diese Männer gehörten, erst recht in Kreisen des illegalen Glücksspiels.

Sie unterhielten sich auf Japanisch, als sie sich

niederließen. Dann richteten sie das Augenmerk auf Henna.

»Ms. Anthony.« Sota nickte ihr zu. »Schön, Sie zu sehen.«

Sie neigte zwar den Kopf, erwiderte aber nichts.

»Wie geht's Mr. Donavon? Ich habe gehört, dass er sie besucht hat.«

Henna ergriff ihren Drink, sah Sota in die Augen und erwiderte lächelnd: »Er ist so gefährlich wie eh und je.«

Tja, wer hätte das gedacht? Sie waren nicht meinetwegen gekommen, sondern wegen Henna.

»Gut zu wissen. *Ojiisan* spricht nur in lobenden Worten über ihn.«

»Ich werde es ihm ausrichten.« Henna schwenkte die bernsteingelbe Flüssigkeit in ihrem Glas.

»Sind Ihre Mutter und Ihre Schwester wohlbehalten nach Arizona zurückgekehrt?«

Henna verengte die Augen zu Schlitzen. Das Letzte, worüber man mit ihr sprechen sollte, war ihre Familie. Wenn es darum ging, sie zu beschützen, und insbesondere ihre Mama, dann glich Henna einer Bärenmutter. Lena Anthony hatte ihr Leben lang gelitten und brauchte Frieden. Ein Aufenthalt in Las Vegas würde bei ihr nur schmerzhafte Erinnerungen wachrütteln.

»Ja. Ihre Sicherheitsmannschaft hat gemeldet, dass sie wieder zu Hause sind.«

Henna musste mit den verschleierten Andeutungen aufhören. Sotas Geduld würde sich bald dem Ende zuneigen.

Bevor ich das Gespräch in eine andere Richtung lenken konnte, ergriff Sota wieder das Wort. »Wie läuft das Immobiliengeschäft?«

Welches Immobiliengeschäft? Wann zum Teufel war Henna in die Immobilienbranche eingestiegen? Dann fiel mir ein, was Pierce und Hagen darüber gesagt hatten, dass Henna abgesehen von ihren regelmäßigen Pokerrunden auch eifrig investierte. Und wenn Draco sie abgesehen von seiner Vorgeschichte mit ihrem Vater dafür auf dem Radar hatte, dann musste sie eine große Nummer sein.

»Den Umständen entsprechend gut. Es ist ein Käufermarkt.«

»*Ojiisan* sagt, Sie haben sich eine Immobilie gesichert, auf die er schon seit Jahren ein Auge geworfen hatte.«

Ein berechnendes Lächeln umspielte Hennas Lippen. »Nicht gesichert. Das Land gehört mir schon seit fünf Jahren. Aber ich bin immer bereit, zu verkaufen. Für den richtigen Preis, versteht sich.«

»Ich muss sehen, ob sich da etwas aushandeln lässt.«

»Sie wissen ja, wo Sie mich finden.«

»Ja, das wissen wir. Müssen Sie keine Zustimmung von Ihrem Geschäftspartner einholen?«

»Ihre Recherchen sind zu ungenau, Mr. Jackson. Mr. Donavon und ich sind Freunde, keine Geschäftspartner. Ich brauche von niemandem einen Rat.«

Mich beschlich das Gefühl, einem stummen Gespräch beizuwohnen, und ich hatte keine Ahnung, an welcher Stelle ich einhaken sollte.

Von welcher Immobilie redeten sie? Dann ereilte mich

eine Erkenntnis. Draco hatte mich ersucht, Erkundigungen über eine kleine Inselgruppe in der Karibik einzuholen. Vom ursprünglichen Besitzer an war sie über drei Generationen innerhalb der Familie weitergegeben worden, bis sie vor fünf Jahren an einen Unbekannten überging. Gerüchten zufolge als Begleichung von Spielschulden, die sich im Verlauf mehrerer Jahre angehäuft hatten.

Plötzlich begriff ich – Hennas Arbeit als Collins Protegé diente als Fassade dafür, was sie in Wirklichkeit tat. Sie sammelte Schulden von großen Kalibern. Was bedeutete, dass Donavon ihr Mann fürs Grobe sein musste.

Am liebsten hätte ich sie geschüttelt. Sie spielte die Schlangenbeschwörerin in einem Swimmingpool voll Vipern.

»Wenn sonst niemand einsteigt, sollten wir das Spiel beginnen. Ich hab nicht die ganze Nacht Zeit zu warten, bis das Gequatsche aufhört.« Dwight warf Dracos Enkelsöhnen einen finsteren Blick zu, dann wandte er sich an den Dealer. »Austeilen.«

Die nächste Stunde lang spielten alle praktisch schweigend. Hennas Gesicht verriet keinerlei Emotionen – es glich einem wunderschönen, erstarrten Gemälde. Ich kannte diesen Ausdruck, und er bedeutete, dass sie in dieser Nacht groß zuschlagen wollte.

Ich konnte ihre Entschlossenheit nachvollziehen, die Jacksons zu besiegen.

»Zahlt mich aus«, blaffte Dwight. »Ich komme mir vor, als wär ich bei einer Totenwache statt beim Pokern. Sagt eurem Großvater, er soll euch beibringen, wie man Spaß hat, dann können wir eure Gesellschaft vielleicht genießen.«

Damit stieß sich Dwight vom Tisch ab und ging zum Banker.

»Damit hat er nicht unrecht, Sota«, konnte ich mir nicht verkneifen. »Die Masche als bedrohlicher Verstrecker hätte ich von Ren und Eiji erwartet, aber nicht von dir.«

Der finstere Blick, den ich dafür erntete, erinnerte mich an seinen Großvater, hatte aber auf mich nicht dieselbe Wirkung. Ich hatte schon zu viele Jahre im Umfeld der Jacksons verbracht, um mich von jemandem anderem als Draco selbst einschüchtern zu lassen. Na ja, und seiner Frau. Das Paar hielt sich an den in der japanischen Kultur üblichen, gegenseitigen Respekt. Jede Beleidigung Dracos oder seiner geliebten *Obaasan* konnte praktisch ein Todesurteil bedeuten.

Ich mochte eine gewisse Sympathie für Draco empfinden, aber ich war nicht so dumm, ihn zu verärgern. Meine Brüder und ich bewegten uns auf einem schmalen Grat. Zum Glück lief es mit unseren Beziehungen gut. Nun ja, zumindest abseits unserer illegalen Pokerrunden.

Nach einer weiteren Stunde schien Henna genug von der Jackson-Sippe zu haben.

»Bevor wir weitermachen: Was wollen Sie eigentlich von mir, Mr. Jackson? Mir ist klar, dass Sie sich nicht grundlos selbst zu diesem Spiel eingeladen haben.«

Sota und Ren wechselten einen Blick, mit dem sie sich

stumm etwas mitteilten. »*Ojiisan* ersucht um ein privates Treffen mit Ihnen, um über die Vergangenheit und etwaige Schulden Ihres Vaters zu sprechen.«

»Ach wirklich?« Feuer flammte in Hennas Blick auf. »So, wie ich das sehe, steht er bei mir in der Schuld. Wenn er bereit ist zu zahlen, *dann* treffe ich mich mit ihm. Keinen Moment eher.«

»Es wäre das Beste für Sie, dem Treffen zuzustimmen.« Damit hatte sich Eiji zum ersten Mal an dem Abend zu Wort gemeldet.

»Nein, das Beste für mich wäre, wenn Sie sich von mir fernhalten. Ich bin nicht mehr das schwache Mädchen, das Ihr ach so hehrer *Ojiisan* damals gezwungen hat, sich zu verstecken.« Sie schob ihren Stuhl zurück und stand auf. »Ich denke, es ist besser, wenn wir Schluss machen.«

»Wir sind noch nicht fertig.« Ren packte Henna am Arm. Instinktiv zog ich ihn von ihr weg.

»Fass sie nicht an. Nie wieder.« Aus dem Augenwinkel bemerkte ich, wie Hennas Sicherheitsleute in Position gingen, um sie zu beschützen.

Mit einem höhnischen Lächeln schaute Sota zwischen Henna und mir hin und her, dann nickte er Ren zu, der von Henna zurücktrat.

»Zack, ich soll dir von *Ojiisan* mitteilen, dass dieses Finanzierungsprojekt, an dem du seit Jahren arbeitest, allmählich spruchreif wird. Soll ich einen Termin mit ihm vereinbaren?«

Henna beobachtete mich mit Argusaugen und strahlte dabei Wut ab.

Sota erwähnte meinen Deal mit Draco absichtlich, um meine Beziehung zu seiner Familie zu betonen und mich in Hennas Augen zum Feind zu stempeln. Zugleich diente es als Warnung, mich aus ihren anderen Geschäften herauszuhalten, sonst würden sie den Plan ruinieren, dem ich den Großteil meines Lebens als Erwachsener gewidmet hatte. Obwohl ich mittlerweile nicht mehr so sicher war, ob es richtig wäre, ihn umzusetzen.

»Wie ich sehe, habt ihr dringende Geschäfte zu diskutieren. Gute Nacht.« Damit wandte sich Henna ab und verließ die Halle, den Kopf erhoben wie eine stolze Löwin.

## 10

Henna

Zwanzig Minuten, nachdem Brandon mich nach Hause
gebracht hatte, starrte ich hinaus in die nächtliche Wüste.
Die Sonne würde erst in einer guten Stunde aufgehen.
Genug Zeit, um einen klaren Kopf zu bekommen.

Ich wollte mich nicht selbst belügen und mir einreden,
das Spiel gegen Draco Jacksons Enkel hätte mich nicht
aufgewühlt. Mir war durchaus bewusst, dass sie mich
einschüchtern wollten. Das hatte sich in der einen oder
anderen Form über die Jahre immer wieder ereignet, vor
allem nach jenem schicksalhaften Spiel gegen Eric, als ich
noch kaum erwachsen war.

Ich wusste, dass es gefährlich war, einer Bedrohung mit
einer Herausforderung zu begegnen. Andererseits war

Angst die Ursache gewesen, warum meine Familie damals untertauchen musste. Wenn ich von Eric und Sylvia etwas gelernt hatte, dann dass man im Angesicht des Feinds nicht blinzelte.

Und Draco war mein Feind.

Für mich spielte keine Rolle, dass er Versöhnung mit den Lykaios-Brüdern suchte, insbesondere mit Hagen. Er mochte einen Adoptivsohn verloren haben, ich jedoch meine Identität und eine sorglose Kindheit, genau wie Anaya.

Bestimmt würde Zack mich irgendwo zur Rede stellen und wissen wollen, warum ich einen solchen Abgang hingelegt hatte. Sah mir nicht ähnlich, zu verschwinden, ohne mich auszahlen zu lassen. Aber ich wusste, dass der Banker meinen Gewinn bis zum nächsten Spiel aufbewahren würde. Es bestand also keine Gefahr, meinen Einsatz zu verlieren.

Gott, ich brauchte einen Drink. Irgendetwas, das die Sinne betäubt und mir helfen würde zu schlafen. Vielleicht sollte ich die Spezialabfüllung Firewater herausholen, die Penny mir geschenkt hatte.

Abgesehen von der Eröffnung der neuen Show morgen Abend im *Cypress* hatte ich drei Tage Zeit zum Entspannen und Ausschlafen, bevor ich zur Grundsteinlegung des Resorts nach Bora Bora fliegen würde.

Ich schloss die Augen, als die warme Brise zulegte.

»Du siehst fast überirdisch aus, wenn du das Gesicht zum Himmel neigst und der Wind durch dein Haar weht.«

Ich wirbelte herum. »Wie zum Teufel bist du an meinen Wachleuten vorbeigekommen?«

»Sie haben sich von der Hochzeit an mich erinnert.« Zack schlenderte auf mich zu.

Er hatte die Krawatte und das Jackett abgenommen, die er beim Spiel getragen hatte. Außerdem hatte er die Ärmel hochgekrempelt und die oberen beiden Knöpfe seines Hemds geöffnet.

Mein Mund wurde trocken. Er sah aus wie eine wandelnde Fantasie.

»Das kauf ich dir nicht ab. Mein Team vertraut niemandem außer Penny, Amelia, Ana und meiner Mutter.«

»Würdest du mir glauben, wenn ich dir sage, dass ich mich von der Wüstenseite aus reingeschlichen habe?«

Ich begutachtete erneut seine Kleidung und entdeckte keine Anzeichen von Dreck. Außerdem hatte ich überall an öffentlichen Zugängen zu meinem Grundstück bewaffnete Sicherheitskräfte. Hätte er tatsächlich eine solche Dummheit versucht, er wäre er höchstwahrscheinlich erschossen worden.

Ich verschränkte die Arme vor der Brust und forderte ihn auf: »Versuch's noch mal.«

»Adrian. Er hat mir noch einen Gefallen geschuldet.«

Das war eine plausible Möglichkeit. Adrian besaß wirklich die Gabe, selbst die sichersten Bereiche zu betreten und zu verlassen, ohne entdeckt zu werden. Allerdings bezweifelte ich stark, dass er jemandem dabei helfen würde, sich an meinem Sicherheitspersonal vorbei in mein Haus zu schleichen. Immerhin war ich seine Cousine, zumindest auf schräge, griechische Art.

»Kaufe ich dir immer noch nicht ab.«

»Tja, dann wirst du wohl weiterhin rätseln müssen. Du kannst nicht die Einzige mit lauter Geheimnissen sein.«

»Was für Geheimnisse hast du denn über mich entdeckt?«

»Wie wär's damit, dass du am College einen illegalen Glücksspielring ins Leben gerufen hast?«

Ein Schritt näher.

»Oder vielleicht damit, dass du bei einem etliche Millionen Dollar schweren Spiel in Monte Carlo mitgemacht und den besten Spieler am Platz besiegt hast?«

Ein weiterer Schritt.

»Oder vielleicht damit, dass mit dem Mann, den du besiegt hast, ins Geschäft gekommen bist. Einem Mann mit Verbindungen zu sämtlichen Syndikaten des organisierten Verbrechens in ganz Europa.«

Ich beobachtete, wie er sich anpirschte, rührte mich aber nicht von der Stelle. Er würde mich nicht einschüchtern. Zack war weder mein Aufpasser noch mein Geliebter. Wir hatten es ein paar Mal miteinander getrieben. Was unbesonnen von mir gewesen war. Es würde nicht wieder vorkommen.

»Und das wohl Beste ist, dass du dich mit Draco anlegst und es dir scheißegal ist, weil du die Mafia in mindestens drei Ländern hinter dir hast.«

Beinah wäre ich zusammengezuckt, aber ich bewahrte die Fassung. Einige der Fakten stimmten, aber nicht alle.

Ich arbeitete nie wirklich mit einer Organisation der Mafia zusammen. Eric und ich spielten Poker mit hohen Einsätzen und unterhielten eine lockere, aber freundschaftliche Bekanntschaft. Eigentlich mehr als eine Bekanntschaft, aber nichts, was über Freundschaft oder Legales hinausging.

»Willst du gar nichts dazu sagen?«

»Ich bin dir keine Rechenschaft schuldig.«

»Wem dann? Collin?«

»Nur, wenn es um Lykaios International geht. Bei allem anderem niemandem.«

»Ist dir klar, dass du dich mit Leuten eingelassen hast, die dich umbringen würden, ohne auch nur mit der Wimper zu zucken?«

»Nur, damit ich richtig verstehe, was du da von dir gibst. Bei dir ist es in Ordnung, wenn du mit den kriminellen Elementen der Welt zusammenarbeitest, um dich zu bereichern, aber bei mir nicht? Leck mich, Lykaios. Du bist bloß neidisch, weil es mir besser gelingt als dir. Ich habe nie jemanden gebraucht, der mir vorschreibt, wie ich mein Leben zu führen habe, und ganz sicher brauche ich auch jetzt niemanden dafür.«

»Hast du schon mal auch nur eine Minute lang daran gedacht, dass du Anaya in Gefahr bringst? Oder Penny oder Amelia?«

»Für sie besteht keinerlei Gefahr. Dafür hab ich gesorgt. Frag deinen Kumpel Draco. Ohne schwerwiegende Konsequenzen kann er den Menschen, die ich liebe, nicht das Geringste antun.«

»Wie hast du dafür gesorgt?«

»Das kann nicht dein Ernst sein. Denk an all die Menschen in meinem Leben zurück. Insbesondere eine Person hat mir alles beigebracht, was ich weiß. Und es ist niemand von der männlichen Fraktion.«

Nach einigen Sekunden sagte er: »Sylvia.«

»Dafür kriegt der egozentrische Arsch die vollen hundert Punkte.«

Kaum hatte Amelia ihren ersten Mann geheiratet, Stavros Thanos, wurde ich von Sylvia Thanos als Ehrenenkelin adoptiert. Sie war in einer Ära Witwe geworden, in der Frauen keine Kontrolle über ihr Leben hatten. Statt den Männern ihrer Familie das von ihrem verstorbenen Mann geerbte Schifffahrtsimperium zu überlassen, hatte sie die Zügel in die Hand genommen und getan, was nötig war, um erfolgreich zu sein. Dazu hatten auch Bündnisse mit der glanzlosen, tödlichen Seite verschiedener europäischer Gesellschaften gehört. Dank ihr war Thanos Shipping mittlerweile ein mehrere Milliarden Dollar schwerer Konzern.

Sylvia hatte in mir eine verwandte Seele gesehen und mich unter ihre Fittiche genommen. Ohne ihre Verbindungen und das Darlehen, das sie mir gewährt hatte, wäre ich nie bei dem privaten Pokerturnier in Monte Carlo angetreten und hätte Eric Donavon nicht kennengelernt. Ganz gleich, was andere über ihre Vorgehensweisen denken mochten, ich respektierte sie mehr, als man sich vorstellen konnte.

»Verdammt, Henna. Die Frau ist nicht die süße kleine

Achtzigjährige im Ruhestand, für die Amelia, Penny und du sie halten. Sie ist genauso berüchtigt wie Draco. Ihre Verbindungen zur europäischen Unterwelt sind ein offenes Geheimnis.«

»Wie gesagt: Was glaubst du wohl, wer mir alles beigebracht hat, was ich weiß?« Ich zog eine Augenbraue hoch.

»Du hantierst mit Dingen, durch die du im Knast landen könntest.« Frustriert fuhr er sich mit der Hand durchs Haar.

»Ich hab nicht annähernd das getan, was du und deine Brüder getan haben und immer noch tun.« Alle Welt wusste, dass die Lykaios-Brüder Draco Jackson besondere Gefallen erwiesen, wann immer er darum ersuchte.

»Das ist nicht dasselbe. Wir hatten keine Wahl, als wir uns mit ihm eingelassen haben. Du weißt so gut wie ich, dass man die Verbindung zu Männern wie ihm nie kappen kann.«

»Dazu fällt mir nur ein Wort ein: Doppelmoral.«

»Verdammt, Henna, ich will dich doch nur beschützen. Hast du gar nichts aus dem Scheiß gelernt, mit dem du aufgewachsen bist?«

»Oh, glaub mir, daraus hab ich jede Menge gelernt.« Mein Temperament flammte auf, und ich rammte Zack einen Finger in die Brust. »Ich bin mit einem auf mich ausgesetzten Kopfgeld aufgewachsen. Deshalb hab ich mir geschworen, mir nie wieder von jemandem meine Macht nehmen zu lassen. Und alles, was ich tue, erfüllt genau den Zweck.«

Er packte meine Hand und starrte finster auf mich herab. »Außer, du entscheidest selbst, dass du sie abgibst.«

Plötzlich spürte ich ein Kribbeln auf der Haut.

Ich konnte es nicht ausstehen, wenn er das mit seiner Stimme machte. Es war wie in Cognac getauchte Schokolade und sorgte dafür, dass sich meine Mitte zusammenzog.

»Wir reden nicht über Sex, Zack.«

»Also gibst du zu, dass du beim Sex gern die Zügel loslässt.« Er beugte sich vor, bis seine Lippen die meinen beinah streiften.

»Ich gebe gar nichts zu.« Mein Herzschlag dröhnte laut durch meine Ohren.

Was zum Teufel passierte mit mir? In der einen Minute stritten wir noch über meine Beziehung zu Sylvia, in der nächsten reagierte mein Körper auf eine kaum merkliche Änderung seines Tonfalls.

»Natürlich nicht. Nur ändert das nichts an den Tatsachen. Es gefällt dir, wenn ein Mann die Kontrolle übernimmt. Es gefällt dir, wenn er dich dazu bringt, dich in deinen Begierden zu verlieren. Es gefällt dir, wenn du nicht denken musst, nur fühlen.«

Ich sah tief in seine kobaltblauen Augen und konnte nichts erwidern.

»Oder vielleicht trifft das nicht auf irgendeinen Mann zu, sondern auf mich. Raus mit der Sprache, Henna. Bei wie vielen Männer hast du schon zugelassen, dass sie dich fesseln, dich ficken und mit dir spielen, bis du vor lauter Ekstase nur noch bettelst? Ich wette, ich bin der

Einzige, der sich nicht von dir herumkommandieren lässt.«

»Du bist ein Arsch.«

»Ein Arsch, der dich wieder und wieder zum Kommen bringen kann.« Er bewegte sich vorwärts, drängte sich in meinen Freiraum und zwang mich, einen Schritt zurückzuweichen.

Als es mir bewusst wurde, trat ich wieder vor, nur erzielte ich damit nicht dieselbe Wirkung auf ihn.

Stattdessen schlang er einen Arm um meine Taille und zog mich an sich. »Leugne es doch. Sag mir, dass ich mir die Erinnerung daran, wie du dich unter mir gewunden hast, nur einbilde.«

Die Erhebung seiner Erektion drückte gegen meinen Bauch und versetzte mein Blut in Wallung. Mein Körper fühlte sich an, als stünde er in Flammen.

»Leugne doch, dass du davon träumst, die verrückte Nacht in meinem Penthouse zu wiederholen.« Er knabberte an der Haut meiner Kieferpartie. »Du weißt, dass deine Ekstase mir gehört, dass ich in dir Begierden wecke, von denen du nicht mal geahnt hast.«

»Zack.« Obwohl meine Stimme nur als leises Flüstern ertönte, ließ sich darin nicht das Verlangen überhören, das er in mir weckte. »Das ist eine schlechte Idee.«

Das unterschwellige Lächeln auf seinen Lippen verriet es mir deutlich: Ihm war vollauf bewusst, dass ich nichts von seinen Worten abgestritten hatte.

Ich steckte tief in der Tinte.

»Ja oder nein?«

Bei der Lust in seinen Augen zog sich meine Mitte zusammen. Ohne nachzudenken, stieß ich hervor: »Ja.«

Und mehr brauchte Zack nicht, um sich zu bücken und meine Lippen zu erobern. Mit der Faust in meinem Haar schob er mir die Zunge tief in den Mund. Es fühlte sich alles verzehrend, besitzergreifend, berauschend an.

Gott, dieser Mann verstand etwas vom Küssen.

Zack drückte mich mit dem Rücken gegen das Geländer, während er seinen prallen, harten Schaft an meiner Spalte rieb. Er zog an meinen Strähnen, bis er meinen Hals entblößt hatte. Dann leckte und knabberte er daran entlang und jagte Funken des Verlangens tief in meine Mitte.

Meine Brüste schwollen an, meine Nippel pressten gegen die Enge des BHs. Ich brauchte seine Berührung.

»Zack«, stieß ich atemlos hervor. »Ich brauche mehr.«

Er schob die Hand an meiner Hüfte unter mein Kleid und meinen Slip, streichelte meine feuchte Scham, auf und ab. Ich packte seine Schultern und kreiste mit den Hüften, um ihn dazu zu bringen, mir die Entladung zu geben, an deren Rand ich entlangschrammte.

»Was willst du, Süße?«

»Ich will, dass du es mir besorgst.«

»Oh, das hab ich vor. Aber zuerst will ich, dass jeder in der Wüste deine Lustschreie hört.« Damit tauchte er zwei Finger tief in meine triefende Muschi.

»Zack!«, schrie ich, warf den Kopf zurück und wölbte den Rücken durch.

Er bearbeitete mich hart, stieß fest vor und zurück.

Knisterndes Feuer raste durch mein Innerstes, das sich um seine Finger herum zusammenzog.

Ich war fast an der Ziellinie.

Kaum berührte Zacks Daumen meine Lustperle, kippte ich darüber, schnappte nach Luft und biss auf seine Schulter.

»Nicht dämpfen. Ich will, dass alle hören, wie sich die so beherrschte Henna Anthony in Ekstase verliert.«

Stöhnend genoss ich den Orgasmus, zu sehr im Taumel, um mich darum zu scheren, dass mein Sicherheitspersonal oder Nachbarn mich hören könnten.

Als ich wieder runterkam, trug Zack mich ins Haus.

Kaum hatte er mich auf die Füße gestellt, drückte er mich auf die Knie. Ich wusste, was er wollte, und sofort lief mir das Wasser im Mund zusammen.

»Ich habe zu viele Nächte damit verbracht, über die feuchte Hitze zwischen deinen Lippen zu fantasieren.«

Sofort bearbeitete ich seinen Gürtel und die Knöpfe seiner Hose, bis seine Härte herauswippte. Ich packte den heißen, dicken, geäderten Schaft und massierte ihn.

Dass wir beide bis auf sein bestes Stück vollständig angezogen waren, ließ erneut mein Verlangen aufflammen, das der Orgasmus von vorhin nur notdürftig gestillt hatte.

Ich kreiste mit dem Daumen am Rand seines wunderschönen Schafts und beobachtete, wie er noch praller, noch härter wurde.

Als ich gerade die Lippen über ihn stülpen wollte, sagte Zack: »Nein. Hände auf den Rücken. Heute Nacht kriegst du keine Kontrolle.«

Herausfordernd starrte ich ihn an, aber er hielt meinem Blick ungerührt stand und jagte damit ein Kribbeln über meine Haut.

Das war nicht Zack, mein Gegner. Es war Zack, mein Lover – mein dominanter Lover. Der die Kontrolle übernommen hatte, die ich noch nie einem anderen Mann anvertraut hatte. Und der mir das Geschenk mit mehr Vergnügen vergalt, als ich je zuvor erlebt hatte.

Ich hatte zugestimmt, mich ihm auf diese Weise auszuliefern.

Ohne etwas zu erwidern, lege ich die Hände in mein Kreuz und verschränkte die Finger ineinander.

Meine Augen konzentrierten sich auf seine verlockende Eichel, an der ein Lusttropfen glänzte. Steinhart wippte er nur eine Haaresbreite vor meinen Lippen. Ich konnte nicht anders und holte mir mit der Zunge eine Kostprobe. Sein einzigartiges salzig-süßes Aroma explodierte auf meinen Geschmacksknospen.

Sofort spürte ich ein Brennen an der Kopfhaut, als sich Zack mein langes Haar um die Faust wickelte und daran zog.

»Habe ich dir das erlaubt?«

»Nein.« Ich konnte das Grinsen in meiner Stimme nicht verbergen.

Sein Griff verstärkte sich, und mein Körper prickelte unter dem Gefühl von erlesenem Lustschmerz.

»Du weißt genau, worauf du dich mit mir einlässt. Ich hab dir nie was anderes vorgemacht. Wenn dir das nicht passt, gehe ich.«

»Das würdest du nicht.«

»Willst du mich auf die Probe stellen?« Mit der freien Hand ergriff er seine Härte und rieb die pralle lila Eichel an meinen Lippen. »Würde mir zwar zutiefst widerstreben, aber ich würde es tun. Im Schlafzimmer wirst du nie das Sagen haben.«

Wenn ich ehrlich zu mir selbst sein wollte, war das tatsächlich der einzige Ort, an dem ich nie das Sagen haben *wollte*. Es reizte mich, loszulassen und jemanden – nein, nicht irgendjemanden, sondern *Zack* die Kontrolle über meine Lust zu übergeben.

»Nimm mich ganz auf«, befahl Zack. Und bevor ich den Mund weit öffnen konnte, schob er sich zwischen meine Lippen bis tief in meine Kehle. »Großer Gott, Henna«, stieß er stöhnend hervor.

Instinktiv schluckte ich und spannte die Halsmuskeln an, um nicht zu würgen.

Ich stöhnte, während ich Zacks seidenglatte, stahlharte Länge mit Mund und Zunge bearbeitete.

»Ja, genau so. Scheiße, ist das gut.«

Mein Körper reagierte auf seine Worte. Ich musste die Beine zusammenpressen, als meine Erregung die Innenseiten meiner Schenkel beschichtete.

Gott, was wollte ich mich anfassen, um mir Erleichterung zu verschaffen. Zacks Griff in meinem Haar wurde beinah zu intensiv.

»Denk nicht mal daran.«

Als ich zu ihm aufschaute, stellte ich fest, dass er

eindringlich auf mich herabstarrte. Das Blau seiner Augen hatte sich vor Lust fast schwarz verfärbt.

Er begann, in meinen Mund zu stoßen, benutzte mein Haar und seine Hüften, um den Rhythmus zu erreichen, den er wollte. Meine Augen tränten, da jeder Stoß tiefer ging.

Sein Schaft wurde härter, praller. Seine Selbstbeherrschung neigte sich dem Ende zu.

»Schluck jeden verdammten Tropfen runter.«

Gleich darauf entlud er sich und hielt mich dabei fest.

»Scheiße. Ja. Henna.«

Sein Erguss spritzte in Schüben in meinen Mund, fast zu viel, um ihn zu bewältigen. Ich schluckte und schluckte, bis seine Stöße endeten.

Mir war schwindlig, ich konnte kaum atmen, und mein Körper pulsierte vor dem Verlangen, erneut zu kommen. Seine Begierde schien immer auch meine zu entfachen.

Er zog sich aus meinem Mund zurück und wischte mir die Tränen von den Wangen.

Als mein Blick auf sein bestes Stück fiel, konnte ich kaum glauben, was ich sah. Zack war immer noch steif. »Das passiert nur bei dir.«

Er verstaute ihn wieder in der Hose, bevor er mir aufhalf und mich an sich drückte. Dann strich er mir das schweißnasse Haar aus der Stirn und rieb mit dem Daumen über meine prallen Lippen, bevor er mich küsste.

»Willst du ins Bett gehen, oder verträgst du noch mehr?«

Ich starrte ihn an. Irgendetwas nahm ich in seinen

Augen wahr. Etwas, das sich seit unserer ersten gemeinsamen Nacht verändert hatte.

»Und wenn ich Bett sage, wärst du damit einverstanden?«

Ein Lächeln erschien auf seinen Lippen. »Auf jeden Fall. Wir haben ein paar ereignisreiche Tage hinter uns. Du wohl noch mehr als ich. Immerhin hat der ganze Trubel hier stattgefunden, und du hast den Großteil davon geplant.« Er sah sich um. »Erklärst du mir, warum du so viel Platz brauchst?«

»Das ist meine Art, mir zu beweisen, dass ich trotz der Taten meines Vaters etwas erreicht habe.«

»Du beunruhigst mich.«

»Wir sind aus demselben Holz, Zack. Wir tun, was wir müssen, um unsere Ziele zu verwirklichen. Zu meinen gehört, diejenigen zu schützen, die so viel für mich geopfert haben, und dafür zu sorgen, dass mir niemand etwas wegnehmen kann.«

»Was bedeutet das für uns?«

»Gibt es wirklich ein Uns? Ein Uns erfordert Vertrauen.«

Er runzelte die Stirn. »Soll das heißen, du vertraust mir nicht?«

»In Hinblick auf meinen Körper schon. In Hinblick auf meine Gefühle und die Menschen, die ich liebe – nicht im Geringsten.«

»Läuft denn wirklich alles auf Collin hinaus?«

»Solange du fest entschlossen bis, ihn zu vernichten, ja. Der Mann ist vielleicht nicht perfekt, aber auch nicht der

Bösewicht, für den du ihn hältst. Ich verdanke ihm mein Leben. Und du auch.«

Zack ließ mich los und fuhr sich frustriert mit der Hand durchs Haar. »Ich bin ihm nichts schuldig.«

»Du kennst die Wahrheit und steckst den Kopf trotzdem in den Sand.«

»Es ändert nichts daran, was meine Brüder und ich durchgemacht haben.«

»Das hab ich auch nie behauptet. Ich will dir nur eine andere Perspektive geben.«

»Na schön. Kapiert. Wir belassen das zwischen uns zwanglos, treiben es miteinander, wenn uns danach ist, und sonst bleibt alles beim Alten.«

»Ich halte es für besser, wenn du so gehst, wie du gekommen bist. Wir werden nie einer Meinung sein, und ich hab keine Lust, mich in eine emotional anstrengende Diskussion reinziehen zu lassen.«

»In Ordnung.« Zack bewegte sich auf die Tür zu. Unterwegs sagte er über die Schulter: »Vergiss nur nicht, dass Collin nicht der Held meiner Geschichte war, sondern der Schurke. Und ich bin ihm am ähnlichsten. Da kannst du jeden fragen.«

11

Zack

»Wie ist mein Kleid im Vergleich zu ihrem?«, fragte
Natalie Barnett, meine Begleitung für die heutige
Sponsorengala anlässlich der Eröffnung der neuesten
Akrobatikshow auf dem Strip.

Sie war eine wunderschöne Frau, genoss die schöneren
Dinge im Leben und verstand sich auf gesellschaftliche
Ereignisse. Aus irgendeinem Grund hatte sie sich für ein
tief ausgeschnittenes Kleid entschieden, das alle ihre
Vorzüge großzügig zur Schau stellte. Seit unserer Ankunft
hatte sie über niemanden ein freundliches Wort zu sagen
gewusst, auch nicht über Leute, die sie als Freunde
bezeichnete.

Sie war die Tochter von Clive Barnett, einem

Schwergewicht der nordamerikanischen Immobilienbranche. Als er mir vorschlug, Natalie zur Gala zu begleiten, fand ich, es wäre eine hervorragende Möglichkeit, Bonuspunkte bei dem alten Mann zu sammeln.

Mittlerweile bereute ich, auch nur gedacht zu haben, ein Date mit Natalie könnte den Weg für ein Geschäft ebnen. Wir hatten nicht mal miteinander geschlafen, und sie klebte wie Leim an mir.

Gott, ich hoffte, sie hielt das nicht für ein Vorspiel zu einer Hochzeit. Eher würde ich meinen Traum aufgeben, Collin zu vernichten, bevor ich diese Tussi heirate.

Das Letzte, was ich wollte, war eine Klette von einer verwöhnten Frau mit mehr Titten als Hirn. Wenn sie dachte, es würde sich über diese Gala hinaus etwas ergeben, irrte sie sich gewaltig.

In den letzten sechs Monaten hatte Henna die einzige Frau verkörperte, die ich berühren wollte und die ich berührt hatte. Sie brachte mich dazu, mich nach ihr zu sehnen, wie ich es noch nie zuvor bei einer Frau erlebt hatte.

Warum sie mir nicht aus dem Kopf ging, konnte ich mir nicht erklären, zumal sie im Grunde ein unausstehliches Frauenzimmer war. Vergangene Nacht wollte ich nicht wirklich gehen, aber sie hatte recht damit, mich rauszuschmeißen. Ich hatte mich wie ein Arsch benommen, und sogar noch übler, als Collin erwähnt wurde.

Henna erwartete von mir eine Kehrtwende in Hinblick

auf meinen Erzeuger, obwohl ich seit einem Jahrzehnt nur Schmerz und Wut kannte.

Und trotz unserer so gegensätzlichen Einstellungen zu Collin konnte ich nicht aufhören, an sie zu denken oder sie zu wollen. Wir glichen zwei Pulverfässern, die zu explodieren drohten, wenn sie einander zu nah kamen. Ganz gleich, wie sehr sie es leugnen wollte, die Sache zwischen uns war noch lange nicht vorbei.

Das Verlangten nach ihr hatte sich unter meiner Haut eingenistet. Ob Tag oder Nacht, schon der Gedanke an sie bescherte mir einen Ständer.

»Ignorierst du mich jetzt?« Natalie riss mich mit einer Schmollmiene aus meinen Gedanken.

»Nein, ich denke nach.« Ich griff mir zwei Champagnergläser, reichte eines Natalie und stürzte das andere hinunter. »Wie schon gesagt, heute Abend geht's ums Geschäft.«

Natalie nippte an ihrem Getränk, hängte sich bei mir ein, beugte sich zu mir und presste den Busen ans Jackett meines Smokings. »Ich bin sicher, ich kann helfen. Immerhin bin ich Clive Barnetts Tochter. Ich bin die geborene Gesellschaftsdame.«

Es kostete mich alle Überwindung, nicht zu stöhnen. Sie trug echt ziemlich dick auf.

Was war ich für ein Idiot, dass ich das für eine tolle Idee gehalten hatte.

In dem Moment bemerkte ich, dass Pierce in meine Richtung schaute und den Kopf schüttelte. Seine Lippen bildeten »Idiot«, bevor er sich Amelia zudrehte, die sich gerade mit einem der Darsteller aus der Show unterhielt.

Ich verschluckte mich beinah, als ich Henna erblickte, die hinter Amelia auftauchte.

Was um alles in der Welt wollte sie denn hier? Penny hatte an diesem Vormittag in meinem Büro vorbeigeschaut und mir erzählt, Henna würde sich die nächsten Tage freinehmen, um für das Projekt auf Bora Bora zu planen und zu packen.

Allerdings entspannte sie sich eindeutig nicht zu Hause. Andererseits drehte sich die Veranstaltung um die Eröffnung einer mit Spannung erwarteten Show in einem ihrer Resorts. Henna drückte sich nie vor ihren Pflichten.

Gott, ich hoffte, sie hatte eine genauso rastlose Nacht wie ich gehabt. Ich konnte immer noch ihre Küsse schmecken und ihren Mund an meinem besten Stück spüren, das sie bearbeitet hatte, wie ich es bisher nur mit ihr erlebt hatte.

Nur wegen Collin hatte ich die Nacht nicht damit verbracht, mich in Henna zu verlieren. Ich wollte ihre Liebe zu ihm verstehen – nein, eigentlich verstand ich sie ja. Aber warum konnte sie den Schmerz nicht verstehen, den ich durch einen Mann erleiden musste, den ich als Kind praktisch vergöttert hatte?

Verflucht, ich klang wie ein bescheuertes Weichei mit Vaterkomplexen. Vielleicht war ich das.

Henna begrüßte einige Leute, die auf sie zukamen, und bezauberte sie genauso wie am vergangenen Abend Dwight.

Ihr trägerloses schwarzes, körperbetonendes Kleid stammte von einem ihrer Lieblingsdesigner. Wie sie das lange schwarze Haar gewellt gestylt hatte, erinnerte an das alte Hollywood. Sie trug nichts um den Hals, dafür lange Ohrringe mit schwarzen Edelsteinen – eine Leihgabe von Harry Winston, ihrem Lieblingsjuwelier, das wusste ich.

Sie sah so verdammt umwerfend aus. Was nicht nur mir auffiel. Fast jeder Mann im Saal hielt inne, um die Frau zu begutachten, die genauso intelligent wie schön war.

Dass sie sich der Aufmerksamkeit nicht mal bewusst war, ließ sie nur umso attraktiver erscheinen.

Als sie mit einigen der Galabesucher sprach, trat sie etwas beiseite, um ihnen irgendeinen protzigen Typen vorzustellen. Ich erkannte auf einen Blick, dass er einen maßgeschneiderten Anzug trug und die Uhr an seinem Handgelenk weit über zweihunderttausend Dollar kostete. Der Mann erinnerte mich an jemanden, aber ich konnte ihn erst nicht zuordnen.

Dann ereilte mich eine Erkenntnis.

Das war Eric Donavon. Henna kam mit einem Geldgeber der Mafia als Begleiter zur Gala? Am liebsten hätte ich sie geschüttelt. Hatte sie aus den Fehlern ihres Vaters nichts gelernt?

Pierce' Züge verrieten leichte Überraschung, bevor er Donavon die Hand schüttelte. Dann wurde daraus eine finstere Miene, als sich Amelia auf Zehenspitzen stellte und Donavon umarmte und küsste, als wären sie gute Freunde, die sich lang nicht mehr gesehen hatten.

Verflucht, diese Frauen würden wirklich jeden vorzeitig altern lassen.

Henna muss meinen Blick gespürt haben, denn sie drehte den Kopf und sah zu mir. Sie schaute zwischen Natalie und mir hin und her, bevor sich ihre Augen verengten. Dann wandte sie sich an Donavon, der mich ebenfalls beobachtete.

Henna sagte etwas, das seine Aufmerksamkeit auf sie lenkte. Donavon lachte und küsste sie auf die Stirn.

Unwillkürlich verkrampfte ich die Kieferpartie. War sie von meinem Bett in seines gesprungen?

Scheiße, was stimmte nicht mit mir? Sie gehörte mir nicht. Dieses verdammte Frauenzimmer. Die Situation zwischen uns war so beschissen.

»Sie sind ein markantes Paar, findest du nicht auch?« Natalies verstärkte den Griff um meinen Arm, was mir verriet, dass sie meine Ablenkung mitbekommen hatte. »Wer ist der Mann? Muss ja eine wichtige Persönlichkeit sein. Henna Anthony steht im Ruf, sich Männer zu angeln, die über ihr stehen.«

Mürrisch sah ich Natalie an. »Was meinst du damit?«

»Sie hat versucht, sich den Stahltycoon Hunter Carson zu schnappen, als wir an der UNLV waren. Wir waren nicht befreundet oder so, aber jeder hat über sie und ihre Vergangenheit Bescheid gewusst. Es ist ein Wunder, dass sie überhaupt Freunde hatte. Niemand, der etwas auf sich hält, würde sich mit ihr abgeben.« Natalie schüttelte den Kopf. »Hast du gewusst, dass sie sich Hunter geradezu an den Hals geworfen hat? Soweit ich gehört habe, wollte er ihre Annäherungsversuche einfach ignorieren, aber sie hat nicht locker gelassen. Die Frau will unbedingt einen großen Fisch an Land ziehen. Dabei sollte sie doch wissen, dass nach dem, was ihr Vater getan hat, sie niemand von Rang und Namen auch nur mit der Kneifzange anfassen würde.«

Ich spürte, wie Wut meine Haut zum Kribbeln brachte. Mir war noch nie im Leben in den Sinn gekommen, eine Frau zu schlagen, aber dieses Exemplar hätte ich am liebsten von der nächstbesten Klippe gestoßen.

Ich wusste alles über Hunter Carson. Er hatte bei einem privaten Pokerspiel in einem meiner Casinos damit geprahlt, wie er mit Henna gespielt und sie dann abserviert hatte. Damals hatte er so getan, als wäre sein Handeln völlig gerechtfertigt gewesen. Nun sah es so aus, als hätte er in anderen Kreisen eine andere Geschichte verbreitet.

Allerdings wusste der Arsch nicht, dass sich seine miese Behandlung Hennas zu mir und meinen Brüdern durchgesprochen hatte. Und bestimmt auch zu Collin. Auch wenn wir Rivalen waren, weder er noch wir konnten es leiden, wenn jemand ein Mitglied unserer Welt verarschte. Seit jener Pokernacht damals hatte er Hausverbot in allen Einrichtungen von HPZ und Lykaios.

»Natalie, ich denke, wir lassen es gut sein. Wir passen nicht zusammen. Und deine ständige Respektlosigkeit gegenüber anderen, vor allem gegenüber Leuten, die zu meinem inneren Kreis gehören, geht mir mächtig auf die Nerven.« Ich führte sie aus dem Ballsaal in den Casinobereich des *Cypress*.

Sie entzog mir ihre Hand und verschränkte abwehrend die Arme vor der Brust. »Wie meinst du das? Redest du von Henna Anthony?«

Als ich sie nur schweigend anstarrte, huschte ein Anflug von Zorn über ihr Gesicht.

»Also stimmt es. Sie ist deine Hure. Ich hab die Bilder in der Boulevardzeitung von dir und dieser maskierten Frau gesehen. War nicht schwer zu erraten, dass es Henna sein musste. Ich kann nicht glauben, wie leichtgläubig du bist.«

Welche Bilder aus der Boulevardpresse? Scheiße, daran hätte ich denken sollen. Die Nacht von Pennys Junggesellinnenabschied und der Tanz.

»Ich bin nicht leichtgläubig. Und genau deshalb endet dieser Abend jetzt, bevor du was sagst, das meine Geschäftsbeziehung zu deinem Vater zerstören könnte.«

»Oh, das ist sie schon. Du brauchst Daddy für das Projekt in Kanada. Ich hab zufällig gehört, wie er es zu seinen Beratern gesagt hat. Ein Wort von mir, und du bist erledigt.«

»Das ist keine Taktik, die bei mir funktioniert.« Ich nickte Saul zu, einem Mitglied meines Sicherheitsteams. »Vergiss nicht, dass dein Daddy mich genauso braucht wie ich ihn.«

Die Empörung in Natalies Zügen verriet mir, dass mir ein wütender Anruf ihres Vaters bevorstand, doch das war mir egal.

»Saul, Ms. Barnett möchte gehen. Bitte lass ihren Wagen bringen und schaff sie nach Hause.«

Saul nickte und bot Natalie den Arm an. Sie achtete nicht darauf, schnaubte nur und stakste an ihm vorbei in Richtung des Vordereingangs des Casinos.

Ich fuhr mir mit der Hand durchs Haar. Da hatte ich nicht mal mit ihr geschlafen, und trotzdem hatte ich sie mir zum Feind gemacht. Irgendwie hatte ich echt Pech mit Frauen.

Aber wem wollte ich etwas vormachen?

Ich benahm mich wie ein Arsch, wenn eine Frau anhänglich wurde oder mehr wollte, als ich zu geben bereit war. Die klammernde Art konnte ich auf den Tod nicht leiden. Siehe Natalie.

Vielleicht faszinierte Henna mich deshalb so sehr. Sie ließ mich zu ihr kommen, statt sich ihrerseits auf mich zu stürzen.

Die Frau war selbstbewusst und stark wie eine Tigerin, die ihren Wert kennt.

Der Scheiß, den Natalie verzapft hatte, ärgerte mich maßlos. Entsprach das dem Mist, mit dem sich Henna schon ihr Leben lang herumschlagen musste?

Victor Anthony mochte ein Drecksack gewesen sein, aber seine Töchter hatten es nicht verdient, darunter zu leiden. Am liebsten hätte ich Hunter Carson aufgesucht und ihm das Gesicht umgestaltet. Oder mich mit ein paar von Dracos und meinen Männern um den Mistkerl gekümmert.

Stattdessen kehrte ich zur Gala zurück und ließ den Blick durch den Saal wandern. Mittlerweile stand Collin als schützende Präsenz bei Henna. Aus seinen Augen sprach aufrichtige Bewunderung, wenn er Henna ansah. Sie war sein kleines Mädchen.

Verdammt, ich wollte nichts Gutes über den Mann denken, aber Henna und Anaya hatte er wirklich richtig behandelt. Er hatte sie gerettet, als die Welt bereit gewesen war, sie bei lebendigem Leib zu verschlingen.

Ich bahnte mir einen Weg durch die Menge zu meinen Brüdern. Hagen war noch nicht in die Flitterwochen aufgebrochen. Er hatte die Reise auf die Malediven ein paar Tage verschoben, damit Penny an der Eröffnung der Show teilnehmen konnte. Penny liebte Bühnenproduktionen aller Art, und eine Show vor der allgemeinen Öffentlichkeit zu sehen, war ein Vorzug, den sie sich nicht entgehen lassen wollte.

»Wo sind die Mädels?«, fragte ich und hielt Ausschau nach Penny und Amelia.

»Tratschen im Damenzimmer.« Hagen grinste und trank einen Schluck von seinem Whiskey. »Und wo ist deine Begleitung?«

»Unterwegs nach Hause. Hab die Investition nicht dringend genug gebraucht, um sie für den Rest des Abends zu ertragen.«

Pierce klopfte Hagen auf den Rücken. »Du schuldest mir hundert Mäuse. Ich hab dir doch gesagt, dass unser Hübscher die Trulla gleich rausschmeißen wird.«

»Freut mich zu hören, dass meine misslungenen Dates Anlass für Wetten sind.«

»Du bist so berechenbar. Kaum hatte ich Barnetts Tochter gesehen, wusste ich, du würdest was sagen oder tun, um sie loszuwerden. Mir ist schleierhaft, warum du überhaupt zugestimmt hast, sie auszuführen. Ich würde mich lieber foltern lassen, als mich mit so einer Gesellschaftstussi abzugeben.« Hagen schüttelte den Kopf. »Gott sei Dank für meine Starlight.«

»Tut mir echt leid, dir das sagen zu müssen, aber Penny ist im Grunde 'ne Gesellschaftsdame. Sie hat bloß entschieden, sich nicht wie eine zu verhalten.« Ich richtete die Aufmerksamkeit auf Pierce. »Für dich gilt dasselbe. Scheiße, du hast praktisch in griechischen Adel eingeheiratet. Du hast sogar die passende Mafioso-Schwiegerfamilie dazu.«

Pierce verschluckte sich an seinem Drink. »Glaub mir, das weiß ich. Meine liebe Schwiegergroßmutter hat mir schon mitgeteilt, dass ich ihren Liebling besser bei Laune halte, weil ich sonst von ihr höre.«

»Und dann sind da noch ihre halb norwegischen, halb italienischen Finanzierer«, fügte ich hinzu und meinte damit Eric Donavon.

»Erinnere mich bloß nicht daran.« Pierce seufzte. »Das Traurige daran ist, dass ich den Mann nicht hassen kann. Durch seine langjährige, enge Beziehung zu Sylvia wacht er über Ame und Henna wie ein überfürsorglicher Bruder. Ist besser, einen Mann mit seinem Ruf auf unserer Seite zu haben als gegen uns.«

»Du, mir ist da ein Gerücht zu Ohren gekommen.« Hagen trat näher zu mir.

»Okay«, sagte ich. »Was hat dein Schwager, unser hauseigener Superdetektiv, herausgefunden?«

Adrian Kipos war Pennys kleiner Bruder und der Einzige, von dem ich mit Sicherheit sagen kann, dass er jederzeit Informationen über alles und jeden beschaffen konnte. Er arbeitete seit Jahren für HPZ und war unschätzbar dafür, uns auf dem Laufenden zu halten, vor allem in Hinblick auf Geschäftliches.

»Es ist keine Info von Adrian. Es geht um dein Privatleben.« Pierce runzelte die Stirn. »Und lüg uns bloß nicht an, sonst gibt's was auf die Fresse.«

Ich zog eine Augenbraue hoch. Den Versuch hätte ich gern gesehen. Wenn ich Hagen niederschlagen konnte, der wie ein Panzer gebaut war, dann wäre Pierce erst recht kein Problem. »Klingt ja bedeutungsschwer.«

»Wann hast du angefangen, dich mit Henna zu treffen?« Hagen sah sich um und vergewisserte sich, dass niemand um uns herum lauschte.

»Gar nicht.«

Pierce knurrte. »Wann hast du angefangen, mit ihr zu schlafen?«

»Was geht dich das an?«

Hagen trat auf mich zu, als wäre *er* bereit, mich zu schlagen. »Es geht mich was an, weil sie zur Familie gehört.«

»Wir sind nicht verwandt«, verteidigte ich mich.

»Sie ist die Halbschwester unserer Schwester. Sie *ist* mit uns verwandt. Und noch dazu ist sie Pennys Cousine ersten Grades und eine von Amelias besten Freundinnen.« Eine Furche bildete sich zwischen Pierce' Brauen. »Ich lasse nicht zu, dass du's mit ihr treibst.«

»Ich schwör dir, wenn du sie zum Weinen bringst, gestalte ich dir die Visage um.« Hagen starrte mich finster an. »Sie hat durch den Schwachsinn ihres Vaters schon genug durchgemacht.«

»Ist einem von euch schon mal der Gedanke gekommen, dass sie mich verarschen könnte?«

»Sagt der Mann, der gerade sein Date wegen einer Nichtigkeit rausgeworfen hat.«

»Ich bin nicht der Arsch, für den du mich hältst.«

An der Stelle schlenderte Henna an Eric Donavons Arm vorbei. Dabei schaute sie nicht mal in meine Richtung. »Hätte nie gedacht, dass ich den Tag erlebe.« Hagen fing zu lachen an. »Heilige Scheiße. Sie lässt dich dafür arbeiten. Hol mich der Teufel.«

»Wovon zum Teufel redest du?«

»Von dem Blick.« Pierce stimmte in Hagens Belustigung ein. »Du willst sie, und sie zeigt dir die kalte Schulter. Ich kann's kaum erwarten, das Amelia zu erzählen.«

»Ja, ja. Ihr zwei tratscht genauso viel wie eure Frauen.«

»Du bist bloß neidisch, weil wir Frauen haben, die uns auf dem Laufenden halten.«

Wenn die beiden nur wüssten, wie sehr das stimmte. Amelia und Penny waren die wohl loyalsten Frauen, die ich je kennengelernt hatte. Sie würden ihre Männer selbst dann beschützen, wenn sie dadurch verletzt wurden.

Meine Brüder verdienten ihr Glück. Sie hatten am schlimmsten unter dem Mist gelitten, den Collin uns angetan hatte. Mir war durchaus bewusst, dass ich im

Großen und Ganzen noch glimpflich davongekommen war.

»Das werd ich nicht leugnen.«

Verwunderung trat in ihre Gesichter.

»Heilige Scheiße, du bist in sie verliebt.« Pierce klopfte mir auf den Rücken und grinste, als hätte er ein tiefes, dunkles Geheimnis entdeckt.

»Bin ich nicht. Wir sind nur … Ich weiß nicht, was wir sind. Aber es ist keine Liebe.«

»Red dir das nur weiter ein. Ich erkenne jemanden, den's voll erwischt hat, wenn ich ihn sehe«, sagte Hagen. »Ist mir vor nicht allzu langer Zeit selbst so mit Starlight gegangen, wenn ich in den Spiegel geschaut hab.«

»Diese bescheuerte Analyse meiner Gefühle hör ich mir nicht länger an. Ich suche mir jetzt ein Plätzchen so weit weg von euch wie möglich, sehe mir die Show an und fahr dann nach Hause. Ich hab in weniger als achtundvierzig Stunden eine Reise, auf die ich mich vorbereiten muss.«

12

—————

## Henna

ZEHN MINUTEN, bevor sich der Vorhang für Collins neueste Show im *Cypress* hob, ließ ich mich auf einem der Plätze in der Privatloge nieder, die sich Collin für die persönliche Nutzung vorbehielt. Ich hatte zugestimmt, an dem Abend herzukommen, um einigen der Darsteller einen Gefallen zu tun, mit denen ich mich bei Drinks angefreundet hatte, wenn sie davor in Las Vegas auf Besuch gewesen waren.

Mir widerstrebte zwar, dass ich mir die Show ohne Begleiter ansehen musste, aber Collin war erschöpft von dem langen Tag und Eric saß im Flugzeug zurück nach Italien zu einer von ihm organisierten Veranstaltung.

Dabei sollte ich mich eigentlich daran gewöhnt haben, allein zu sein.

In dem Moment wünschte ich mir, ich hätte meine Mutter gebeten, nach der Hochzeit noch ein paar Tage länger zu bleiben. Die Show hätte ihr bestimmt gefallen, und dann wäre auch Ana noch hier. Sie fehlte mir so sehr. Mit ihr zu reden, würde mir außerdem helfen, die Gedanken über Zack zu ordnen. In letzter Zeit hatten wir kaum Gelegenheit für ein Gespräch gehabt, in dem es nicht um ihren neuen Job oder Pennys Hochzeit ging. Und nachdem Mama eingeflogen war, kam mir nicht mal mehr in den Sinn, über mein Sexleben zu reden.

Ana war eine alte Seele im Körper einer Einundzwanzigjährigen. Ihr fielen Dinge auf, die ich übersah. Ich konnte gar nicht zählen, wie oft sie mich vor Hunter gewarnt hatte. Obwohl sie damals noch an der Highschool war, hatte sie mit irgendeinem sechsten Sinn gewusst, dass Hunter nichts Gutes verhieß. Und als sie dann erfahren hatte, was mit mir passiert war, hatte sie mir nie unter der Nase gerieben, dass sie es mir ja gesagt hätte. Sie hatte lediglich gelobt, ihm eines Tages dafür ins Gesicht zu schlagen, dass er mir das Herz gebrochen hatte.

Ich hatte so das Gefühl, sie würde eine Menge zu sagen haben, sobald sie von der Sache zwischen Zack und mir erführe.

Und ich hätte eine Menge über seine Begleitung zu sagen. Ausgerechnet er hatte Natalie Barnett mitgebracht. Das Miststück hatte mir das Leben an der UNLV zur Hölle gemacht. Ich hatte mit Feindseligkeit von den Betrugsopfern meines Vaters gerechnet, aber nicht mit der Gehässigkeit von ihr, die noch dazu nur davon gehört hatte.

Sie hatte mich behandelt, als wäre ich Dreck, und sich öffentlich das Maul über mich zerrissen. Und sie war auch am lautesten, als Hunter anfing, sich mit mir zu treffen. Die von ihr verbreiteten Lügen hätten jemand anderen vielleicht dazu gebracht, die Schule zu wechseln. Aber in den Jahren, die ich unter falschem Namen gelebt hatte, musste ich lernen, mir eine dicke Haut wachsen zu lassen. Niemand hatte Mitleid mit mir, obwohl ich noch ein unschuldiges Kind war, als der Skandal damals aufflog.

Wie sich Natalie an Zack geklammert hatte, weckte in mir den Wunsch, ihr die Augen auskratzen. Natürlich hatte ich kein Recht, Zack vorzuschreiben, mit wem er sich treffen durfte. Nur hätte ich gedacht, er hätte ein wenig Respekt vor mir und würde nicht ausgerechnet mit dieser rundum künstlichen Debütantin ins Bett springen.

Ich knirschte mit den Zähnen.

Vielleicht hätte ich Eric beim Wort nehmen und mehr aus unserer Freundschaft werden lassen sollen. Dann hätte ich nie mit Zack geschlafen.

Aber nein, das wäre eine noch schlechtere Idee gewesen. Eine Beziehung mit Eric hätte mein Leben in eine Richtung gelenkt, die mich vermutlich überfordert hätte. Ich wäre die Frau eines Mafiapaten geworden.

Ja, es war besser, dass wir platonische Freunde blieben.

Ich hörte, wie sich die Tür zur Loge öffnete, und sofort schnellte mein Puls in die Höhe. Wenn Zack diese Tussi mit hereinbrachte, würde ich beide vom Balkon werfen, und mir wäre egal, was für einen Skandal es verursachte.

Zack betrat den Gang und ließ sich auf dem Platz neben mir nieder.

»Es gibt noch sieben Sitze in der Loge. Du hättest dir jeden anderen statt ausgerechnet den neben mir aussuchen können.«

»Wieso sollte ich, wenn ich wegen dir hier bin?«

»Dies ist eine Privatloge. Reserviert für Führungskräfte von Lykaios International. Und da das weder für dich noch für deine Begleitung gilt: Raus hier.«

»Ich schlafe nicht mit ihr. Zu der Veranstaltung hab ich sie schon vor der Sache mit uns eingeladen. Als Gefallen für ihren Vater.«

»Hab ich danach gefragt? Und nur, um es festzuhalten: Es gibt kein Uns.«

»Es gibt sehr wohl ein Uns, ob du's wahrhaben willst oder nicht.« Er beugte sich zu mir. »Ich hätte allein kommen oder dich überreden sollen, mich zu begleiten.«

Wieder knirschte ich mit den Zähnen. »Ist mir doch egal.«

Die Beleuchtung wurde dreimal gedämpft, um anzuzeigen, dass die Show gleich beginnen würde.

»Ist es nicht. Du willst es zwar nicht zugeben, aber Natalie hat dich eifersüchtig gemacht.«

Ich drehte den Kopf und funkelte ihn an. »Geh doch und fick die Schlampe. Juckt mich nicht. Du kannst es treiben, mit wem du willst. Zwischen uns passiert nicht noch mal was.«

»Oh doch, wird es.«

»Manchmal bringst du mich wirklich dazu, dich zu hassen.«

»Aber nicht, wenn ich dich zum Kommen bringe.«

Darauf würde ich nichts erwidern. Obwohl mich der Gedanke an einen Orgasmus von Zack unwillkürlich feucht werden ließ.

*Verdammt, Henna, krieg deine Hormone in den Griff.*

Die Beleuchtung blieb gedämpft, und das Orchester begann zu spielen, als sich der Vorhang hob.

»Du kannst bleiben, solange du nicht redest«, verkündete ich in dem nüchternen Ton, den ich bei neuen Managern einsetzte, die dachten, sie könnten mir großspurig kommen.

Zack grinste nur, lehnte sich zurück und richtete die Aufmerksamkeit auf die Bühne.

Arschloch.

Die nächste halbe Stunde lang verlor ich mich in der Welt der Darsteller. Die farbenfrohen Kostüme und die Akrobatik schufen eine erlesen choreografierte Symphonie aus Athletik, Geschicklichkeit und Anmut.

Das monatelange Proben wurde mit begeisterten, staunenden Lauten vom Publikum belohnt.

Diese Produktion rechtfertigte die enorme Stange Geld, die ich hinblättern musste, um die Show ins *Cypress* zu holen. Collin hatte mit keiner Wimper gezuckt, als ich ihm die Idee unterbreitet hatte. Er wirkte eher irritiert darüber, dass ich ihn überhaupt um Zustimmung gebeten hatte.

Die Gebrüder Lykaios mochten glauben, sie hätten den Unterhaltungsmarkt von Las Vegas fest im Griff, aber ich hatte diese Show im Alleingang ins Casino geholt und im letzten Jahr zwei neue Restaurants und einen Nachtclub eröffnet.

Penny hatte darauf hingewiesen, dass drei Männer nötig waren, um das zu schaffen, was ich mit Collins neuem Resort erreicht hatte.

Meine Haut kribbelte eine Sekunde, bevor ich spürte, wie Zack die Hand auf meinen Oberschenkel legte. Ich hatte gedacht, der hohe Schlitz meines Kleids würde die Dramatik des Abends verstärken. Auf einmal jedoch kam mir der Gedanke, ich hätte mich vielleicht für etwas weniger Freizügiges entscheiden sollen.

Zack begann, die Fingerspitzen kreisen zu lassen. Ich unterdrückte ein Japsen und versuchte, seine Hand wegzuschieben, während ich den Blick auf die Bühne gerichtet ließ.

»Was machst du da?«, flüsterte ich.

Er schob die Finger unter den Stoff des Kleids, und ich klemmte seine Handfläche zwischen den Schenkeln ein. »Sei lieber vorsichtig. Du solltest nichts anfangen, das du nicht beenden kannst. Die besten Spiele sind die unvorhersehbaren.«

Seine Finger krümmten sich, was mir eine prickelnde Gänsehaut bescherte. »Ist das eine Herausforderung?«

Ich leckte mir über die Lippen und schaute zur Loge nebenan. Die drei makellos gekleideten Paare dort wirkten so in die Show vertieft, dass wohl nichts außer einem Feueralarm ihre Aufmerksamkeit erregen würde.

Ich drehte mich wieder Zack zu und sah ihm in die stechenden kobaltblauen Augen. Bei der Intensität seines Blicks zog sich meine Mitte zusammen. Dieser Mann erweckte in mir Lust auf Dinge, von denen ich nie gewusst hatte, dass ich sie wollte.

Nein, das stimmte nicht. Zack verleitete mich vielmehr dazu, Fantasien zu erforschen, die ich unterdrückte und mir verweigerte.

Er hob die Hand und strich mir mit dem Daumen über die Unterlippe. »Mach jetzt keinen Rückzieher, Henna. Wir sind die Einzigen in dieser Loge. Was hier passiert, bekommt nur dann jemand mit, wenn du zu laut wirst.«

Ich schwieg einige Sekunden und starrte ihn an. Dann sagte ich, ohne nachzudenken: »Nicht nur ich werde laut, wenn ich komme.«

»Heißt das, du sagst ja?« Seine Handfläche wanderte höher zum bereits durchnässten Stoff meiner Unterwäsche. Zack streichelte darüber.

Meine Brüste schwollen an, meine Nippel richteten sich auf, und das Ziehen in meiner Scham verstärkte sich. Meine Fingernägel bohrten sich in die lederbezogenen Armlehnen meines Sitzes.

»Bei dem Ausdruck in deinem Gesicht würde ich am liebsten die Faust in dein Haar krallen und diese wunderschönen, vollen Lippen erobern.«

»Das will ich auch.« Meine Atmung ging flach. »Nur

würde dann die Öffentlichkeit glauben, zwischen uns wäre mehr, als da in Wirklichkeit ist.«

Kurz huschte Verunsicherung über seine Züge und verschwand prompt wieder. »Heißt das, du bist einverstanden?« Er schob den Schritt meines Slips zur Seite und tastete meine feuchten unteren Lippen entlang. Dabei wurde mir klar, dass ich die Beine gespreizt hatte, um ihm besseren Zugang zu ermöglichen.

»Mmm«, brachte ich nur heraus, während er um die pralle Pforte zu meinem Innersten kreiste.

Schließlich schob er einen Finger in mich und krümmte ihn, um das empfindsame Nervenbündel zu streicheln, dem er als Einziger je Aufmerksamkeit geschenkt hatte. »Das ist keine Antwort.«

Ich widerstand dem Drang, den Kopf zurückzuwerfen. »Ja.«

Kaum hatte ich das Wort herausgebracht, gesellte sich ein zweiter Finger zum ersten. Er schob sie langsam vor und zurück, reizte mich auf eine Weise, von der wir beide wussten, dass sie mich nicht zum Kommen bringen konnte, sondern auf der Gratwanderung zwischen Erregung und Orgasmus halten würde.

Sein Blick kehrte zur Bühne zurück. Falls zufällig jemand in unsere Richtung schaute, hätte es den Anschein, als gälte seine volle Aufmerksamkeit der Show. Gleichzeitig jedoch bearbeitete er mich mit rhythmischen Stößen weiter. Diese Folter würde ich auf keinen Fall überstehen können.

»Gib nach, Henna, und ich lasse dich kommen.«

Seine Worte rissen mich aus der Trance, in die ich unbewusst verfallen war. Was sollte ich tun? Es war ein Spiel, und ich wollte nicht verlieren.

Ich löste die Hand von der Armlehne, die ich umklammert hatte, und legte sie auf die pralle Erhebung zwischen seinen Beinen. Als ich zudrückte, hörte ich, wie Zack zischend einatmete und sein Takt ins Stocken kam.

»Ist das für mich?«, zog ich ihn auf. »Soll ich was dagegen unternehmen?«

»Was ich will, würde entweder deinen Mund oder deine Muschi erfordern. Beides kommt im Moment nicht in Frage.«

»Das klingt jetzt, als würdest *du* nachgeben.« Ich bewegte die Hand nach oben und kratzte mit den Fingernägeln über die harte Erhebung seines von Stoff verhüllten Schafts.

Als ich den Bund der Hose seines Smokings erreichte, knöpfte ich sie auf und arbeitete die Finger in seine Boxershorts, wo ich sie um seine stahlharte Länge schloss.

»Henna.« Seine Stimme klang so erstickt, dass ich lächeln musste.

»Das kann man auch zu zweit spielen.« Ich drückte seine pralle Erektion und rieb mit dem Daumen über den nässenden Schlitz an der Eichel.

»Tatsächlich?« Er stieß härter in meine triefende Mitte und verpasste mir gerade die richtige Prise Schmerz, die ich so liebte.

Zuckend zog ich mich um ihn herum zusammen, dann biss ich mir auf die Unterlippe, um das Wimmern zu unterdrücken, das kurz davorstand, aus mir herauszuplatzen. Instinktiv spreizte ich die Schenkel weiter, um Zack noch besseren Zugang zu meiner pulsierenden Mitte zu verschaffen.

Verlangen und Begierde umwölkten meinen Verstand. Das Verlangen, selbst zu kommen, Zack zum Kommen zu bringen und die Ekstase herauszuschreien, die sich in mir ballte. Wir bearbeiteten uns gegenseitig, meine Hand auf und ab, seine vor und zurück.

»Fester«, murmelte Zack, legte die freie Hand um meine und zeigte mir, wie viel Druck er wollte.

»Härter«, befahl ich, kämpfte um Kontrolle über das Stöhnen, das unbedingt aus mir herauswollte, und schloss die Augen. »Bitte, Zack. Ich bin fast so weit.«

»Ich auch.«

Oh Gott, wie sollte ich einen Aufschrei in mir behalten? Mein Körper stand in Flammen, mein Herz raste außer Rand und Band.

Ich erreichte die Ziellinie und wusste, dass meine Bewegungen um Zacks herrliche Erektion unregelmäßig geworden waren.

In dem Moment, als mein Orgasmus losbrach, stimmte das Publikum tosenden Applaus an. Die Beleuchtung ging an und holte sowohl Zack als auch mich in die Wirklichkeit zurück.

Schwer atmend, keuchend starrten wir uns gegenseitig an.

»Wir müssen aufstehen und klatschen.« Zack zog sich aus meiner sehnsüchtigen Muschi zurück.

Ich konnte nicht reden und nickte nur, als ich ihn losließ, mir die Hand am Kleid abwischte, den Rock zurechtrückte und mich erhob.

Zack brauchte ein paar Augenblicke länger, um sich zu sammeln, bevor er sich mir anschloss.

Lächelnd klatschten wir. Dann sprach der Regisseur der Show ins Mikrofon und forderte das Publikum zur einer Runde Beifall für mich auf. Das Bühnenlicht schwenkte in meine Richtung – und erfasste nicht nur mich, sondern auch Zack.

Mist. Es würde so aussehen, als wären Zack und ich zusammen.

»Jetzt leugne noch mal, dass es ein Uns gibt«, murmelte Zack. »Jede Boulevardzeitung wird dich als die Frau hinstellen, mit der ich in der Nacht von Pennys Junggesellenabschied rumgemacht habe. Und die Vermutung wird zutreffen.«

Ich ignorierte ihn, winkte dem Publikum und warf dann dem Regisseur mit theatralischer Geste Küsse zu. Es dauerte noch eine Weile, bis sich der Veranstaltungssaal zu leeren begann.

Als sich die Tür zur Loge öffnete, drehte ich mich Zack zu. »Was gerade passiert ist, hat nichts zu bedeuten.«

Er runzelte die Stirn. »Wenn du das noch mal sagst, küsse ich dich hier und jetzt und zeige jedem, der uns sehen kann, dass wir eindeutig mehr als freundschaftliche Konkurrenten sind.«

»Zack, ich ...«

Er schnitt mir das Wort ab. »Stell mich lieber nicht auf die Probe, Henna.«

Er trat näher und zwang mich, zurückzuweichen.

»Ich kann das jetzt nicht. Ich muss mich um die After-Party kümmern.«

»Sollte das nicht Collin machen?«

»Nein, das fällt in meine Zuständigkeit.« Ohne nachzudenken, fügte ich hinzu: »Er braucht seine Ruhe. Ich will nicht, dass er wieder krank wird.«

Ein Anflug von Besorgnis huschte über seine Züge. »Was meinst du damit, krank?«

»Warum fragst du nicht ihn, wenn du so besorgt bist?« Ich ging auf die Tür zu. »Immerhin ist er dein Vater.«

Zack

ICH BEOBACHTETE, wie Henna die Loge ohne einen Blick zurück verließ.

Sie ließ mich verdammt noch mal links liegen. Aber ich würde mich von ihr nicht ködern lassen. Die Sache zwischen uns wurde allmählich lächerlich.

Und die Tatsache, dass ich einen pulsierenden Ständer hatte, war nicht gerade hilfreich. Ich hatte nicht beabsichtigt, dass es so weit gehen würde. Eigentlich wollte ich sie aufgeilen und dann hängen lassen. Jedenfalls hatte ich auf keinen Fall damit gerechnet, mich im Gefühl ihrer weichen, manikürten Hände zu verlieren.

Verdammt, das ergab zwei Abende hintereinander.

Ich trank einen letzten Schluck von meinem Scotch, ließ das Glas auf einem Beistelltisch zurück und trat den Weg zum Empfangsbereich der After-Party an. Collin schickte mir seit Jahren Einladungen zu jeder Veranstaltung in seinen Etablissements, deshalb wusste ich, dass mein Name auf der Liste stehen würde.

Der Eingang war im Natur- und Geburtsmotiv der Show dekoriert. Das lag definitiv über allem, was wir bei HPZ zu bieten hatten. Ich musste mit Hagen und Pierce darüber reden, in der Hinsicht nachzubessern.

Vorerst jedoch trat ich auf den Mitarbeiter am Eingang zu, nannte ihm meinen Namen und betrat den Partyraum.

Ich entdeckte Henna auf Anhieb. Sowohl Darsteller der Show als auch Gäste umringten sie. Die Röte auf ihren Wangen war noch nicht abgeklungen, was mir die Befriedigung verschaffte, dass sie genauso sehr litt wie ich.

Henna schaute auf, begegnete meinem Blick. Durch schieres Verlangen wirkten ihre schokoladenbraunen Augen beinah so dunkel wie Obsidian. Als sie sich über die Lippen leckte, musste ich daran denken, wie sie gestern Abend damit meine Mannespracht bearbeitet hatte.

Wenn ich bis zum Ende der Nacht nicht in ihr wäre, würde ich den Verstand verlieren.

Sie senkte den Blick und öffnete ihre Clutch. Gleich darauf piepte mein Handy.

*Kein Reden, keine Pläne. Wir beenden nur, was wir bei der Show angefangen haben. Ja oder nein?*

Gott, ich liebte direkte Frauen.

*Ja.* Ich schickte meine Antwort.

*Nimm die Karte von dem Kellner, der dir gleich einen Drink anbietet, und komm in einer halben Stunde zu mir in Zimmer 42300.*

Lächelnd tippte ich. *Ja, Ma'am.*

Wie aufs Stichwort bot mir ein im Stil der Darsteller gekleideter Mann mit einem Tablett ein Glas mit einer Serviette an.

»Danke.«

Der Kellner nickte und verschwand wieder in der Menge.

Ich trank einen Schluck und genoss den Geschmack des Scotchs. Die Serviette steckte ich in die Hosentasche und ließ die Zimmerschlüsselkarte darin herausgleiten.

Als ich wieder aufschaute, stellte ich fest, dass Henna mich immer noch beobachtete.

Sie hatte das schon geplant, bevor ich hergekommen war. Um uns herum befanden sich zu viele Leute, als dass sie spontan so entschieden haben konnte.

Was zum Teufel ging hier ab? Noch nie zuvor hatte ich eine Frau gehabt, die mir so unter die Haut ging. Ich konnte einfach nicht abschätzen, was sie tun würde.

Aber wollte ich mich darüber beschweren? Immerhin gab sie mir, was ich immer gewollt hatte. Ein unverbindliches, für beide Seiten vorteilhaftes Arrangement ohne Sorgen um die Zukunft.

Ich trieb mich noch fünfzehn Minuten auf der Party herum, dann trat ich den Weg nach draußen an. Die nächsten zehn Minuten verabschiedete ich mich von der Elite von Vegas.

Anschließend fuhr ich mit dem Aufzug in den zweiundvierzigsten Stock und stellte fest, dass es sich um die Penthouse-Etage mit nur zwei Suiten handelte.

Als ich mit der Karte die Tür öffnete, betrat ich eine der teuersten Unterkünfte im *Cypress*. Vom Boden bis zur Decke herrschte mit reichlich Marmor und hochwertigen, klassisch gestalteten Möbeln purer Luxus. Einen solchen Raum würde man sonst nur in den Häusern des griechischen Adels finden. Er passte perfekt zu Hennas Persönlichkeit – glänzend, elegant, einladend. Die Atmosphäre von Geld und stilvoller Schönheit wirkte wohnlich statt erstickend.

Hennas Parfüm in der Luft verriet mir, dass sie in diesem Penthouse gewohnt haben musste, während ihr Haus gebaut wurde. Nein, es roch zu deutlich nach ihr, um aus der Vergangenheit zu stammen. Hier musste sie übernachten, wenn sie lang arbeitete. Ihr Haus lag eine Stunde entfernt. An manchen Tagen, vor allem, wenn sie High Rollers und Prominente betreute, würde es besser sein, vor Ort zu bleiben, statt Zeit mit Pendeln zu verschwenden.

Ich ging in den Hauptwohnbereich und sah die Lichter des Vegas Strip über den Rand des von einer niedrigen Mauer gesäumten Balkons heraufschimmern. Auf einem Beistelltisch entdeckte ich ein gerahmtes Foto von Henna und Anaya. Beide lehnten den Kopf an Collins Schultern. Sie hatten die Finger in die von Collin verschränkt, und aus ihren Augen sprach pure Liebe.

Ein Klumpen bildete sich in meiner Magengrube.

Ich erinnerte mich daran, dass ich Collin einmal genauso angesehen hatte. Er war mein Held gewesen. Als Kind konnte ich es kaum erwarten, erwachsen und so wie er zu werden. Ich wäre sogar so weit gegangen, zu sagen, dass ich früher mal Collin gegenüber Mama bevorzugt hatte. Und dann hatte sich alles geändert.

Scheiße.

Frustriert fuhr ich mir durch die Haare.

Die Wahrheit über die Vergangenheit zu kennen, fühlte sich an, als wäre mein gesamtes Leben eine Lüge.

Dann ging von der Tür zum Penthouse ein Piepton aus, und alle Gedanken an Collin verflüchtigten sich, verdrängt von Fleischeslust auf die Frau, die gerade hereinkam. Ich stellte das Bild zurück auf den Tisch und steuerte auf den Eingang zu.

Henna trat ein und lehnte sich gegen die geschlossene Tür. Wir starrten uns gegenseitig an. Zwischen uns knisterte lustvolle Energie. Meine Erektion pochte als harter Ständer an meinem Oberschenkel und brannte darauf, sich in ihrer feuchten Hitze zu versenken.

Da sie verlangt hatte, nicht zu reden, wartete ich ab. Dann gingen wir wie durch ein stummes Zeichen aufeinander zu. Ich nahm ihr Gesicht in die Hände und küsste sie mit der aufgestauten Erregung, mit der ich mich in den letzten sechs Monaten jeden Tag herumschlagen musste.

Henna zog an meiner Fliege, löste den Knoten und bearbeitete dann die Knöpfe meines Hemds, bis sie es geöffnet hatte, abgesehen von dem Teil, der in Hose steckte.

Sie stöhnte, und ich beanspruchte ihren Mund. Ich liebte ihren Geschmack. Ganz zu schweigen von dem Duft, den sie immer trug. Es musste eine mit Pheromonen versetzte Droge sein, die mich jedes Mal an den Eiern packte.

Sie zerrte mein Hemd aus der Hose und schob es mir über die Schultern zurück.

Ich zischte, als mir ihre langen Fingernägel über die Brust fuhren. Als sie unseren Kuss unterbrach und mit den Zähnen an meinem Hals entlangschrammte, hätte ich beinah die Selbstbeherrschung verloren und mich sofort in ihr vergraben.

Stattdessen packte ich sie an der Taille und genoss, wie sie mich berührte, mich leckte, an mir knabberte. Noch nie im Leben hatte ich eine aggressivere Geliebte gehabt als Henna. Sie forderte genau so sehr, wie sie gab.

Die Kontrolle würde sie nur an einen Mann abtreten, der stark genug war, sie zu dominieren und zu verruchten Dingen zu verleiten, die sie wollte, ohne sich dessen bewusst zu sein.

Ich ließ die Finger über ihren Brustkorb nach oben zu ihrem Busen unter dem trägerlosen Oberteil ihres Kleids wandern.

Mit einer schnellen Bewegung riss ich ihr den Stoff vom Leib.

Sie schnappte nach Luft, und bevor sie protestieren konnte, fasste ich mit der Faust in ihr Haar und schob die Zunge zwischen ihren Lippen hindurch.

Ein winselnder Laut des Verlangens hauchte über ihre köstlichen, prallen Lippen. Sie rieb den nackten Busen an meiner Brust. Ihre verhärteten Nippel fühlten sich wie kleine Perlen an.

Ich packte ihre Schenkel, während sie die Arme um meinen Nacken schlang. Wir labten uns weiter aneinander.

Ich trug sie in Richtung des Terrassenbalkons, schob die Glastür auf und trat hinaus in die nächtliche Wärme von Las Vegas.

Als wir das gepolsterte Halbmauergeländer erreichen, ließ ich sie an meinem Körper nach unten gleiten. Kurz trat Verwirrung in ihre Züge, bevor ihre Augen groß wurden. Sie sah sich um, erblickte die anderen hohen Türme der nahen Hotels und erkannte die Möglichkeit, dass andere einen Blick auf uns erhaschen könnten.

Ich ließ nicht zu, dass sie zu lange nachdachte und die durch ihren wunderschönen Körper strömende Erregung verlor. Also drehte ich sie herum und drückte sie gegen die Mauer. Sie schnappte nach Luft, als der Stein ihre empfindsame Haut berührte. Ich ergriff ihre Hände, zog sie hinter sie und schnappte mir dann die lose Fliege, die noch irgendwie um meinen Hals hing. Damit fesselte ich ihr die Handgelenke an ihrem Kreuz.

Gott, sie war so verdammt umwerfend. Der goldene

Ton ihrer Haut, gerötet vor Verlangen; das lange schwarze Haar, das ihr Gesicht umrahmte; und dieser Hintern, so rund, so drall, so fest, wie geschaffen dafür, geknetet und genommen zu werden.

Sie warf einen Blick über die perfekte Schulter, und ich musste beinah stöhnen. In der Pose sah sie aus wie ein sinnliches Model bei einem Fetisch-Fotoshooting.

Ich strich mit den Fingern über ihre Wirbelsäule nach unten und über ihre Handflächen, bis ich die Spalte zwischen ihren Pobacken erreichte. Eine Gänsehaut breitete sich rasend über ihren Körper aus.

»Zack.« Ihre Stimme klang atemlos, erfüllt von Verlangen und Begierde.

Meine Härte schwoll weiter an, und ich spürte, sie sich ein Lusttropfen bildete.

»Still. Du hast gesagt, wir reden nicht.«

Ich zog ihr Haar über eine Schulter zurück und küsste ihren Hals, bevor ich zart mit den Zähnen an ihrer Haut knabberte. Schaudernd neigte sie den Kopf zur Seite und zeigte mir an, dass sie mehr wollte.

Ich drehte sie zu mir und hielt sie fest, während ich mich über sie beugte und mir die feste Knospe eines Nippels zwischen die Zähne klemmte. Ich saugte daran, umkreiste sie mit der Zunge, verwöhnte erst einen Busen, dann den anderen und entlockte ihr damit leises Wimmern.

Dann nahm ich ihr Gesicht in die Hände, biss ihr auf die Unterlippe und küsste sie mit zarten, kurzen Schmatzen.

»Ist dir überhaupt klar, wie wunderschön du bist? Ein wandelnder, wahrgewordener Traum.«

Verletzlichkeit blitzte in ihren Augen auf. »Du musst mich nicht verführen, Zack. Ich bin eine sichere Bank.«

»Jede Frau will verführt werden.« Ich drehte sie wieder herum, bis sie auf die Stadt um uns herum blickte. »Auch wenn sie gefickt wird, muss sie wissen, dass ihre Bedürfnisse an erster Stelle stehen.« Ich schob sie vorwärts, bis ihre Brüste gegen den Stoff des Geländers drückten, dann legte ich meine Härte frei, holte ich ein Kondom aus der Gesäßtasche und streifte es über. »Und ganz besonders, wenn sie ihren Körper ihrem Lover ausliefert.«

Ich packte ihren feuchten Slip, zerriss den hauchfeinen Spitzenstoff mit einem scharfen Ruck und ging in Position, wiegte mich vorwärts.

»Gott«, stieß ich knurrend hervor. Sie fühlte sich wie eine zupackende Faust um meine Erektion an. Wie Himmel und Hölle in einem, und ich wollte, dass es nie endete. »Du fühlst dich immer unglaublich an.«

Meine Hüften bewegten sich zu flachen Stößen vor und zurück. Ich konnte fühlen, wie sie feuchter und feuchter wurde.

Japsend hielt Henna dagegen. »Zack. Besorg es mir hart. Wie wir es gestern Abend hätten tun sollen.«

»Wie du willst.« Ich ergriff ihre gefesselten Arme, ließ sie den Rücken durchwölben und begann, wie verlangt fest in sie zu stoßen.

So hämmerte ich in ihre pralle, triefende Scham und

ließ nicht locker, bis ich die ersten Beben in ihren Scheidenwänden spürte. Dann verlangsamte ich das Tempo zu harten, konzentrierten Stößen. Gerade mal vier waren nötig, bis ihre herrliche Muschi mich kraftvoll umklammerte.

»Oh Gott, oh Gott, oh Gott.« Henna warf den Kopf zurück, verlor sich in ihrem Höhepunkt.

Ihr Körper zog sich zuckend um mich herum zusammen.

Als ihre Entladung allmählich abflachte, zog ich sie hoch, klemmte ihre Arme zwischen unseren Körpern ein und ließ eine Hand ihren Körper hochwandern, bis ich sie um ihre Kehle legte. Ich drückte leicht zu, während ich weiter in ihr vor und zurück glitt.

Ihre Muschi reagierte sofort auf den Lustschmerz und umklammerte mich zu heftig, dass ich alle Kontrolle verlor und kam, heißer und intensiver als je zuvor.

»Henna. Du gehörst mir, verdammt.«

## 13

Henna

»Ms. ANTHONY, bitte nehmen Sie sich die nächsten
Stunden Zeit, um sich einzurichten. Ms. Steel holt Sie um
sechs Uhr zum Abendessen ab«, teilte mir Sebastian mit,
Charlie Steels Assistent, als er mich in meinen Bungalow
im *Remy Bora Bora* führte.

»Danke. Bitte sagen Sie Charlie, dass es keine Eile hat.
Ich weiß, dass sie damit beschäftigt ist, alles für den ersten
Spatenstich vorzubereiten.«

»Darauf hat sie sich die letzten Wochen konzentriert.
Heute Abend will sie sich mit einer Freundin entspannen.«

Lächelnd verabschiedete ich mich und betrat die riesige
überdachte Terrasse des Bungalows.

Ich ließ die atemberaubende Aussicht auf mich wirken

und verlor mich in der unglaublichen Schönheit der üppigen Vegetation und des makellos blauen Wassers um mich herum.

Ich war um kurz nach drei auf der Insel eingetroffen und brauchte dringend ein Nickerchen. Obwohl die Zeitverschiebung zwischen Nevada und Bora Bora nur drei Stunden betrug, fühlte ich mich erschöpft.

Gähnend setzte ich mich auf den Holzboden der Terrasse und ließ die Füße über die Kante baumeln.

Vielleicht lag es gar nicht an Jetlag, sondern daran, dass mein Körper immer noch Erholung von den schier unglaublichen Erlebnissen mit Zack vor zwei Nächten brauchte.

Etwas zwischen uns hatte sich verändert, als hätten wir eine unsichtbare Grenze überquert. In den Pausen eines wahren Sexmarathons hatten wir tatsächlich über lustige Dinge geplaudert, die nichts mit der Arbeit oder Collin zu tun hatten. Dabei hatte ich überrascht festgestellt, wie viel wir gemeinsam hatten, von unserer Vorliebe für supersaure Süßigkeiten bis hin zu unserer Liebe zur freien Natur.

Ich hatte herausgefunden, dass er und ein paar Freunde durch die Schlucht namens »Subway« im Zion National Park gewandert waren – im selben Sommer, in dem ich mit Anaya dem rauen Gelände dort getrotzt hatte. Zack und ich liebten das Gefühl der Ruhe und Erholung in der Einsamkeit der Natur. Vielleicht hatte es damit zu tun, dass wir ständig vom Lärm und der Hektik von Las Vegas umgeben waren und alle um uns herum unsere Aufmerksamkeit wollten.

Er wusste die Beschaulichkeit der Natur ebenso zu schätzen wie das Gefühl, etwas vollbracht zu haben, wenn man ihren Herausforderungen trotzte.

Auch über unsere Vorliebe für Glücksspiel hatten wir gesprochen. Wir hatten beide zu Beginn unserer Zeit am College damit angefangen, an lokalen Spielrunden teilzunehmen. Und bereits gegen Ende unserer ersten Semester hatten wir selbst heimliche Veranstaltungen organisiert.

Nun saß ich hier und fragte mich, warum er vor Sonnenaufgang verschwunden war und mir eine Nachricht hinterlassen hatte, in der stand, er bräuchte Freiraum und müsste nachdenken. Ich wusste nicht recht, ob ihm die Intimität, die wir während der Nacht geteilt hatten, zu viel für ihn war oder ob es seine Art war, mir heimzuzahlen, dass ich mich nach unserer ersten gemeinsamen Nacht klammheimlich aus dem Staub gemacht hatte.

Natürlich hatte ich ihm und im Wesentlichen mir selbst oft und eindringlich gesagt, dass es keine Zukunft für uns geben konnte. Im Augenblick jedoch erfüllte mich ein Durcheinander verwirrender Gefühle.

Zack war ein Playboy. Das hatte ich von Anfang an gewusst. Er rannte immer davon, wenn jemand versuchte, ihm nahezukommen. Warum also verhielt er sich bei mir so hartnäckig? Ursprünglich hatte ich gedacht, er würde aufgeben, als ich nach jener ersten Nacht gegangen war.

Aber das hatte er nicht. Nun stand ich kurz davor, mich in einen Mann zu verlieben, von dem ich wusste, dass er mich verletzen würde.

Aber wem wollte ich etwas vormachen? Ich stand nicht kurz davor, ich war schon so ziemlich an dem Punkt.

Wie um meine Gedanken zu vertreiben, flog ein wunderschöner roter Vogel über meinen Kopf hinweg und landete auf der Kante der Planke neben mir.

»Willst du mir sagen, dass ich mich in Gewässer vorwage, die ich lieber meiden sollte?«, fragte ich den blutroten Vogel. Ich konnte nur annehmen, dass es sich um eine Scharlachbauchtangare handelte. Ein Vogel, der in Französisch-Polynesien nicht heimisch war, sondern von Siedlern aus Südamerika hergebracht wurde.

Statt mir zu antworten, kackte das kleine Geschöpf und flog wieder davon. Tja, wenn das kein schlechtes Omen war, dann wusste ich auch nicht.

Ich stemmte mich hoch und ging hinein, um mich ein wenig hinzulegen.

FÜNFZEHN MINUTEN vor sechs Uhr trat ich den Weg zum Hauptrestaurant des *Remy* an. Nach dem Aufwachen aus meinem Nickerchen hatte ich die Pläne für den nächsten Tag durchgesehen. Pressevertreter waren zur Zusammenkunft aller Beteiligten eingeladen, zu denen auch Zack gehörte. Charlie würde bestimmt einiges darüber zu sagen haben, dass Zack dem Team hinzugefügt worden war und diesen Fototermin wollte. Den letzten Monat lang hatte sie sich darüber bedeckt gehalten und nur gemeint, sie würde sich um die Änderungen am Zeitplan kümmern. Aber ich wusste, ich würde mir einiges anhören können, sobald wir unter vier Augen wären. Sie konnte es nicht ausstehen, wenn jemand ihre Pläne durcheinanderbrachte. Und eine offizielle, öffentliche Grundsteinlegung kam ihrer Arbeit und ihrem Terminplan in die Quere.

Ich betrat den Gemeinschaftsbereich der Anlage und ließ die entspannte Atmosphäre auf mich wirken, die trotzdem auch gediegen wirkte, obwohl die gesamte Projektmannschaft in Arbeitskleidung und eindeutig nicht für Urlaub gedachten Klamotten herumlief. Ich selbst hatte mich für ein langes, bequemes, ärmelloses Kleid entschieden, wie man es häufig auf der Insel sah. Auch wenn ich nicht zur Entspannung hier war, fand ich nichts verkehrt daran, es durch meine Aufmachung zu vermitteln.

Ich trat auf die Empfangsdame des Restaurants zu. »Ms. Steel. Sie erwartet mich.«

»Ms. Anthony, es tut mir leid, aber Ms. Steel wurde auf der Baustelle aufgehalten.«

Das überraschte mich nicht. Wenn Charlie etwas aufs Gemüt drückte, arbeitete sie wie besessen, bis sie darüber hinweg war.

»Kein Problem. Ist auch in Ordnung, wenn ich allein esse.«

Die Empfangsdame lächelte. »Hier entlang, Ms. Anthony.«

Als ich ihr gerade folgen wollte, hörte ich ein Stück entfernt eine kultivierte, nicht ganz britisch klingende Stimme. »Wie wär's mit einem Abendessen mit deinem erheblich älteren, aber durchaus attraktiven Cousin, der zufällig in der Gegend ist?«

»Jai.« Ich konnte nicht verbergen, wie sehr ich mich darüber freute, ihn zu sehen. »Oh mein Gott, ich kann nicht glauben, dass du hier bist.«

Ich sprang ihm geradezu in die Arme und drückte ihn innig.

Jai war der Sohn des verstorbenen Bruders meiner Mutter, Vinod. Wegen unserer vollen Terminkalender und des Umstands, dass wir in weit voneinander entfernten Ländern lebten, sahen wir uns nur selten. Jai hatte die Import-/Exportfirma meines Großvaters mütterlicherseits in Indien geerbt. Er war fast fünfzehn Jahre älter als ich und hatte aus nächster Nähe miterlebt, durch welche Hölle meine Familie gegangen war. Er hatte Collin dabei geholfen, uns zu verstecken und jegliche Dokumente über unseren Verbleib zu verbergen.

Meine Angehörigen väterlicherseits ignorierten unsere gesamte Existenz. Sie fanden, dass mein Vater meine Mutter, eine Gujarati-Inderin und keine Tamilin, geheiratet hatte, wäre eine Schande für die Familie und zugleich der Grund, warum mein Papa seine Verbrechen begangen hatte.

Als Jai mich runterließ, fühlte ich mich unwillkürlich wie ein kleines Mädchen, das überglücklich über ein

Wiedersehen mit einem großen Bruder war. »Woher hast du gewusst, dass ich hier sein würde?«

»Ich habe von der Grundsteinlegung gehört und musste mich selbst davon überzeugen, ob es stimmt.«

Ich schürzte die Lippen. »Penny hat es dir gesagt, als du sie angerufen hast, um sie auf Knien um Verzeihung dafür zu bitten, dass du ihre Hochzeit verpasst hast.«

»Ich knie nie. Tatsächlich musste ich ihr nur Fotos der Zwillinge als Neugeborene schicken.«

»Du spielst hinterhältig.« Ich lächelte. Ich hatte seine süßen Babys noch nicht kennengelernt, die beschlossen hatten, zwei Monate vor dem eigentlichen Geburtstermin die Welt zu erkunden.

»Im Umgang mit meinen kleinen Cousinen tue ich, was ich tun muss. Außerdem hättest ja ruhig auch du es mir sagen können, aber du neigst dazu, Dinge für dich zu behalten.«

Ich zuckte mit den Schultern. Dem konnte ich nicht widersprechen. Es stimmte. Ich liebte zwar meine Familie, hatte aber einen Hang dazu, auf eigene Faust zu handeln. Nicht, um ihnen etwas vorzuenthalten, sondern um sie zu schützen.

»Und nur, damit du's weißt, ich habe schon davon erfahren, bevor ich mit Penny geredet habe. Sämtliche Wirtschaftsmagazine sind voll davon. Du musst zugeben, es ist schon ein großes Projekt, vor allem vor dem Hintergrund der Geschichte von Lykaios International und HPZ.«

»Glaub mir, das weiß ich nur zu gut.« Ich hängte mich

bei ihm ein und ließ mich von ihm zu dem Platz führen, an dem die Empfangsdame auf uns wartete. »Soll ich dir ein Geheimnis anvertrauen? Etwas, das niemand außer Collin weiß? Dann kannst du dich besonders fühlen.«

»Manchmal bist du eine richtige Göre.« Er schüttelte den Kopf, als wir uns setzten. »Schieß los. Muss ja wirklich gut sein, wenn du es niemandem erzählt hast.«

»Das Projekt wird von meiner Firma finanziert.«

Jai verengte die Augen. Als er das Wort ergriff, benutzte er die Muttersprache unserer Familie, Gujarati.

»*Und finanzierst du mit früheren Gewinnen oder mit kürzlich beschafften Mitteln?*«

»*Gott, du hörst dich wie ein Vater an.*«

»*Henna, wir haben doch schon über diese Spiele mit enormen Einsätzen geredet. Du hast mir versprochen, nicht mehr an illegalen Pokerrunden teilzunehmen.*«

»*Nein, ich hab dir versprochen, nicht mehr an geheimen Pokerrunden mit hohen Einsätzen teilzunehmen. Wenn ich jetzt spiele, dann nur zum Spaß und nicht, weil ich das Geld brauche.*«

Jai verschränkte die Arme vor der Brust und lehnte sich auf dem Stuhl zurück. »*Henna, Geld brauchst du seit jener verrückten Nacht nicht mehr, als du neunzehn warst, also komm mir nicht mit diesem Blödsinn. Es gibt dir einfach einen Kick, Arschlöcher zu besiegen, die an deinen Fähigkeiten zweifeln.*«

In jener Nacht vor so langer Zeit, als ich Eric beim Pokern geschlagen hatte, wusste ich nicht mal, dass der Pott auf über hundert Millionen angestiegen war. Eine solche Summe wäre mir nie auch nur in den Sinn gekommen. Genauso wenig, wie ich mich gefragt hatte, warum ich bei dem Spiel als Einzige in Jeans und T-Shirt saß, während alle anderen todschick aufgebrezelt waren.

Keine Ahnung, was ich getan hätte, wenn Sylvia nicht zur Stelle gewesen wäre und mich dazu gebracht hätte, Jai anzurufen. Er kam damals prompt nach Frankreich geflogen und half mir, das Geld in möglichst viele legale Kanäle zu leiten.

*»Was soll ich sagen? Ich bin halt gut darin.«*

*»Das stimmt, wenn es um Poker geht, aber was ist mit Blackjack? Weiß dein Kumpel Eric, dass du ein fotografisches Gedächtnis hast und Karten zählen kannst, ohne dir auch nur Mühe geben zu müssen?«*

*»Das wissen nur Sylvia, Ana und du. Und so soll es auch bleiben. Ich hab seit Jahren nicht mehr Blackjack gespielt. Nicht zuletzt, weil ich Angst habe, erwischt zu werden. Außerdem ist das Hochgefühl beim Pokern unschlagbar.«*

*»Weißt du, am liebsten würde ich dich glatt würgen. Du bist so was von stur.«*

*»Tja, das liegt wohl in der Familie.«*

*»Henna.«*

*»Die Wahrheit ist, dass ich dich nicht angelogen hab. Das Geld für die Finanzierung des Projekts stammt von den Investitionen mit meinem ersten großen Gewinn. Ich hab vor, Collin nächstes Jahr oder so vorzuschlagen, mich mit fünfzig Prozent in Lykaios International einzukaufen. So bräuchte er keine Fremdfinanzierung mehr für seine Projekte und könnte mit dem Konzern an der Spitze des Markts bleiben. Ich bin es*

*Collin schuldig, sein Erbe zu bewahren, auch wenn seine Söhne nichts damit zu tun haben wollen.«*

Ich dachte an Zack und seinen Hass auf den Mann, der mit einem gebrochenen Herzen lebte. Manchmal kam Collin mir so erschöpft vor, dass ich mir Sorgen um seinen Gesundheitszustand machte.

*»Ich hab gehört, dass insbesondere ein Sohn dein Interesse geweckt hat.«*

*»Herrgott, du hörst aber eine Menge Gerüchte.«*

*»Es ist kein Gerücht, wenn es Bilder aus der Boulevardpresse gibt, die euch beide küssend in einem Nachtclub und dann bei der Premiere einer deiner Shows zeigen. Er ist nicht gut für dich. Du brauchst einen Mann, der dich wie eine Königin behandelt.«*

*»Du sorgst dich unnötig. Ich weiß schon, worauf ich mich einlasse. Die Lektion hab ich vor langer Zeit von Hunter gelernt.«*

Hoffte ich zumindest.

*»Weißt du, ich lebe in Indien, und sogar ich kann die Wahrheit sehen. Du bist in ihn verliebt.«*

Ich starrte Jai an und wollte es gerade leugnen, als sich eine Hand auf meine Schulter legte.

*»Störe ich?«*

## 14

Henna

ICH TRAT mir die Schuhe von den Füßen und warf meine
Handtasche auf den Tisch am Eingang, als ich meinen
Bungalow betrat.

Unfassbar, dass Zack den Nerv hatte, sich wie ein
eifersüchtiger fester Freund aufzuführen. Dabei hatte ich
ihn sagen gehört, er wäre nicht für feste Beziehungen
geschaffen. Nun ja, vielleicht nicht wörtlich, aber zwischen
den Zeilen.

Ich war so stinksauer, dass ich das Pochen der Adern an
meinen Schläfen spüren konnte.

Zack konnte von Glück reden, dass er mich nur bei
einem Abendessen mit Jai gestört hatte. Wäre er mir bei
einem Treffen mit einem Investor, den ich umgarnen

wollte, in die Quere gekommen, ich hätte ihm mit Freuden die Eier abgerissen und in den Mund gestopft.

Er hatte Jai regelrecht einem Verhör unterzogen. Dabei hätte es eigentlich umgekehrt sein sollen. Jai fand es nur saukomisch und ließ immer wieder Bemerkungen darüber fallen, wie gut er mich kannte. Er flocht sogar Einzelheiten über die vielen Reisen ein, die wir zusammen unternommen hatten. Wie er davon erzählte, klang so, als wären wir Lover statt Verwandte.

Ich muss zugeben, dass es unbezahlbar war, wie Zack erst verwirrt, dann verärgert und schließlich beschämt dreingeschaut hatte, als er am Ende erfuhr, dass Jai mein Cousin ersten Grades war, kein Ex-Freund.

Restlos auf die Palme getrieben hatte mich, dass Jai vorschlug, Zack und er sollten sich ein paar Drinks genehmigen und zusammen abhängen. An der Stelle hatte ich genervt die Hände hochgeworfen und war gegangen.

Idioten. Männer waren Idioten.

Ich streifte mir Träger meines Kleids von den Schultern und stieg aus dem Stoff. Mir stand der Sinn nach Schwimmen im kühlen Wasser. Ich ging zum Kleiderschrank und schlüpfte in meinen roten Bikini. Ich musste Dampf ablassen. Von dem etwa hundert Meter von meinem Bungalow entfernten Steg könnte ich mich im Wasser auspowern, bis sich meine Verärgerung gelegt hätte.

Hoffentlich würde dieser Pferdearsch Zack an der Bar bleiben und mich in Ruhe lassen. Charlie hatte ihr Zimmer neben meinem für Zack aufgegeben, und ich wollte auf keinen Fall, dass er mir beim Schwimmen über den Weg lief.

Die Tür des Bungalows nebenan knallte zu.

Tja, Mist. Kein Glück.

Dann kam mir eine Idee. Ein Plan, um es ihm heimzuzahlen, dass er mich nach unserer wunderschönen gemeinsamen Nacht allein gelassen und nun auch noch mein Abendessen gekapert hatte.

Wir teilten uns eine Terrasse. Nur eine kleine Trennwand befand sich zwischen seinem Privatbereich von meinem.

Ich schnappte mir ein Handtuch, mein Telefon und die Bluetooth-Lautsprecher, die das Resort den Gästen zur Nutzung zur Verfügung stellte. Damit marschierte ich auf die Terrasse und packte alles auf den Tisch in der Nähe meiner Lieblingshängematte. Nachdem ich das versauteste, verruchteste Hörbuch aus meiner aktuellen Liste ausgewählt und gestartet hatte, legte ich mich auf die in einer Ecke befestigte, geflochtene Hängematte.

Ich lehnte mich zurück, schloss die Augen und ließ mich von den Stimmen der Sprecher in jenen Zustand der Erregung versetzen, in den ich jedes Mal geriet, wenn ich mir ein Buch dieser Autorin anhörte.

Zack konnte die Worte aus dem Lautsprecher unmöglich überhören. Als eine Szene kam, in der das Paar einen Schrank betrat, kehrten meine Gedanken dorthin zu dem zurück, was in den Büros des Clubs passiert war.

Mein Innerstes begann zu pulsieren, meine Brüste fühlten sich voller an. Ich zog den Stoff meines Oberteils

runter, legte eine Hand auf meinen Busen und stellte mir
vor, wie Zack ihn knetete, während er gleichzeitig den
Nippel kniff. Oder wie er zart hineinbiss, bevor er ihn sich
in den Mund saugte. Die andere Hand wanderte langsam
über meinen Bauch nach unten und löste das
Bikiniunterteil. Ich schob die Finger zwischen meine
Schamlippen und ertastete meinen sehnsüchtigen Kitzler.
Japsend und stöhnend streichelte ich das empfindsame
Nervenbündel.

Ich blendete das Buch aus und füllte meinen Kopf mit
all den Dingen, die Zack und ich angestellt hatten. Wie er
mich berührte, küsste, meinen Körper beherrschte. Meine
Haut wurde heißer,

mein Verlangen beschichtete meine Finger. Meine
Mitte zuckte, und ich hob die Hüften der Reibung meiner
Hand entgegen. Ich neigte den Kopf zurück und presste die
Lider zu.

»Oh Gott. Oh Gott! Oh Gott!«, schrie ich in die Nacht.

***

## Zack

DAS LETZTE, was ich erwartet hatte, als ich in mein
Zimmer kam, waren die Geräusche der Hörbuchversion
eines erotischen Romans. Henna war berüchtigt dafür, sich
so etwas anzuhören. Ich wusste, dass ich Mist gebaut hatte,

weil ich mich von meiner Eifersucht hatte überwältigen lassen, und ich wollte mich dafür entschuldigen. Zumindest, bis ich das Buch hörte.

Männern warf man immer vor, sich zu viele Pornos anzusehen – tja, diese Frau *hörte* sich dasselbe an.

Eigentlich war ich auf die Terrasse gegangen, um sie aufzufordern, das verdammte Buch leiser zu drehen. Aber als ich an der Trennwand vorbeischaute, schlug mich der Anblick dieser Göttin in einer Hängematte in seinen Bann.

Mit geschlossenen Augen kniff sie sich mit einer Hand den Nippel einer Brust, während sie mit der anderen ihre Muschi bearbeitete. Die Nässe ihrer Erregung, die ich an ihren Fingern erkannte, weckte in mir das Verlangen, ihren köstlichen Honig zu schmecken. Unwillkürlich leckte ich mir über die Lippen.

Mein bestes Stück schwoll an der Innenseite meines Oberschenkels an. Plötzlich wünschte ich mir nichts sehnlicher, als mich hart und tief in ihr zu vergraben.

Erst neulich hatte ich sie auf jede erdenkliche Weise genommen, und ich wollte mehr.

Zu Beginn jener Nacht hatte ich nicht geplant, ihr eine Nachricht zu hinterlassen und zu verschwinden, aber ich musste einiges überdenken. Zum Beispiel meinen Plan, Lykaios International zu übernehmen und Collin rauszuwerfen.

Nachdem ich Henna verlassen hatte, war ich direkt zu dem Club gefahren, den Draco als Zentrale nutzte. Der alte Mann war nicht da gewesen, und als ich einen Termin für ein Treffen vereinbaren wollte, teilten mir seine Enkel mit diebischer Häme mit, *Ojiisan* würde sich bei mir melden, wenn es ihm passte.

Ich hätte mir denken können, dass Sota sauer auf mich sein würde, weil ich mich zwischen ihn und Henna gestellt hatte. Könnte ich die Zeit zurückdrehen, hätte ich ihm stattdessen dafür, dass er sie angefasst hatte, ins Gesicht geschlagen.

»Oh ja«, hauchte Henna stöhnend, womit sie mich aus meinen Gedanken riss und zu dem Schauspiel vor mir zurückholte.

Ich hätte sie nicht verlassen sollen. Ich hätte sie mit einem Stoß tief in sie wecken, sie dann auf alle viere manövrieren und ihren Hintern nehmen sollen. Mich hatte überrascht, wie sehr sie das genoss, als ich es ihr davor in jener Nacht in die enge Rosette besorgt hatte.

Ich rieb mir durch die Hose den pulsierenden Ständer. Am liebsten wäre ich hinübergegangen, hätte jene Schenkel gespreizt und mich in ihrer feuchten Hitze versenkt. Die Frau war der wandelnde, sprechende Feuchtraum eines Mannes und besaß zudem ein Gehirn, das locker mit ihrem Aussehen mithielt.

Als ihre Finger die Schamlippen spreizten, schossen mir Visionen davon in den Kopf, wie sie sich über die pralle Eichel meines Schafts stülpten.

Ich setzte mich auf einen Liegestuhl und achtete darauf, im Schatten zu bleiben. Dann öffnete ich die Hose und befreite meinen Ständer. Ich legte unten Hand an, fuhr bis zur Eichel hoch, benutzte den Lusttropfen dort als Gleitmittel und strich zurück nach unten.

Unfassbar, dass ich zu der Frau masturbierte, die erst vor wenigen Tagen mit ihrer Muschi und ihrem Hintern jeden Tropfen meines Samens aus meinem Körper gemolken hatte.

Sie stöhnte, und ihre Atmung wurde flach. Ihre Finger tauchten in ihre Mitte, erst nur einer, dann zwei, gefolgt von drei. Ich massierte mich in ihrem Rhythmus.

Sie krümmte sich, keuchte und biss sich auf die Unterlippe.

Gott, was liebte ich es, wie sie kurz vor der Ziellinie aussah. Als ein Sprecher des Hörbuchs gerade »… komm für mich …« sagte, warf Henna den Kopf zurück und schrie ihre Entladung in die Nacht. Prompt folgte ich ihr zum Höhepunkt und biss die Zähne zusammen, als mein Samen aus der Eichel spritzte und meine Faust mit heißen Schüben bedeckte.

Ich beobachtete Henna, während sie kam und kam. Sie war so umwerfend schön. Ich hätte beinah schwören können, dass sie meinen Namen hervorgestoßen hatte, doch durch die Geräusche des Hörbuchs konnte ich mir nicht sicher sein.

Als sie sich von ihrem Höhenflug zurück zur Erde schwebte, erschlaffte ihr Körper, und ein verträumter Ausdruck trat in ihr Gesicht. Ihre sündhaft sinnliche Brust hob sich, und der Anblick eines zarten Schweißfilms auf ihrem Bauch weckte in mir die Lust, sowohl über ihn als auch über ihre feuchten unteren Lippen zu lecken.

Dann gab ihr Telefon einen Piepton aus und zerbrach den Zauber.

Seufzend streckte Henna die Hand aus und griff sich ihr Handy vom Beistelltisch. Sie schaltete das Hörbuch aus und las vom Display.

»Ich schätze, das Böse schläft wohl nie«, murmelte sie bei sich, schob die Beine über die Seite der Hängematte und ging in ihr Zimmer.

Ich blickte auf meine vollgesaute Hand und mein immer noch steifes bestes Stück hinab.

Na toll.

Die Frau wirkte wie Viagra auf meine Libido. Sobald mir etwas eingefallen wäre, wie ich sie dazu bringen könnte, mir zu verzeihen, würde ich sie rammeln, bis sie nicht mehr laufen könnte und jeder Mann auf der Insel wissen würde, dass sie mir gehörte, weil sie beim Kommen so oft meinen Namen schrie.

15

Zack


»Mr. Lykaios, bitte stellen Sie sich dort drüben hin. Wir wollen doch keine Schatten in Ihrem Gesicht, wenn der Fotograf loslegt.« Ein kleiner, korpulenter älterer Mann mit zurückweichendem Haaransatz und eine Nummer zu enger Kleidung zeigte auf eine Stelle neben Henna.

Ich nickte zustimmend und ging in Position. Henna schaute über die Schulter, ohne ein Wort zu verlieren, dann richtete sie den Blick auf das tiefblaue Wasser des Pazifiks.

Sie hatte ihre Verärgerung über mich noch nicht überwunden. Ganz gleich, wie oft ich versuchte, mit ihr unter vier Augen zu reden, sie ignorierte mich oder fand eine Möglichkeit, mir aus dem Weg zu gehen.

»Irgendwann wirst du mit mir reden müssen.«

»Nein, muss ich nicht.« Sie lächelte, als ein Reporter sie bat, für ihn zu posieren, danach entspannte sie sich. »Du hast dich für dieses dämliche Fotoshooting in ein laufendes Projekt gedrängt. Wenn du Bilder für deine Konten in den sozialen Medien wolltest, hätte ich dir auch ein paar Aufnahmen mit dem Handy machen können, und gut wär's gewesen. Wegen dieser Aktion« – sie deutete auf die Anwesenden um uns herum – »kann die eigentliche Arbeit erst in ein paar Tagen beginnen. Was bedeutet, dass wir hinter dem ohnehin schon knappen Zeitplan zurückliegen.«

Ich zuckte zusammen. Was das Spektakel anging, hatte sie recht. Fotografen und Medienvertreter aller großen Reise- und Wirtschaftsportale und -zeitschriften hatten Vertreter zu dem mittlerweile als »bahnbrechend« bezeichneten Ereignis entsandt.

Nahezu jedes Hotel in der Umgebung war ausgebucht, und mir stand ein Tag voll Interviews bevor.

»Es tut mir leid.«

»Wenn das stimmt, dann übernimmst du heute alle Interviews, während Charlie und ich arbeiten.«

»Hatte ich vor.«

Ihre starre Haltung änderte sich, und sie drehte sich mir zu. »Ist das dein Ernst?«

»Ja.«

Erleichterung blitzte in ihrem Blick auf und verdeutlichte mir, wie sehr das Projekt sie stresste. »Danke.«

»Gern geschehen. Ich bin sicher, mir fällt etwas ein, wie du dich revanchieren kannst.«

Sie schürzte die Lippen und schüttelte den Kopf. »Das glaub ich sofort. Nur schade, dass es nicht wieder dazu kommen wird.«

Ich strich mit einem Finger über die Rückseite ihres Arms.

»Das sagst du aber oft. Ich glaube nicht, dass wir dasselbe darunter verstehen.«

Schlagartig wechselten ihre Züge von einem durch und durch nüchternen Ausdruck zu unverfälschter Freude, und mein Herz zog sich zusammen.

Hatte sie mich je zuvor so entzückt angesehen? Ich hatte sie schon im Rausch der Leidenschaft erlebt und mehr als genug Wut von ihr abbekommen. Aber der Anblick erweckte in mir die Sehnsucht, diesen Ausdruck jeden Tag für den Rest meines Lebens in ihr Gesicht zu zaubern.

Scheiße, woher war das gerade gekommen?

»Du hast gerade aus meinem Lieblingsfilm zitiert.«

»*Die Braut des Prinzen*. Ein Klassiker. Den sollte jeder Mann in seinem Arsenal haben, um kratzbürstige Kartenprofis und taffe Managerinnen zu entwaffnen.«

»Tatsächlich?« Ihre Augen funkelten.

Als ich die Hand ausstreckte, um ihr Gesicht zu berühren, stupste Charlie mich in die Schulter.

»Bringen wir diese Zeitverschwendung hinter uns. Flirten könnt ihr später.« Ihr kultivierter Akzent konnte ihre Verärgerung nicht verbergen.

»Ist wie immer eine Freude, dich zu sehen, Charlie. Wie geht's deinen Eltern? Ist ihnen wohl noch nicht gelungen, dich mit irgendeinem Herzog oder Prinzen zu verkuppeln, was?«

Charlie entstammte den oberen Zehntausend Norwegens. Ihre Mutter gehörte dem norwegischen Adel an, ihr Vater war Chef eines der größten Ölkonzerne Nordeuropas. Charlotte »Charlie« Skaugum sollte eigentlich längst verheiratet sein und die nächste Generation von stocksteifen Aristokraten hervorbringen. Stattdessen hatte Charlie ihren Nachnamen in Steel geändert und sich für einen anderen Weg entschieden, sehr zur Empörung ihrer Familie.

Ich kannte Charlie seit ihrem ersten Projekt, das zufällig auch das erste Projekt von HPZ war. Wir hatten sie auf Empfehlung eines Freunds engagiert und es nie bereut. Außer dann, wenn sie uns fast den Kopf abgerissen hätte, weil wir ihre Pläne durchkreuzt hatten.

Wahrscheinlich kamen Henna und sie deshalb so gut miteinander aus. Beide hassten alles, was ihre Zeitpläne beeinträchtigte.

Über die Jahre hatte sich eine Freundschaft entwickelt, die wir pflegten, und wir arbeiteten immer wieder bei verschiedenen Projekten zusammen. Charlie ließ mir Tipps über mögliche Standorte für Resorts zukommen, ich wiederum schickte Kunden zu ihr, die sie nicht nerven würden.

»Halt die Klappe, Lykaios. Sonst kriegst du nächstes Mal, wenn du mir den Tag vermiest, eines meiner

Präzisionsmesser zu spüren. Du bist nur noch am Leben, weil Henna mir meine Rachepläne ausgeredet hat.«

»Tja, dann werde ich mich wohl bei ihr bedanken müssen.« Kurz verstummte ich. »Später. Unter uns.«

Sowohl Henna als auch Charlie verdrehte die Augen.

»Und da haben wir's wieder mal. In jedem superreichen Mittzwanziger steckt ein vorpubertärer Teenager, der sich nur zu oft zeigt.« Charlie bedachte Henna mit einem mürrischen Blick. »Ich kann echt nicht fassen, dass du mit ihm schläfst. Ich dachte, du hättest besseren Geschmack.«

»Wer sagt denn, dass zwischen uns was läuft?«, fragte Henna herausfordernd.

»Ich. Ihr beide quellt über vor Pheromonen.«

Ich sah, wie sich Hennas Wangen leicht röteten. »Ich denke, wir sollten anfangen, damit die Leute nicht in Versuchung kommen, zu viel zu labern.«

Und sofort hatte Henna wieder die Maske der durch und durch nüchternen Managerin aufgesetzt.

Charlie seufzte. »Du bist der Boss.«

***

ICH BETRAT MEINEN BUNGALOW, warf das Jackett auf einen nahen Stuhl und öffnete die obersten zwei Knöpfe meines Hemds. Nachdem ich mir ein Glas von dem Eiswasser eingeschenkt hatte, das vom Hotelpersonal auf einem Tablett am Eingangstisch bereitgestellt worden war, trank ich es in einem Zug aus und ließ die kalte Flüssigkeit meinen Körper kühlen.

Danach ging ich zur hinteren Terrasse und blickte hinaus in die Nacht. Ich wischte mir den leichten Schweißfilm von der Stirn.

Die Hitze und die Luftfeuchtigkeit waren eigentlich viel zu heftig für einen Anzug, aber Henna hat für die Fotos darauf bestanden, weil sie in Wirtschaftsmagazinen überall auf der Welt erscheinen sollten und viele den legeren Charakter eines Inselprojekts nicht verstehen würden.

Fast sechs Stunden hatte es gedauert, die Interviews zu überstehen, die ich auf mich genommen hatte, damit sich Henna und Charlie um die eigentliche Arbeit kümmern konnten. Mein Gehirn fühlte sich erschöpft davon an, dass ich fünfzig verschiedenen Reportern die immer gleichen Fragen beantwortet hatte.

Darunter waren viele persönliche Fragen, die mich maßlos geärgert hatten.

*Haben Sie sich mit Ihrem Vater versöhnt?*

*Was war ursprünglich der Grund für das Zerwürfnis?*

*Wer war die geheimnisvolle Frau aus dem Club?*

*War Ihre maskierte Begleiterin Ms. Henna Anthony? Ist es etwas Zwangloses oder doch mehr?*

Wahrscheinlich hatte es die Spekulationen über meine Beziehung zu Henna angeheizt, dass meine Aufmerksamkeit jedes Mal zu ihr wanderte, wenn sie in Sicht geriet. Sie war auf dem Grundstück herumgelaufen, hatte mit den Projektmitarbeitern gesprochen und wie ein General Anweisungen erteilt. Wie sie alles um sich herum im Griff hatte, war wie ein hypnotisierender Tanz.

Ich hatte gedacht, ihr wäre nicht aufgefallen, wie ich

mich durch ein Interview nach dem anderen quälte. Dann jedoch war sie zu dem Bereich herübergekommen, in dem ich seit Stunden saß, und hatte angeboten, mich abzulösen, damit ich eine Pause einlegen konnte. Überrascht stellte ich fest, dass sie ein ungestörtes Essen in einem Büro des Hotels arrangiert hatte, abseits von der Presse oder Mitarbeitern. Die Geste bedeutete mir mehr, als sie ahnte.

Bei meiner Rückkehr hielt sie bei den verschiedenen Reportern Hof und lenkte die Fragen geschickt in die von ihr gewünschte Richtung wie die effiziente, kompetente Betriebsleiterin von Lykaios International, die sie war. Sie wickelte alle genauso mühelos um den Finger wie Dwight. Zwar flirtete sie nicht unverhohlen, dennoch vermittelte sie jedem in ihrem Umfeld das Gefühl, dass sie aufmerksam zuhörte.

Als sie dazwischen den Blick von den Reportern löste und mich ansah, veränderte sich etwas in ihren Augen, und mich überkam das Gefühl, als hätte etwas mein Herz gepackt und gequetscht.

Da wusste ich ohne jeden Zweifel, dass ich die Insel nicht verlassen konnte, ohne die Dinge mit Henna in Ordnung gebracht zu haben. Ich konnte nicht weg, ohne klargestellt zu haben, wo wir standen.

Gott, ich kam mir wie ein liebeskranker Welpe vor, der nicht mehr weiß, wo oben und unten ist. Wie zum Teufel war es dazu gekommen? Ich war kein Beziehungstyp, und doch konnte ich nur daran denken, wie sehr ich Henna halten wollte. Und unabhängig davon, was sie behauptete, sie war sehr wohl ein Beziehungstyp.

Allerdings musste ich sie davon überzeugen, dass ich der Richtige war.

Nachdem ich tief durchgeatmet hatte, kehrte ich in den Bungalow zurück, durchquerte ihn zur Tür und ging hinüber zu der von Henna. Ich legte die Hand auf das Holz.

Ich wusste, dass sie hier war. Beim Abendessen hatte Charlie erwähnt, dass Henna früh ins Bett wollte und in ihrem Zimmer aß.

Sie ähnelte mir so sehr – genau wie ich brauchte sie Zeit, um vollständig abzuschalten, wenn sie stundenlang von zahlreichen Menschen umgeben war.

Wie würde sie reagieren, wenn ich bei ihr anklopfte? Würde sie mich reinlassen? Würde sie mir auffordern zu gehen?

*Sei ein Mann, Lykaios. Hören auf, dich wie ein Weichei anzustellen, und nutz die Chance.*

»Alles oder nichts.«

Also drückte ich auf den Klingelknopf und spürte, wir mir das Herz bis in den Hals schlug.

## 16

Henna

MEINE HÄNDE ZITTERTEN, als ich die Holztür berührte. Ich musste nicht durch den Spion spähen, um zu wissen, dass es Zack war.

Wenn ich öffnete, würde sich alles ändern. Die Sache zwischen uns würde von geheimen Treffen zu etwas Öffentlichem werden. Zu einer Beziehung.

Ich schüttelte den Kopf.

Wem wollte ich etwas vormachen?

Es war von der ersten Nacht in seinem Penthouse an eine Beziehung gewesen. Wahrscheinlich schon davor. Aber was für eine?

Wieder klingelte es an der Tür, gefolgt von einem Klopfen.

Ich löste die Finger vom Holz, legte sie stattdessen auf den Griff und zog daran. Beim Anblick der Intensität in Zacks stechenden blauen Augen stockte mir der Atem.

Er trug noch dieselbe Kleidung wie zuvor, nur ohne das Jackett. Unter dem offenen Kragen zeigte sich ein Hauch der Tätowierungen, die entlang seiner linken Körperseite verliefen.

Mein Innerstes zog sich zusammen, weil ich ahnte, was ich gleichtun würde.

»Sag mir, dass du es willst.« Zack trat einen Schritt auf mich zu. »Sag mir, dass es mehr ist als ein paar schnelle Nummern, wann immer wir allein sind.« Er näherte sich einen weiteren Schritt, legte eine Hand an den Türrahmen und beugte sich vor, bis sich unsere Stirnen berührten. »Sag mir, dass dich deine Gefühle genauso um den Verstand bringen wie mich meine.«

Ich leckte mir über die Lippen und schloss kurz die Augen, bevor ich erwiderte: »Es geht nicht nur dir so.«

Da packte er mich an der Taille und führte mich rückwärts, während er die Tür hinter sich schloss.

»Du musst dir sicher sein.« Er nahm mein Gesicht in die Hände und neigte es so, dass ich zu ihm aufschaute. »Wenn wir den Schritt machen, gehörst du mir, Henna. Kein Verstecken, dass wir zusammen sind. Kein Flirten mit anderen Kerlen. Keine privaten Essen mit Milliardären. Und ganz sicher niemand außer mir in deinem Bett.«

»Gelten die Regeln auch für dich?«

»Ja.«

»Was ist mit deinen Brüdern? Was mit Collin? Die

Sache zwischen uns könnte uns beiden Probleme verursachen.«

»So verrückt es sein mag, was wir haben, ist eine Beziehung. Wir sind ein Paar. Mir ist scheißegal, was irgendjemand außer dir davon hält.«

Die Vehemenz in seinen Worten und sein entsprechender Blick jagten mir eine kribbelnde Gänsehaut über den Körper.

Ich wollte alle Vorsicht in den Wind schlagen, aber ich musste mir sicher sein, dass er die Konsequenzen einer Beziehung mit mir verstand.

»Das sagst du jetzt. Aber wenn wir wieder in Vegas sind, wird sich das ändern. Vergiss nicht, dass viele deiner Geschäftspartner nichts und niemanden in Verbindung mit dem Namen Anthony leiden können.«

»Du bist nicht dein Vater. Und ich werde meine Meinung nicht ändern.« Er fädelte die Finger in mein Haar und neigte meinen Kopf nach hinten, während er die Bartstoppeln an meinem Hals rieb. »Sag ja, Henna, und lass uns fühlen, wie intensiv und heiß wir zusammen brennen. Du bist die einzige Frau, mit der ich das will.«

Meine Finger bohrten sich in seine Unterarme. Gleichzeitig lehnte ich mich dem rauen Kratzen von Zacks Bart entgegen.

Mein Herz hämmerte wild, mein Schritt wurde feucht.

»Ja. Ich will es.«

»Gott sei Dank.« Zack senkte die Lippen auf meine. Seine Zunge schob sich in meinen Mund und erfüllte meine Geschmacksknospen mit dem Aroma von Whiskeys und seiner einzigartigen Essenz.

Ich legte die Hand auf seinen Hinterkopf.

Seine Küsse glichen einer Droge, berauschend und suchterzeugend. Das Verlangen nach ihm war so viel intensiver geworden, so viel verzehrender seit jenem ersten Kuss nach einem Mädelsabend in einem von Hagens Clubs.

Zack hob mich an die harte Erhebung seiner Erektion und trug mich in Richtung des Schlafzimmers. Dann jedoch überlegte er es sich anders und steuerte an der Rückseite des Bungalows hinaus in die südpazifische Brise.

Er legte mich so auf die Hängematte in der Ecke der Terrasse, dass meine Beine über die Ränder baumelten.

Ich zog eine Augenbraue hoch.

Zack bedachte mich mit einem beinah verlegenen Grinsen. »Du hast ja keine Ahnung, wie oft ich mir vorgestellt habe, es dir hier zu besorgen, seit ich gestern angekommen bin. Dein roter Bikini gehört verboten.«

»Also hast du mich beobachtet?«

Er beugte sich herab und biss mir auf die Unterlippe, verursachte ein erlesenes Brennen. »Ja, Süße, hab ich, und ich hab alles gesehen.«

Hitze und Verlangen breiten sich über meinen Körper aus. »Ich weiß. Ich konnte dich durch die Trennwand hören. Hat dir recht dafür geschehen, dass du mir das Abendessen mit Jai versaut hast.«

»Woher sollte ich denn wissen, dass er dein Cousin ist? Er hätte genauso gut ein weiterer reicher Mistkerl sein können, der dir wie alle anderen, die dir begegnen, an die Wäsche wollte.«

»Ganz gleich, was du zu glauben scheinst, nicht jeder Mann will mich.«

»In dem Punkt müssen wir uns wohl darauf einigen, dass wir uns nicht einig sind.«

»Wann bist du so besitzergreifend geworden?«

»Bin ich normalerweise nicht. Das holst du aus mir heraus.«

»Oh.«

»Ja. Oh.« Er küsste mich wieder. Gleichzeitig schob er den Saum meines Kleids nach oben, erst über die Hüften, dann über die Brüste. »Heb die Arme, damit ich dir das ausziehen kann. Ich will nichts zwischen mir und deiner herrlichen Haut.«

Ich hob die Hände, befolgte Zacks Anweisungen und ließ ihn das Kleid über meinen Kopf streifen und auf den Boden werfen. Als Nächstes packte er die Seiten meines Tangas und zerriss den Stoff.

Er brummte anerkennend, während er mich von Kopf bis Fuß begutachtete, bevor er die großen Hände auf meinen nackten Busen legte. »Du bist meine lebendig gewordene Fantasie.«

Er beugte sich herab, nahm eine Brustwarze in den Mund, biss hinein und saugte dann das Brennen weg. Stöhnend wölbte ich mich ihm entgegen.

»Mehr«, stieß ich japsend hervor und krallte die Finger um die Seile der Hängematte.

Mit einem Lächeln widmete sich Zack meiner anderen

Brust. Seine Zunge kreiste, schnippte und leckte, bevor er sich meinen empfindlichen Nippel zwischen die Zähne klemmte.

Bis zu diesem Mann hatte ich meine Lust nie mit einer wohldosierten Prise Schmerz gemischt. Mittlerweile sehnte ich mich nach mehr davon. Wonach genau, das wusste ich nicht.

Plötzlich zog er sich zurück, richtete sich auf und ließ mich schwer atmend und ein wenig verwirrt zurück.

»Bin gleich wieder da.«

»Was?«

»Entspann dich. Ich bin nur ein paar Minuten weg, versprochen.«

Ich seufzte. »Vergiss nicht, dass hier eine Frau darauf wartet, von dir verwöhnt zu werden.«

Er schenkte mir ein umwerfend verruchtes Grinsen. »Das vergesse ich mit Sicherheit nicht.«

Zack schob sich um die Trennwand herum, die unsere beiden benachbarten Bungalows voneinander abgrenzte. Das Schloss seiner Schiebetür klickte, als er sie öffnete.

Ich blickte zu den Holzbalken des Daches über mir und versuchte, mich zu entspannen, während ich auf Zacks Rückkehr wartete.

Was konnte so wichtig sein, dass er dafür das Vergnügen unterbrechen musste?

Die warme Brise nahm zu und bescherte mir eine Gänsehaut. Die Hängematte schwankte. Ich hob den Kopf und fragte mich, wo Zack blieb.

»Ich wusste ja, du würdest nicht lang warten können.«

Ich runzelte die Stirn. »Tja, ich bin nackt und im Freien. Das finde ich nicht gerade fair.«

»Lass uns dagegen was unternehmen.«

Er stellte drei brennende Kerzen auf den Tisch und begann, sich auszuziehen. Anstatt zu beobachten, wie sich dieser sündhaft sexy Mann entblätterte, betrachtete ich die Kerzen. Rot, grün, blau.

»Hast du damit vor, was ich denke?«

»Würdest du mich aufhalten, wenn's so wäre?«

Als ich die Aufmerksamkeit auf ihn richtete, verschluckte ich mich beinah. Er streifte das Hemd ab. Wie sich seine Muskeln bei jeder Bewegung abwechselnd anspannten und lockerten, weckte in mir den Wunsch, jeden Quadratzentimeter von ihm abzulecken.

Seine Finger wanderten zu den Knöpfen seiner Hose, und ich brummte.

»Gefällt dir, was du siehst?«

»Und ob. Ich will noch mehr sehen.«

Wie waren wir von intensiv zu spielerisch übergegangen? War das normal?

»Hör auf zu denken.« Er stieg aus der Hose, kam auf mich zu und zog mich hoch. Seine Lippen streiften meine. »Das sind wir, Henna.«

»Du hast noch deine Boxershorts an.«

»Sobald die unten sind, will ich nur noch in dir sein, und ich hab noch Pläne mit diesem atemberaubenden Körper.«

»Na dann.«

Er legte die Hände auf meinen Hintern und zog

meine Mitte an seine pralle Erektion. Ich rieb meine Spalte an seiner Länge. Dabei konnte ich fühlen, wie meine Klitoris anschwoll und Verlangen mein Innerstes flutete.

Er schob eine Hand in mein Haar und packte es mit der Faust, bevor er mich wieder küsste.

Ich versank in seinem berauschenden Geschmack. Unsere Zungen schlängelten sich zu einem verführerischen Tanz umeinander. Was an diesem Mann drängte jegliches rationale Denken aus meinem Kopf? Am liebsten wäre ich in ihn gekrochen und hätte ihn verschlungen.

Vielleicht lag es an dem Wissen, dass er mehr wollte – dass er diese Sache zwischen uns zu einer richtigen Beziehung erheben wollte. Ich hätte nie gedacht, dass es in meiner Zukunft Liebe geben könnte. Doch mit Zack beschlich mich das Gefühl, es könnte tatsächlich wahr werden.

Er brach den Kuss ab und drückte mich an die Seile der Hängematte.

»Rutsch ganz nach oben, streck Arme und Beine von dir und halt dich an den Seiten fest. Dann rühr dich nicht mehr und lass nicht los. Genieß es, Henna. Das Unbehagen ist das Vergnügen wert.«

Er ergriff eine Kerze, träufelte sich etwas Wachs aufs Handgelenk und nickte. »Perfekte Temperatur.«

»Das hab ich noch nie gemacht«, sagte ich und schnappte nach Luft.

»Aber du willst es.«

»Ja.« In Zacks Armen erwartete mich immer Vergnügen. »Denk daran, was ich gesagt habe. Halt still.«

Im nächsten Moment schrie ich auf, als mir ein weißglühender Schmerz den Magen zusammenzog.

»Ganz ruhig«, säuselte Zack und blies auf das blaue Wachs, das sich in meinem Bauchnabel sammelte.

Das Unbehagen ließ nach und wurde von einer Empfindung abgelöst, die ich nicht einordnen konnte. Kühl und warm zugleich.

Dann roch ich es. »Eukalyptus.«

»Ich hab festgestellt, dass es das Brennen hervorragend lindert.«

Beim Gedanken an ihn mit anderen Frauen hätte ich am liebsten etwas zertrümmert. Die Logik sagte mir, dass ich keinen Grund hatte, eifersüchtig zu sein. Aber in meiner Gefühlswelt herrschte ein einziges Durcheinander.

»Hey.« Zack drehte sich mein Gesicht zu. »Hier sind nur wir. Ich bin bei dir, und du bist bei mir.«

Bevor ich etwas erwidern konnte, traf ein weiterer Spritzer Wachs auf meine Haut, diesmal grün und in der Mulde zwischen meinen Brüsten.

»Fuck.« Ich wölbte den Rücken durch. »Zack.«

Eine Sekunde später verwandelte sich der Schmerz in Lust, von der ich mehr und mehr spüren wollte.

»Ich ... ich will es.«

Wieder und wieder beträufelte er mich.

»Oh Gott.« Ich presste die Lider zu und genoss die Empfindungen. Meine Muschi zog sich zusammen, meine Lust beschichtete meine Schenkel.

»Lass los, Süße. Verlier dich in dem Gefühl.« Zack schob zwei Finger in mich, während er die rote Kerze neigte.

»Das ist zu viel. Zack. Ja. Hör nicht auf.«

»Hab ich nicht vor.« Er stieß härter zu, bevor er abrupt aufhörte. »Du bist so feucht. Meine Hand ist klatschnass. Ich muss dich kosten. Rühr dich nicht.«

Zack sank auf die Knie, hievte sich eines meiner Beine über die Schulter und senkte dann den Mund auf meine Scham.

Er labt sich an mir wie ein Ausgehungerter. Mein Innerstes bebte und zuckte. Mein gesamter Körper spannte sich an, als sich explosionsartige Ekstase ausbreitete. Ich warf mich hin und her, stöhnte und bettelte. Warum ich bettelte, wusste ich nicht ansatzweise.

»Du schmeckst besser und besser«, murmelte Zack, während er mit seiner verruchten Zunge immer wieder in meine bebende Mitte stieß.

Er brachte mich noch zweimal zum Kommen, bevor er sich erhob und ein Knie auf die Seile der Hängematte platzierte.

Ich blickte an meinem Körper entlang auf seine prachtvolle Gestalt. Seine harte, pralle Erektion stand davon ab und ließ einen Lusttropfen wie Tau an der Spitze der Eichel erkennen. Ich griff hin, holte mir seine Essenz mit der Fingerspitze und führte sie an meine Lippen.

»Mmmm«, brummte ich. »Du schmeckst auch ziemlich gut.«

Ich drückte ihn auf den Rücken. Die Hängematte geriet

ins Schaukeln. Wachsreste rieselten auf seine Brust, als sie durch meine Bewegungen von mir abblätterten. Ich hielt inne. Für den Bruchteil einer Sekunde hatte ich die Vision, wie es von einer kräftigen Farbe bedeckt aussehen würde.

Zack beobachtete mich mit lodernder Intensität, während er seine nackte, pralle Härte zwischen meinen feuchten unteren Lippen rieb.

»Wenn ich es wollte, würdest du dich von mir in eine Leinwand verwandeln lassen?«

Er packte mein Haar mit der Faust und zog mich zu seinen Lippen. »Solange du nicht vergisst, dass du zu mir gehörst, lasse ich dich alles tun, was dir Freude bereitet.«

Ich lächelte an seinem Mund, griff nach unten und brachte ihn an meiner triefenden Pforte in Position.

»Henna.« Er hielt mich hoch, ließ nicht zu, dass ich mich auf ihn senkte. »Kondom.«

Ich schüttelte den Kopf. »Kein Kondom. Ich will dich spüren, jeden Zentimeter von dir.«

»Aber was ist, wenn du schwanger wirst?«

»Ich nehme die Pille und bin gesund.«

»Das bin ich auch.« Er schnappte nach Luft, ohne den Griff um meine Hüften zu lösen.

Ich reizte seine Eichel, indem ich mich hin und her bewegte.

»Worauf wartest du dann?«

»Auf gar nichts.« Und damit ließ er mich abrupt auf seinen pulsierenden Schaft sinken.

Sternchen blitzten vor meinen Augen auf, als sich meine feuchte Pforte dehnte, um seine harte Länge aufzunehmen. Ich stand in Flammen. Ich richtete mich auf die Knie auf und ließ mich wieder sinken, wiederholte die Bewegung in einem steten Takt. Zacks definierte Bauchmuskeln spannten sich rhythmisch an, während er dem Drang widerstand, die Kontrolle zu übernehmen. Die Hängematte schaukelte mit meinen Bewegungen, ließ Zack tiefer und tiefer in mich eindringen.

Seine stechenden blauen Augen sahen mich an und vermittelten ein Verlangen nach mir, wie ich es bei keinem anderen Mann je erlebt hatte.

»Henna. Ich werd nicht lange durchhalten.«

Ich legte die Hand auf seine Brust. »Dann lass los. Ich fange dich auf.«

»Nicht ohne dich.«

Er packte meine Schenkel und stieß nach oben, während ich mich senkte. Ich ritt ihn härter und schneller. Die einzigen Geräusche, die ich hörte, war das verruchte, lustvolle Stöhnen unseres Liebesspiels.

Ich verlor mich völlig in meiner Entladung, die mich überrumpelte. Kurz darauf folgte mir Zack, indem er mich auf sich drückte, während er mich mit seinem Samen füllte.

17

Zack

»*Ojiisan* ist in der Lounge. Komm mit«, sagte Sota in seiner üblichen emotionslosen Art und führte mich zu den Privaträumen des Clubs.

Ich nickte knapp und trat den Weg in den hinteren Teil eines von Dracos Stripclubs an.

Ich war vor zwei Wochen nach Vegas zurückgekehrt, und in meiner Gefühlswelt herrschte ein Durcheinander. Es sollte sich nicht so richtig anfühlen, mit Henna zusammen zu sein. Es sollte nicht dazu führen, mir noch mehr zu wünschen. Und es sollte mich ganz sicher nicht dazu bringen, Anspruch auf sie zu erheben.

Jedes Mal, wenn wir uns liebten, lief es intensiver als

beim vorherigen Mal ab. Scheiße, hatte ich es gerade als Lieben bezeichnet?

Aber es war auch wesentlich mehr als schlichtes Ficken. Wir konnten gegenseitig ineinander lesen, wie ich es noch nie zuvor mit jemandem erlebt hatte. Es schien, als wäre sie in mich gekrochen und brächte mich dazu, mehr zu fühlen und zu wollen, als Collin zu Fall zu bringen.

Ich fuhr mir mit der Hand durchs Haar.

Seit Bora Bora hatten wir fast jede Nacht im selben Bett verbracht. Es war, als könnten wir beide ohne die Nähe des anderen keinen Schlaf finden. Wir redeten sogar miteinander. Ich konnte mich an keine Zeit erinnern, in der ich einer Frau irgendetwas mitteilen wollte. Henna gab mir das Gefühl, dass es tatsächlich jemanden für mich gab.

Ganz gleich, was ich in der Vergangenheit geglaubt hatte, ich konnte ihr nicht wehtun. Ich würde sie mit meinem Plan nicht verletzen. Dafür bedeutete sie mir zu viel. Ich durfte sie nicht verlieren.

Ich musste nur noch hoffen, dass Draco der Änderung zustimmen würde.

Der Mistkerl schien zu ahnen, dass ich aussteigen wollte. Er hatte mich zwei Wochen auf einen Termin warten lassen. Und es war nicht so, dass ich einfach in seinen Club spazieren und ein Treffen verlangen konnte. Und wenn wir uns noch so gut verstanden, er war und blieb ein Mafiapate und befolgte die Regeln des Respekts, die ihm in seiner Jugend als Mitglied der Yakuza eingeimpft worden waren.

Ich ging an Kabinen für private Tänze vorbei und durch den Sozialbereich des Clubs. Mich überraschte immer wieder, wie es Draco gelang, alle seine Stripclubs edel und hochwertig wirken zu lassen. Wer eines seiner Etablissements betrat, wusste genau, dass es seine »Mädchen« mit Respekt zu behandeln galt und jeder Verstoß gegen die Regeln üble Konsequenzen nach sich ziehen konnte.

Zwei von Dracos Leibwächtern standen vor dem mit Vorhängen abgetrennten Eingang zu den Büros des Clubs. Ich nickte ihnen zu. Wortlos zogen sie die Vorhänge auf und traten zur Seite.

*»Meine Enkel sagen mir, dass du um ein Treffen gebeten hast. Du musst die Verzögerung entschuldigen. Ich war auf Urlaub.«* Draco benutzte Japanisch. Er nippte an grünem Tee, den er Alkohol vorzog.

Draco hielt gerade mit verschiedenen Männern Hof, die um ihn herum standen. Einigen wurden von spärlich bekleideten Frauen Drinks serviert, andere bekamen von Tänzerinnen persönliche Lapdances.

»Oyabun, *könnten wir unter vier Augen reden?«* Ich antwortete in seiner Muttersprache.

In den Jahren, die Hagen für Draco gearbeitet hatte, vergatterte er Pierce und mich dazu, Japanisch zu lernen. Damals hielten wir Draco für unseren Wohltäter, der es verdiente, dass wir ihm Respekt zollten, indem wir mit ihm Japanisch sprachen, wenn es angebracht war.

Draco hob die Hand und räusperte sich. Sofort

verstummten alle und hielten inne, was sie auch gerade taten.

»*Raus*«, befahl Draco.

Es dauerte keine Minute, bis sich die Räume geleert hatten. Nur Dracos Sicherheitspersonal und Enkelkinder blieben. An diesem Tag hielten sich alle elf im Haus auf, und es schien, als wären sie äußerst interessiert an dem bevorstehenden Gespräch, denn sie ließen sich alle in der Nähe ihres Großvaters nieder.

Draco deutete auf das nunmehr freie Sofa neben ihm. Ich nahm Platz und wartete auf ein Nicken, das mir anzeigen würde, dass ich loslegen konnte.

Der Teil an Treffen mit Draco machte mich rasend. Der alte Mann ließ mich regelmäßig länger als alle anderen warten, um mir meine Ungeduld vor Augen zu führen.

Nach geschlagenen fünf Minuten sagte er: »*Sprich.*«

»*Ich will den Plan beenden. Ihn durchzuziehen, hätte zu viele Konsequenzen.*«

»*Die Konsequenzen haben sich gegenüber früher nicht geändert. Hat das etwas mit Anthonys Tochter zu tun?*«

Ich zögerte. Mich störte, dass Hennas Name von dem Mann ausgesprochen wurde, der ihr Leben zerstört hatte. Aber ich musste ihm die Wahrheit sagen.

»*Ja. Ich will ihr nicht wehtun.*«

»*Also ist sie es wert, den Plan nach all den Jahren zu beenden?*«

»*Ja. Sie ist für mich mehr wert als alles andere.*«

Draco nahm seine Teetasse, trank einen Schluck, stellte das Getränk ab und lehnte sich auf seinem Ledersitz zurück. »Mittlerweile sind wir bei fast zehn Jahren Planung und Ausführung. Ich bin mir nicht sicher, ob ich aufhören will.«

Mein Temperament regte sich. »Das bist ihr ihr dafür schuldig, was du ihr angetan hast. Mir bist du es dafür schuldig, dass du die Lüge erschaffen hast, zu der mein Leben geworden ist.«

Überraschung blitzte in Dracos Augen auf. »Also weißt du es? Ich habe mich schon gefragt, ob Hagen es dir sagen würde.«

»Warum hast du uns das angetan? Wir waren Kinder. Warum hast du das zwei kleinen Mädchen und einer Witwe angetan, die schon so viel durchlitten hatten?«

»Weil ich das nun mal mache. Das wird von mir erwartet. In meiner Familie gibt es Regeln. Man beleidigt meine Familie nicht, und vor allem bestiehlt man sie nicht. Anthony hat das getan. Er hat den Ausweg eines Feiglings gewählt, also mussten seine Erben den Preis dafür zahlen.«

»Wie kannst du geglaubt haben, einer Familie ihr Kind wegzunehmen, könnte eine gerechte Strafe für die Sünden des Vaters sein?«

»So sollte es sein. Es war besser, als sich an die Traditionen meiner Kindheit zu halten. Dann würde es auf der Welt keine Anthonys mehr geben.«

Ich biss mir auf die Innenseite der Wange, um mein Temperament zu zügeln.

Als Hagen mir erzählt hatte, dass Draco als Wiedergutmachung für Victor Anthonys Verbrechen entweder Henna oder Anaya als »Gefährtin« für seine Enkelin wollte, hatte sich mir der Magen umgedreht, und ich hatte eine bis dahin ungeahnte Wut verspürt. Die Wahrheit zu erfahren, hatte mir die Augen dafür geöffnet, was für einen Menschen ich in den letzten zehn Jahren geradezu vergöttert hatte.

Es ließ sich nicht schönreden, wer Draco war – ein skrupelloser Mafioso.

*»Und Collin? Er hat deiner Familie nie etwas getan.«*

*»Er hat zwischen mir und meiner Rache gestanden. Also habe ich ihm genommen, was ihm am wertvollsten war.«*

Ein Kloß bildete sich in meinem Hals. *»Seine Söhne.«*

*»Ja.«* In dem Wort schwang ein Hauch von Bedauern mit. Das hatte ich nicht erwartet.

Bis zu dieser Stelle hatte es keine Entschuldigung für die Vergangenheit gegeben. Plötzlich jedoch war ich mir nicht mehr so sicher. Er hatte recht – er hatte sich so verhalten, wie man es von einem Mafiapaten erwartete. Jedes Anzeichen von Schwäche würde seine Konkurrenten glauben lassen, sie könnten sich sein Gebiet nehmen. Das entschuldigte ihn nicht. Ich hatte meine Kindheit verloren, meine Zeit mit meiner Mutter, meine Zeit mit meinem Vater. Verdammt, ich hatte meine Schwester verloren.

*»Blas die Übernahme ab, und wir sind quitt.«*

*»Das ist alles, was nötig ist, um zur Normalität zurückzukehren?«*

Am liebsten hätte ich geantwortet: *Scheiße, nein.* Aber Draco verkörperte einen Bestandteil unserer Welt, und es gab kein Entkommen davor, für ihn zu arbeiten.

Ebenso wenig würde Henna je frei von Eric Donavon sein. Sie mochte es als Freundschaft betrachten, aber in

Wahrheit war sie an einen Mann gebunden, der die Finger tief in der europäischen Unterwelt hatte.

In der Hinsicht mussten wir uns definitiv noch etwas einfallen lassen.

*»Ja.«*

*»Hätte nie gedacht, dass ich den Tag erlebe.«* Draco lachte. *»Du stellst etwas über dein Verlangen, Collin zu demütigen.«*

Gott, war ich in sie verliebt?

Ja. Sie war mir in allem ebenbürtig. Und sie sah etwas Würdiges in mir.

*»Haben wir eine Abmachung?«*

Draco musterte mich einige Sekunden lang, bevor er lächelte und antwortete: *»Ja.«*

Beinah wäre ich vor Erleichterung erschlafft.

*»Ich möchte dafür aber eine Gegenleistung.«*

*»Und die wäre?«*

*»Ein Treffen mit Hagen. Der Junge schickt andere, wenn ich von ihm erwarte, dass er etwas erledigt.«*

*»Ich werde sehen, was ich tun kann.«*

*»Der Junge ist stur.«*

*»Liegt in der Familie.«*

*»Ja. Ich habe gehört, deine kleine Schwester ist dir sehr ähnlich.«*

*»Anaya ist kein Bestandteil irgendwelcher Verhandlungen.«*

*»Beruhig dich. Das war nur eine Beobachtung.«*

*»Ich verabschiede mich jetzt.«*

Draco nickte, und ich erhob mich.

Als ich auf den Ausgang zusteuerte, sagte Draco: *»Eine freundliche Warnung: Die Anthony-Frauen gehören Welten an,* *die du im Auge behalten solltest. Besonders deine kleine Schwester.«*

Beinah hätte ich mich umgedreht, um ihn darüber zu befragen. Aber ich überlegte es mir anders und ging zur Tür hinaus.

18

Henna

»ICH HOLE dich um fünf ab. Dann haben wir noch zwei Stunden, um zu deinem Haus zu fahren, uns umzuziehen und nach Vegas zur Firewater-Party im *Ida* zurückzukehren«, wies Zack mich über Telefon an, als ich in mein Büro ging.

Er hatte angerufen, als ich gerade eine kurze Pause zwischen zwei Terminen hatte. Der Zeitplan an diesem Tag war vollgepackt mit Besprechungen neuer Projekte und Meetings. Bei manchen führten sich die Vorstandsmitglieder so auf, dass ich das Gefühl hatte, zu einer Gruppe von Vorschulkindern zu sprechen.

Als Collin beschlossen hatte, externe Investoren

reinzunehmen, hatte ich davon abgeraten. Aber er hatte darauf bestanden, dass wir frisches Blut brauchten, um unsere Vision zu vergrößern. Nun mussten wir uns beide mit pflegeintensiven Vorstandsmitgliedern und Investoren herumschlagen, die über alles Mögliche diskutieren wollten, von den in den Resorts verwendeten Handtüchern bis hin zum Rasen auf den Golfplätzen. Mir wäre an ihrer Stelle meine Zeit zu schade, um sie mit derlei Belanglosigkeiten zu verschwenden.

Außerdem ärgerte mich, dass sie mich als Untergebene betrachteten, obwohl ich jedes dieser Arschlöcher auszahlen könnte, ohne darüber nachdenken zu müssen.

»Du weißt schon, dass wir erst Mittag haben? Ich muss noch den Rest der Vorstandssitzung überstehen, bevor ich auch nur daran denken kann, Pennys neueste Whiskey-Kreation zu feiern.«

»Sie ist deine Cousine. Ich habe die strikte Anweisung, dich pünktlich zur Party zu schaffen.«

»So, wie's derzeit aussieht, erwürge ich vielleicht noch jemanden, bevor der Tag rum ist.«

»Soll ich dich retten kommen?«

»Klar, das wäre ungemein hilfreich. Vergiss nicht, dass du Staatsfeind Nummer eins bist.«

Nach Bora Bora hatten die Medien Wind von meiner Beziehung zu Zack bekommen und sich darauf gestürzt. Sie wollten alle Einzelheiten, vor allem, da wir jahrelang als Konkurrenten gegolten hatten. Das verursachte auch eine Menge Probleme mit den Vorstandsmitgliedern. Viele meinten, unsere Beziehung wäre ein Interessenkonflikt und ich setzte das Unternehmen mit meiner Romanze dem Risiko einer feindlichen Übernahme aus.

In den letzten Wochen hatten Zack und ich uns auf eine Übereinkunft verständigt. Geschäft war Geschäft und sollte getrennt davon bleiben, was wir hatten.

Und was wir hatten, war intensiv und locker zugleich. Sehr zur Überraschung unserer Familien hatten wir zueinandergefunden. Es ging niemandem in den Kopf, dass Zack tatsächlich eine feste Beziehung hatte, und dann noch ausgerechnet mit mir. Aber sogar Collin, der sich anfangs gesorgt hatte, Zack könnte mich ausnutzen wollen, gewöhnte sich allmählich daran. Allerdings hatte sich zwischen ihm und Zack nichts geändert.

Nach mittlerweile Monaten bereute ich nach wie vor nichts.

»Solange du weißt, dass ich nicht der Feind bin, ist mir scheißegal, was die alten Mistkerle denken.« In seinen Worten lag eine Eindringlichkeit, die mich erkennen ließ, dass er sich immer noch darum sorgte, wie ich ihn sah.

»Zack.« Ich seufzte. »Du weißt, was ich für dich empfinde. Glaubst du wirklich, ich würde einen Mann bei mir einziehen lassen, wenn er mir nicht wichtig wäre?«

»Dann sag es.«

»Was sagen?« Ich wusste, was er von mir hören wollte.

Wir fühlten es beide, fürchteten uns aber davor, die Worte auszusprechen. Weil wir wussten, dass wir dadurch verwundbar wurden.

»Die Worte, die ich hören will.«

»Sag du sie zuerst.«

»Stures Frauenzimmer. Du weißt genau, was du mir bedeutest.«

»Du hast es mir nie gesagt.«

»Ich sage es dir jedes Mal, wenn wir uns lieben, jedes Mal, wenn du in meinen Armen einschläfst. Verdammt, ich sage es dir jedes Mal, wenn mir ein Reporter sein Mikrofon vors Gesicht hält, nach uns fragt und ich ihn nicht schlage, weil keine solche Publicity für unsere Beziehung willst.«

Über den letzten Teil musste ich lächeln. Vor ein paar Wochen musste sich Zack schwer zusammenreißen, um nicht einen Journalisten zu erschlagen, der es gewagt hatte, ihn nach meinem Vater zu fragen. Sein Beschützerinstinkt mir gegenüber ging über alles hinaus, was ich mir vorstellen konnte.

»Wäre es nicht besser, es zu sagen, wenn wir uns von Angesicht zu Angesicht gegenüberstehen?«

»Dann kannst du es auch sagen.«

»Na schön.« Ich wartete und starrte aus dem Fenster auf die Wüste Nevadas.

»Bitte, Süße.« Der flehende Ton in seiner Stimme ließ mich einknicken. »Lass mich hören, wie du es sagst.«

»Ich liebe dich, Zack.«

Er stieß den Atem aus, als hätte er ihn angehalten gehabt. »Gott, das wollte ich seit Monaten hören.«

»Jetzt sag du es.«

»So herrisch.« Er lachte leise. »Ich lie...«

Mitten im Wort verstummte er abrupt. Im Hintergrund hörte ich einen Tumult, gefolgt von gedämpften Stimmen. Dann: »Scheiße, das kann nicht wahr sein.«

»Zack!«, rief ich. »Zack, verdammt, antworte mir. Was ist los?«

»Henna.« In seiner Stimme schwang etwas Gequältes mit. »Ich schwöre dir, ich bringe das in Ordnung. Versprochen. Du sollst nur wissen, dass ich dich liebe, Schatz.«

»Zack, ich versteh nicht, was du meinst.«

»Ich muss los. Du musst mir glauben, dass nicht geplant war, es durchzuziehen.«

Damit legte er auf.

Was zum Teufel passierte gerade?

Bevor ich Zack zurückrufen und von ihm eine Erklärung verlangen konnte, kam Collin herein.

Im aschfahlen Gesicht hatte er einen fassungslosen Ausdruck. Ich eilte zu ihm. »Was ist los?«

Ich zog ihn zu meinem Schreibtischstuhl, damit er sich setzen konnte.

»Er hat tatsächlich getan, womit er gedroht hat. Er hat mir meine Firma weggenommen. Jetzt hat er seine Rache.«

»Was? Wer?« Ich konnte nicht verarbeiten, wovon er redete. Dann begriff ich. »Nein, das würde er nicht. Das würde er mir nicht antun. Er ...«

Collin reichte mir einen Satz Dokumente. »Das ist per Kurier gekommen. So getimt, dass es in der Pause eingetroffen ist. Alles unterschrieben.«

Als ich das Dokument überflog, konnte ich kaum

glauben, was ich sah. Zuoberst befand sich eine Mitteilung von Draco.

*Damit enden alle Ansprüche für vergangenen Groll. DJ*

Als ich zur nächsten Seite blätterte, drehte sich plötzlich alles um mich herum. Die Hälfte aller Teilhaber im Vorstand hatten ihre Aktien an ZL Holdings verkauft und damit die Kontrolle über den Vorstand an Zack abgegeben. Zusätzlich war das Finanzkonglomerat, das alle Projekte von Lykaios International finanzierte und alle Verbindlichkeiten hielt, von einer Strohfirma aufgekauft worden, hinter der Zack steckte. Im Wesentlichen gehörte ihm damit Lykaios International. Alles, was das Unternehmen tat, musste von Zack genehmigt werden.

Mir wurde schwindlig, und mir drehte sich der Magen um. Das erklärte, warum so viele Vorstandsmitglieder darauf bestanden hatten, früher als sonst eine Pause einzulegen. Sie wollten weg, bevor die Nachricht uns erreichen würde.

Meine Hände zitterten. »Es tut mir so leid, Collin. Das ist meine Schuld.«

»Nein, es ist meine.«

»Ich bin unachtsam geworden, hab ihm vertraut. Ich hab dir das eingebrockt.«

Gott, ich hatte ihn in mein Haus, in mein Herz gelassen, hatte ihm sogar gesagt, dass ich ihn liebe.

Ich war so eine Idiotin.

»Ich hole dir deine Firma zurück, das verspreche ich dir.«

»Henna!« Der Ruf vor meinem Büro ließ mich
erstarren und Wut in mir aufsteigen.

## 19

Zack

ALS ICH IN Hennas Büro stürmte, sah ich Trostlosigkeit in Collins und Hennas Gesichtern, als sie von den Dokumenten aufschauten.

»Was hast du getan?« Henna stapfte auf mich zu. »Ist dein Verlangen nach Rache so groß, dass du alles zerstörst, was ein anständiger Mann aufgebaut hat, der nur Schmerz kennt?«

»Lass es mich erklären ...«

»Ich will's nicht hören. Du hast mich benutzt. Hast mich glauben lassen, du wärst es wert, dass ich unachtsam werde. Jetzt erkenne ich, was für ein Fehler das war.«

»Henna, es sollte nicht durchgezogen werden. Ich hab die Übernahme abgeblasen.«

»Blödsinn. Wie sind diese Papiere dann zu den Vorstandsmitgliedern gekommen? Wie sind die Aktien auf dich übergegangen? Wie ist deine Firma zum Inhaber unserer gesamten finanziellen Verbindlichkeiten geworden?«

»Wer hat das geschickt?«

»Dein Kumpel Draco mit einem Blumenkorb.«

Ich hatte keine Ahnung, wie ich irgendetwas davon erklären sollte. Als der Kurier mir die Lieferung überbracht hatte, wusste ich nicht mal ansatzweise, was sie enthielt. Mir ging nur die Freude darüber durch den Kopf, dass Henna mir ihre Liebe mitteilte. Gleichzeitig überlegte ich, wie ich mir ihre Zustimmung sichern könnte, den Rest ihres Lebens mit mir zu verbringen.

Und nun war alles beim Teufel.

Egal, was ich sagte, es gab keine Möglichkeit, mich zu rechtfertigen. Und der Blick in ihren Augen verriet mir, dass sie mir nicht glauben würde, selbst wenn ich es versuchte.

»Mist.« Ich raufte mir die Haare, als ich spürte, wie alles, was ich in den letzten Monaten mit Henna aufgebaut hatte, in tausend Scherben zerbrach.

Warum hatte Draco das getan, nachdem ich ihm die Änderung meiner Pläne deutlich gemacht hatte? Verdammt noch mal, gerade er hatte mich wirklich erkennen lassen, dass es Liebe war, was ich für Henna empfand.

»Du hältst dich für unheimlich clever, weil du dich an die Partner rangemacht und sie ausgezahlt hast, was? Tja, du wirst deine eigene Medizin schmecken. Ich werde vor nichts zurückschrecken, bis ich dir alles genommen habe, so wie du Collin.«

»Henna, *paidi mou*. Ist schon gut.«

»Nein, Collin, ist es nicht. Selbst nach allem, was war, kann er nicht verzeihen.« Sie stieß mir einen Finger in die Brust. »Ich sag dir was, Zacharias Lykaios. Du hältst Draco für einen furchterregenden Kerl? Neben den Leuten, die ich kenne, kommt er wie ein netter alter Opa rüber. Niemand ist rachsüchtiger als eine verschmähte Frau, merk dir das.«

Ich sah Collin an. »Ich überschreibe alles an dich zurück. Ich will es nicht.«

»Verschwinde und komm nie wieder. Du hast mich lang genug benutzt.« Hennas Stimme zitterte eine Sekunde lang, bevor sie die Kieferpartie verhärtete.

»Bitte, Henna. Schatz, hör mir zu.«

»Nenn mich nie wieder so.« Ihre Augen wirken so kalt, wie ich sie noch nie zuvor gesehen hatte. »Ab sofort sind wir Feinde, wie ich es von Anfang an gedacht und dann dummerweise vergessen hatte.«

Collin näherte sich Henna und legte eine Hand an ihre Taille. Sofort sackten ihre Schultern herab. Innerlich brachte mich das Wissen um, dass ich sie so verletzt hatte.

Ich wollte mich nach Henna strecken, aber Collin hob die Hand, bremste mich und sagte: »Sohn, ich denke, es wäre am besten, wenn du jetzt gehst. Wir reden demnächst.«

Sogar nach all dem nannte er mich immer noch Sohn.

Aber der Befehlston seiner Stimme erinnerte mich an meine Kindheit, wenn ich Mama mit meinen Mätzchen verärgert hatte.

Ich nickte, ließ die Hand fallen und ging zur Tür. Als ich über die Schwelle trat, sagte ich, ohne zurückzuschauen: »Ob du's glaubst oder nicht, ich hab dir nichts vorgemacht, Henna. Es war alles echt. Ich hab mich in dich verliebt.«

Damit ging ich wie benommen hinaus.

Eine halbe Stunde später befand ich mich im *Ida* und fuhr mit dem Privataufzug hinauf zu Hagens und Pennys Penthouse.

Kaum hatten sich die Türen geöffnet, packte mich Hagen und schlug mich nieder. Sternchen explodierten hinter meinen Augen.

Scheiße. Kein Wunder, dass Hagen von Draco als Vollstrecker eingesetzt worden war. Einer seiner Schläge genügte, um selbst den Stärksten Tränen in die Augen zu treiben.

Hagen hievte mich am Hemd hoch und ragte über mir auf. »Du dämliches Arschloch. Wie zum Teufel konntest du das tun? Hast du auch nur eine scheiß Minute an uns gedacht? Offensichtlich nicht. Du scheinst immer nur an dich selbst und deine bescheuerte Rache zu denken.«

Ich schwieg, was zu einem weiteren Treffer seiner Faust in meinem Gesicht führte. Das verdiente ich. Es hatte keinen Sinn, mich zu rechtfertigen.

Penny kam hereingerannt. »Hagen, lass ihn runter. So gehen wir damit nicht um.«

»Ich finde, das ist die perfekte Art, damit umzugehen.«
Pierce kam um die Ecke des Flurs, der aus dem
Wohnbereich führte. »Schlag ihn noch mal.«

»Wag es ja nicht, Hagen Lykaios.« Penny stapfte
herüber. »Dadurch ändert sich gar nichts.«

»Lass ihn ruhig. Ich kann mich gar nicht noch
schlechter fühlen, als ich's schon tue.« Ich spürte, wie mir
Blut vom Kinn tropfte.

»Halt die Klappe, Zack. Du hast genug Ärger für drei
Leben verursacht.« Amelia kam mit vor der Brust
verschränkten Armen auf mich zu. »Ich bin echt froh, dass
ich Christopher heute bei meinen Eltern gelassen habe.
Das Letzte, was er sehen sollte, sind seine Onkel, die sich
wie disqualifizierte Teilnehmer bei einem MMA-Clown-
Wettbewerb aufführen.«

Hagen löste den finsteren Blick von mir und richtete
ihn stattdessen auf Amelia, die ihm jedoch ungerührt
standhielt.

Als er die Aufmerksamkeit wieder mir zuwandte,
wappnete ich mich für einen weiteren Schlag, der
allerdings ausblieb. Stattdessen stieß Hagen mich zu Boden
und ging weg.

»Wehr dich, verdammt«, spornte Pierce mich an.

»Nein.« Ich stemmte mich in sitzende Haltung, wischte
mir den blutigen Mund am Ärmel ab und versuchte, die
vor meinen Augen tänzelnden Lichtpunkte unter
Kontrolle zu bekommen.

»Trink das.« Hagen ging vor mir in die Hocke und
reichte mir ein Glas. Die rosige Schattierung der

Flüssigkeit ließ mich vermuten, dass es sich um Firewater handelte.

Die Enttäuschung in seinem Gesicht fühlte sich wie ein Schlag in die Magengrube an.

Ich trank einen ausgiebigen Schluck von dem starken Alkohol. Um den Schmerz zu betäuben, würde ich die ganze Flasche brauchen.

»Es hätte nicht so passieren sollen.«

»Wie denn dann?«, fragte Pierce und setzte sich neben mich auf den Boden. »Du hast ja nie einen Hehl daraus gemacht, dass du Rache willst. Aber ich hätte nie gedacht, dass du uns dafür hintergehen würdest.«

Ich zuckte zusammen.

»Als ich den Plan in Gang gesetzt habe, da haben wir ihn alle gehasst.«

»Und nachdem du die Wahrheit über die Vergangenheit und Anaya herausgefunden hattest?« Pierce schnappte sich mein Glas und stürzte den Rest hinunter.

»Ich hab den Plan aus den Augen verloren. Als ich mitgekriegt habe, dass er am Laufen war, hab ich den Kauf der Aktien abgeblasen. Aber Draco hat den Deal trotzdem durchgezogen.« Ich ließ den Kopf auf die Knie sinken. »Ich erwarte nicht, dass ihr mir glaubt.«

»Wir sehen das so: Wenn die Wahrheit über Anaya und die Vergangenheit deine Meinung nicht ändern kann, dann kann es gar nichts.« Hagen setzte sich vor mich und reichte mir die Flasche Firewater. »Warum wolltest du den Plan aufgeben, wenn die Verwirklichung schon greifbar war?«

»Weil er in Henna verliebt ist.« Collins Stimme ertönte vom Bogendurchgang. »Du hast ihr das Herz gebrochen, Junge. Schlimmer als dieser Idiot Hunter. Ich will wissen, was du zu tun gedenkst, um das geradezubiegen.«

Ich starrte den Mann an, den ich für meinen Feind gehalten hatte, seit er mich im Alter von achtzehn Jahren aus unserem Haus geworfen hatte. Aus seinen Augen sprachen nur Liebe und Traurigkeit. Wie konnte mir das vorher nie auffallen?

»Hasst du mich wirklich so sehr, mein Sohn?«

Ich stemmte mich hoch und versuchte, das Pochen in meinem Schädel zu ignorieren. Dann ging ich auf Collin zu.

Keinen halben Meter vor ihm blieb ich stehen. »Nein. Das wollte ich. Vielleicht war ich deshalb so entschlossen, weil ich es einfach nicht konnte.«

»Es hat mich damals umgebracht, euch verletzen zu müssen.« Tränen traten Collin in die Augen. »Aber ich musste eure Schwester beschützen – sie war noch ein kleines Kind.«

»Ich weiß«, flüsterte ich und ließ den Kopf sinken. »Es tut mir leid. So leid.«

»Ich bin derjenige, dem es leid tut.« Collin zog mich zu sich und schlang die Arme um mich.

Zum ersten Mal, seit ich ein kleines Kind war, fühlte ich den Trost des Vaters, den ich so verehrt hatte. Des Vaters, der selbst dann verständnisvoll gewesen war, wenn ich mehr Ärger verursacht hatte, als ich sollte.

Mittlerweile fühlte er sich so klein und gebrechlich an.

»Papa.« Ich packte Collin, umarmte ihn innig und weinte.

---

Henna

»ANA, zum letzten Mal. Ich komme zurück. Ich muss mir nur über ein paar Dinge klar werden«, sagte ich zum zehnten Mal, seit ich das Telefonat mit Anaya begonnen hatte.

Ich hatte den letzten Tag mit der Anreise aus Las Vegas verbracht. Gelandet war ich in Athen. Dort war ich sofort in einen Hubschrauber gestiegen, der mich zu meinem endgültigen Ziel bringen würde. Am vergangenen Abend hatte ich Collin angerufen, konnte ihn aber nicht erreichen. An diesem Morgen hatte ich es erneut versucht, war jedoch auf seiner Mailbox gelandet.

Ich konnte ihm nicht verübeln, dass er offline gegangen war. Ich hätte dasselbe getan. Verdammt, wegen der Explosion vom Vortag saß ich überhaupt in diesem Hubschrauber.

Bevor ich gegangen war, hatte ich noch ein formelles Kündigungsschreiben hinterlassen. Ohne Collin am Ruder konnte ich auf keinen Fall für Lykaios International arbeiten. Das Wissen, dass ich Collin nicht vor unseren Feinden beschützt hatte, machte mir schwer zu schaffen.

»Wie würdest du dich denn fühlen, wenn du bei mir zu Hause auftauchst und sämtliche Klamotten fehlen? Du hast mir nicht mal eine Nachricht hinterlassen, dass du nicht in der Stadt oder gar im Land bist. Verdammt, gestern Vormittag haben wir noch geredet, und du hast von einem Wellnessurlaub in Colorado geredet. Aber ich weiß, dass du nicht in Colorado bist.«

»Ich hab eine Auszeit gebraucht. Du sagst mir doch immer, dass ich mal Urlaub machen soll. Genau das mache ich gerade.«

»Um Himmels willen, sag mir wenigstens, wohin du unterwegs bist. Ich kann's auch allein herausfinden, wenn du mich dazu zwingst. Ich bin einfallsreich.«

»Wo reise ich immer hin, wenn ich auftanken muss?«

»Zu *Yia Yia* Sylvia«, mutmaßte sie. »Ich hoffe, du hast vorher angerufen und tauchst nicht einfach so dort auf. Du weißt ja, wie es sie ärgert, wenn jemand von uns unangemeldet auftaucht und sie keine Gelegenheit zum Kochen hatte.«

»Ja, sie weiß Bescheid. Ich bin nicht so verrückt, in die Nähe ihrer Insel zu fliegen, ohne sie zu informieren. Wahrscheinlich würde sie ihre Männer den Hubschrauber sonst abschießen lassen.«

»Da hast du wohl recht. Soll ich zu dir kommen? Bestimmt kann ich Collin überreden, mir den ...« Mitten im Satz verstummte Anaya. »Oh Mist. Bedeutet die Neuigkeit, dass Zack jetzt alles gehört? Wie bei einer feindlichen Übernahme?«

Ich schloss die Augen und versuchte, den Schmerz zurückzudrängen.

*Ich werde nicht weinen. Ich werde nicht weinen.*

»Genau das.«

»Also bist du nicht auf Urlaub. Du hast gekündigt.«

Ich seufzte tief. »Sag es Mama nicht. Jedenfalls nicht, bis ich zurück bin und nach Arizona fliegen kann, um es ihr persönlich zu sagen.«

»Du meinst, ungefähr so, wie du mir gesagt hast, dass ich deine Halbschwester bin?«

»Das ist nicht fair. Du weißt, dass ich es dir sagen wollte.«

»Ja, weiß ich. Mich nervt nur, dass ich zurück nach Las Vegas gekommen bin und jetzt allein in einer Riesenvilla leben muss.«

»Na ja, du kannst ja auch zurück ins Wohnheim auf dem Campus, wenn dir das lieber ist.«

»Ich bin jung, aber keine Vollidiotin. Ich bleibe in dem Millionen teuren Palast, den du als Haus bezeichnet. Immerhin gibt's dort rund um die Uhr Sicherheitskräfte und einen Koch, der mir auf Abruf alles zubereitet, was ich ausprobieren will.«

»Warum zickst du mich dann an?«

»Ich mache mir Sorgen um dich. Mir musste niemand sagen, dass du verliebt in ...«

»Sprich seinen Namen nie wieder aus. Ich weiß, er ist dein Bruder, aber Herrgott noch mal ...« Ich kniff mir den Nasenrücken und bemühte mich, das Zittern in meiner Stimme zu kontrollieren. »Lerne ich denn nie dazu?«

»Du bist meine Schwester, meine Loyalität wird immer dir gelten. Du kannst dich drauf verlassen, dass ich ihm für das, was er dir und Collin angetan hat, eine scheuern werde.«

Ich lächelte. »Ich hab dich lieb, Ana.«

»Ich dich auch. Grüß *Yia Yia* von mir.«

»Mach ich. Wir landen bald.«

»Ruf mich an, wenn du was brauchst. Ich habe nur einen Kurs auf dem Campus, alle anderen sind online, du kannst dich also jederzeit melden, wenn du reden willst.«

»Das kann ich dir versprechen.«

Wir verabschiedeten uns voneinander, und der Hubschrauber landete. Ich holte tief Luft und machte mich zurecht. Sylvia sollte nicht merken, dass ich fast den ganzen Flug über geweint hatte. Ich musste mich zusammenreißen.

Und nach ein paar Tagen würde ich Sylvia und Eric darauf ansprechen, Zack dasselbe anzutun, was er Collin angetan hatte.

## 20

Henna

»HE, ich höre mir gerade mein Buch an«, rief ich, als Sylvia meine Beine rempelte, während ich auf einem Liegestuhl auf einer der zahlreichen Terrassen mit Blick auf das Meer um ihre Privatinsel herum fläzte.

Es war ein wunderschöner Tag. Strahlend blauer Himmel, ruhige See, und durch eine leichte Brise wurde die Hitze nicht zu drückend. Perfektes Wetter, um Sonne zu tanken.

Ich hatte damit gerechnet, dass Sylvia mich gleich nach meiner Ankunft auf der Insel mit Fragen löchern würde. Stattdessen hatte sie nur einen Blick auf mich geworfen, mich auf die Stirn geküsst und mich aufgefordert, etwas zu essen und mich dann zu entspannen.

Und genau das tat ich seit einer Woche. Sie hatte mir immer noch keine Fragen über die Übernahme gestellt, die es längst in sämtliche Wirtschafts- und Reisemagazine geschafft hatte. Und sie hatte mit keiner Wimper gezuckt, als ich den Hörer des Telefons auf der Insel nicht mehr auflegte, nachdem Zack zum wahrscheinlich hundertsten Mal angerufen hatte. Sylvia wusste, dass ich Abstand von allem und jedem brauchte.

Besonders von Zack.

Unsere Beziehung sorgte für Schlagzeilen in der Boulevardpresse, und mir blutete das Herz, weil ich einen Mann liebte, der mich verraten hatte. Ich wünschte mir so sehr, ich könnte die Gefühle einfach abschalten.

Aber ich konnte in Gegenwart anderer nur gute Miene zum bösen Spiel machen und weinen, wenn ich allein war.

*Ich hab dir nichts vorgemacht, Henna. Es war alles echt. Ich hab mich in dich verliebt.*

Die Worte, die er beim Verlassen meines Büros gesagt hatte, verfolgten mich und ließen mich nur noch mehr leiden. Wie konnte er mich lieben und tun, was er getan hatte?

Ich wollte, dass er den gleichen Schmerz zu spüren bekam wie ich. Sobald ich die Insel verließe, würde ich mit meinen Plänen beginnen, das hatte ich mir fest vorgenommen. Collin würde alles zurückbekommen, was er verloren hatte.

*»Ich habe dich dreimal gerufen. Ich hatte es satt, darauf zu warten, dass du vielleicht irgendwann reagierst.«*

Sylvia sprach Griechisch mit mir. Ungeduldig tappte sie mit dem Fuß, die Arme vor dem Körper verschränkt.

*»Eine einfache Berührung hätte die gleiche Wirkung erzielt. Du hättest mich nicht gleich schubsen müssen wie eine Abrissbirne«,* klagte ich auf Griechisch.

Meine Mutter hatte es als wichtig empfunden, dass ich die Sprache zusätzlich zu ihrer Muttersprache und Englisch gelernt hatte. Mein Vater war zu dieser Zeit in etliche Geschäfte in Griechenland involviert. Außerdem war es hilfreich bei Gesprächen mit meinen Cousins und Cousinen, da meine Tante in eine griechische Familie eingeheiratet hatte.

*»Wenn du wissen willst, wie ein richtiger Schubs aussieht, zeige ich es dir gern. Amelia hat mir einiges beigebracht.«* Sylvia zog eine Augenbraue hoch und bedachte mich mit einem strengen Blick. Jeden, der sie nicht kannte, hätte sie damit wahrscheinlich eine Heidenangst eingejagt.

Sylvia musste sich einst einen gefährlichen Ruf erarbeiten, um sich in der von Männern dominierten Welt der Schifffahrt durchzusetzen. Was sie getan hatte, stand zwar lediglich auf einer Ebene mit den Handlungen ihrer männlichen Pendants, aber durch die Tatsache, dass sie eine Frau war, wurde es skandalös.

*»Ich hab keine Angst vor dir. Ich weiß, dass du eine Schwäche für mich hast. Immerhin bin ich du im Kleinformat.«*

*»Was du wirklich bist, ist stur. Glaub bloß nicht, mir wäre nicht bewusst, dass du Zeit schindest. Gehen wir. Ich habe dich lang genug in Selbstmitleid schwelgen lassen. Jetzt ist es an der Zeit zu reden. Und genug mit deinen versauten Büchern.«*

*»Da redet die Richtige. Ich höre mir gerade das an, das du mir empfohlen hast.«*

*»Du musst dich irren. Ich bin eine ehrbare, verwitwete Rentnerin.«*

Ich setzte mich auf. *»Die genauso sehr auf verruchte, versaute Bücher steht wie ich.«*

*»Hör auf, Zeit zu schinden, und beweg den Hintern.«* Damit wandte sich Sylvia ab und ging davon, ohne nachzusehen, ob ich ihr folgte. Um dieses Gespräch würde ich nicht herumkommen. Ich stand auf, streifte meinen Strandkimono über und folgte Sylvia die Treppe hinauf zur zweiten Etage der Villa in ihr privates Wohnzimmer.

*»Setz dich.«*

Seufzend kam ich der Aufforderung nach und ließ mich auf meinem gewohnten Platz auf der Couch nieder, wo ich in den letzten Jahren so oft gesessen hatte. *»Für eine süße alte Dame bist du ganz schön herrisch.«*

Sylvia klemmte sich ein paar verirrte Strähnen ihres grau-schwarz melierten Haars hinters Ohr, bevor sie sich auf ihren Sessel senkte. Sie beobachtete mich, als sie nach ihrer Tasse mit Tee griff. Nachdem sie daran genippt hatte, stellte sie die Tasse zurück auf den Tisch vor ihr, ohne den Blick von mir zu lösen.

Das entsprach ihrer üblichen Vorgehensweise, wenn sie mir wegen irgendetwas einen Vortrag halten wollte.

*»Henna, ich weiß, was du vorhast, und du wirst es nicht tun. Ich verbiete es.«*

Ich starrte sie an, nicht sicher, ob ich sie richtig verstanden hatte. Wollte sie tatsächlich Zack beschützen?

*»Du kannst nicht auf seiner Seite sein. Er ... er ... hat einen anständigen Mann vernichtet. Einen Mann ...«*

Sylvia unterbrach mich. *»... der seine Kinder auf die Straße gesetzt hat, als sie noch kaum erwachsen waren.«*

*»Das war nicht seine Schuld. Draco hat ihn dazu gezwungen.«* Ich hasste das Wissen, was Collin mit Hagen, Pierce und Zack gemacht hatte.

*»Das ändert nichts daran, was passiert ist. Es hat Narben bei den Jungs hinterlassen.«*

*»Das entschuldigt nicht, was Zack getan hat. Er hat die Wahrheit gekannt und seinen Plan trotzdem durchgezogen.«*

*»Zwing mich nicht, dich zu hauen. Wenn du nicht so dickköpfig wärst, hättest du den Jungen zu Wort kommen lassen. Zacharias hat den Plan gleich nach seiner Rückkehr von Bora Bora abgesagt.«*

*»Wie konnte er dann umgesetzt werden?«*

*»Henna, Zacharias hat sich mit Draco eingelassen. Ein Mann wie er ändert selten, wenn überhaupt je seine Pläne.«* Nach einer kurzen Pause fügte sie hinzu: *»Oder eine Frau wie ich. Dafür ist zu viel Zeit, Energie und Geld im Spiel gewesen.«*

Sylvia hatte recht. Sich mit einer Unterweltgröße einzulassen, barg immer Risiken.

*»Hättest du die Übernahme durchgesetzt, auch wenn ich dich gebeten hätte, es nicht zu tun?«*

*»Das hätte ich, wenn dadurch alle Schulden vollständig beglichen wären. Und hat Draco das nicht in der Nachricht an dich geschrieben? In der Welt, die du nur streifst, gibt es einen Kodex. Man schreibt Schulden nicht einfach ab. Es muss immer*

*ein Preis bezahlt werden. Collin versteht das, auch wenn es dir nicht in den Kopf will.«*

*»Aber es war das Vermächtnis, das er seinen Enkelkindern hinterlassen wollte. Zack hat sich genommen, was Collin ihm auf lange Sicht ohnehin schenken wollte.«* Ich fuhr mir mit der Hand übers Gesicht. *»Er war so am Boden zerstört. Du hättest ihn sehen sollen.«*

Sylvias Züge wurden milder. *»Nein, Schätzchen. Collin war deshalb so aufgelöst, weil er dieses Vermächtnis seiner Tochter hinterlassen wollte. Dir.«*

*»Mir?«*

Schlagartig traten mir Tränen in die Augen. Sylvia hatte recht. Ich war für Collin wie eine Tochter und er für mich alles, was mein Erzeuger Victor Anthony nicht gewesen war. Collin hatte mir so viel beigebracht und mich geliebt, wie es ein Vater tun würde.

*»Damit hab ich nie gerechnet. Ich wollte mich lediglich in die Firma einkaufen, um Lykaios International zu schützen. Um sicherzustellen, dass sein Vermächtnis weiterlebt. Ich wollte das Unternehmen nie für mich. Er hat mir schon so viel gegeben.«*

Sylvia streckte sich über den Tisch und ergriff meine Hand. *»Die Liebe von Eltern ist bedingungslos und erfordert keine Rückzahlung. Frag deine Mutter. Sie beschützt dich und deine Schwester seit zwei Jahrzehnten.«*

*»Aber das ändert nichts daran, was Zack getan hat.«*

*»Der Plan ist vor fast zehn Jahren in Gang gesetzt worden. Sich an Draco zu wenden, war ein großer Schritt für ihn. Ich habe vor ein paar Tagen mit ihm gesprochen. Er hat bestätigt,*

*dass jeglicher Groll gegen Collin und deine Familie aus der Welt geschafft ist.«*

*»Du hast mit ihm gesprochen und mir nichts gesagt?«*

*»Ich sage es dir jetzt.«*

*»Ich verstehe nicht, was ich mit all diesen Informationen machen soll. Nichts davon ändert, was passiert ist. Collin hat trotzdem alles verloren.«*

*»Und unabhängig von den Gründen hat Collin seine Söhne verletzt. Jetzt sag mir, würde Rache an Zacharias den Schmerz in irgendeiner Weise lindern? Würdest du dadurch aufhören, ihn zu lieben?«*

*»Was soll ich denn tun? Ich leide innerlich so sehr. Ich habe ihn an mich rangelassen. Ich habe ihm mehr gegeben als irgendjemandem sonst.«*

*»Wenn wirklich keine Hoffnung mehr besteht, dann musst du darüber hinwegkommen, ihm verzeihen und nach vorn schauen. Durch Wut wirst du nur verbittert und eine leere Hülle der Frau, die du eigentlich bist.«*

*»Wie soll ich darüber hinwegkommen? Wie soll ich aufhören, ihn zu lieben?«*

*»Die Zeit heilt alle Wunden. Wie du aufhören sollst, ihn zu lieben, ist eine schwierigere Frage. Wenn es wahre Liebe ist, endet sie vielleicht nie. Dann kannst du nur weitermachen und abwarten, ob dich das Leben zu jemand anderem führt.«*

An einen anderen Mann in meinem Leben wollte ich im Augenblick nicht mal denken. Ich hatte Zack Teile von mir gegeben, die ich nie mit einem anderen Mann erkundet hatte. Als in meinem Kopf die Vorstellung von

Zack mit einer anderen Frau aufblitzte, krampfte sich mein Magen schmerzhaft zusammen.

»*Ich weiß, was du denkst. Es wird passieren, wenn du ihm nicht verzeihen kannst. Seit deiner Ankunft hat der Mann täglich mehrmals angerufen.*«

»*Ich brauche Zeit.*«

»*Du hattest eine Woche, um dich in deinem Selbstmitleid zu suhlen. Ich habe bereits arrangiert, dass du die Insel in ein paar Tagen verlässt und woandershin reist. Danach musst du zurück nach Amerika und dein Leben in Ordnung bringen.*«

»*Und wohin reise ich?*« Ich musterte Sylvia.

Sie schenkte mir ein Lächeln. »*Nach Monte Carlo natürlich. Eric hat dein übliches Stadthaus gemietet. Er hat versprochen, dich für ein paar Tage von der Realität abzulenken.*«

»*Eric und ich sind Freunde. Versuch nicht, uns zu verkuppeln.*«

Sylvias Augen wurden groß, dann schüttelte sie den Kopf. »*Nein, nein, nein. Der Mann ist nichts für dich. Er braucht jemanden aus seiner Welt. Eine Frau, die ihn herausfordert, aber akzeptiert, wer er ist.*«

»*Dann ist das nur zum Spaß?*«

»*Ja. Ich weiß doch, wie gern du versnobten europäischen Schnöseln die Taschen leerst.*«

Sie hatte recht. Es gab mir immer einen Kick, Leuten Geld abzuknöpfen, die sich für etwas Besseres hielten, weil ihre Familie mit irgendeinem König um zig Ecken verwandt waren und seit Jahrhunderten ein Vermögen besaßen. Solche Leute spielten Karten nur, um nicht zu verlieren. Ich hingegen setzte auf Logik und meinen Drang zu gewinnen.

»Mit anderen Worten: Du wirfst mich raus?«

»Ja. Hier zu bleiben und dich zu verstecken, ist keine Option mehr.«

## 21

Zack

»MR. LYKAIOS, wir sind da.«

»Danke, Jean«, sagte ich zu meinem Fahrer, als ich vor
der Adresse in Monte Carlo ausstieg, die Sylvia Thanos
mir um kurz nach zehn Uhr abends geschickt hatte. Mein
Magen krampfte sich zusammen. Ich wusste nicht, was ich
tun würde, wenn sich Henna weigerte, mich zu sehen. Ich
hatte fast jeden wachen Moment der letzten zwei Wochen
damit verbracht, das von mir angerichtete Chaos in
Ordnung zu bringen. Ich wollte den Schmerz
wiedergutmachen, den ich meiner Familie bereitet hatte,
und ich wollte einen Weg zu Hennas Vergebung finden.

Hagen und Pierce waren immer noch stinksauer auf
mich. Sie fühlten sich von mir hintergangen, und dass

hatte ich auch getan. Sonst waren wir immer ein Team gewesen und hatten erst gehandelt, nachdem wir alle Aspekte und Konsequenzen besprochen hatten. Der Deal mit Draco war ein Verrat an allem, was wir zusammen aufgebaut hatten. Aber ich wusste, dass sie irgendwann darüber hinwegkommen würden.

Überrascht hatte mich vor allem, wie leicht Collin mir verziehen hatte. Seit jener Nacht in Hagens Penthouse fühlte es sich an, als hätte ich den Vater wieder, den ich vor so langer Zeit verloren hatte. Mir war nicht bewusst gewesen, wie sehr ich Collin in meinem Leben brauchte, und sei es nur, um die Vergangenheit aufzuarbeiten.

Nun musste ich noch den Bruch mit Henna kitten. Zumindest hoffte ich, dass es mir gelingen würde. Es hatte mich innerlich umgebracht, meine Sachen in ihrem Haus zu packen. Anaya würde dort wohnen, und ich hatte keine Ahnung, was ich zu ihr sagen sollte. Sie war zugleich meine Schwester und die von Henna. Ich rechnete damit, dass ihre Loyalität Henna gelten würde. Als ich ins Haus gegangen war, hatte Anaya bereits auf mich gewartet und wollte sich auf mich stürzen.

In unmissverständlichen Worten hatte sie mir vor Augen geführt, dass ich das Beste zerstört hatte, was mir je passieren konnte. Nachdem sie damit fertig war, mir die Leviten zu lesen, warf sie die Arme um meinen Hals, drückte mich und ließ mich wissen, wie glücklich sie darüber war, endlich ihre großen Brüder umarmen zu können, weil die Wahrheit das Licht der Welt erblickt hatte. Sie zu halten, hatte mich zum zweiten Mal innerhalb von vierundzwanzig Stunden zum Weinen gebracht.

Gott sei Dank hatte ich mich rasch wieder in den Griff gebracht. Sonst hätten sich Hagen und Pierce ewig über mich lustig gemacht, wenn sie Wind davon bekämen. Wenigstens konnte ich behaupten, als Erster von uns mit unserer Schwester ein Gespräch über all die Geheimnisse rund um unsere Kindheit und unsere Mutter geführt zu haben. Eines nahen Tages würden wir uns alle zusammensetzen und den Rest klären müssen.

Aber zuerst musste ich meine Frau zurückerobern.

Ich stieg die Stufen der dreistöckigen französischen Villa hinauf und klingelte an der Tür. Nach wenigen Augenblicken öffnete ein Mann im Maßanzug.

Er musterte mich von Kopf bis Fuß. Ich war ähnlich gekleidet wie er, in einem schwarz-weißen Smoking. Denselben, den ich zur Eröffnung von Hennas Show im *Cypress* getragen hatte.

Nachdem er entschieden hatte, dass ich angemessen aussah, sagte der Butler auf Französisch: »*Einladung, bitte.*«

Ich reichte ihm den Umschlag mit der Einladung zu der Privatveranstaltung, an der ich teilnehmen würde. Der Butler sprach in ein Mikrofon an seinem Handgelenk, sah mich wieder an, nickte und bedeutete mir, das Haus zu betreten.

Als ich eintrat, fielen mir die bewaffneten Sicherheitsleute auf, die diskret an der Außenmauer und drinnen im Foyer postiert waren. Mit solchen Vorkehrungen hatte ich für diesen Abend nicht gerechnet.

Andererseits waren die zur Party geladenen Gäste jeweils Hunderte Millionen schwer, wenn nicht gar Milliarden.

Ich folgte einem langen Flur, der in einen riesigen Raum mündete. Die beste Beschreibung, die mir einfiel, war ein Prunksaal in einem französischen Chateau – opulente weiß-goldenen Decke, riesiger Kristallkronleuchter, antike Möbel, Kunstwerke. Nur handelte es sich nicht um ein herzliches, einladendes Zuhause, sondern um ein Privatcasino. Roulette- und Craps-Tische säumten die Ränder, strategisch platzierte Pokertische lockerten den Rest auf. Der Aufbau ähnelte den Räumen für High Rollers in meinen Casinos, nur liefen bei mir keine bewaffneten Sicherheitskräfte an den Rändern herum.

»Also bist du gekommen.« Ein Mann mit beinah weiß-blondem Haar und olivfarbener Haut kam auf mich zu.

Eric Donavon sah aus der Nähe genauso gut aus wie von der anderen Seite eines Ballsaals. Aber egal, wie sehr ich ihn, seine Verbindungen zur Mafia und seine Beziehung zu Henna missbilligen wollte, ich musste dem Mann zugutehalten, dass er diesen Abend arrangiert und Henna glücklich sehen wollte.

Gott, ich hoffte, ich könnte sie glücklich machen. Sie verdiente es. »Sieht ganz so aus.« Ich streckte Donavon die Hand entgegen. »Danke für die Einladung.«

Er nahm sie entgegen und raunte mir im Flüsterton zu: »Wenn du ihr noch mal wehtust, ist Sylvia nicht die Einzige, deren Unmut du fürchten musst.«

Das hatte ich in den letzten zwei Wochen des Öfteren

gehört. Jeder von meinen Brüdern bis hin zu Collin und Anaya hatte mir dieselbe Warnung erteilt.

Ich wusste, dass ich Henna verletzt hatte. Und dass sie sich auf Sylvias Insel abgeschottet hatte, verriet, wie tief der Schmerz saß. Aufgrund ihrer Vergangenheit lief sie sonst nie vor Schwierigkeiten davon. Dass sie es diesmal getan hatte, kündete laut und deutlich davon, was für Mist ich gebaut hatte.

Ich konnte nur hoffen, dass ich nicht jede Chance auf ihre Vergebung zerstört hatte. »Da wirst du dich hinten anstellen müssen.«

Donovan lächelte. »Henna ruft leidenschaftliche Reaktionen bei den Menschen hervor, die sie lieben. Wir wollen alle die Frau beschützen, die der Welt vorgaukelt, sie wäre stärker als wir alle. Aber in Wirklichkeit ist sie verletzlicher als die meisten.«

»Ich schlage vor, das sagst du ihr nie ins Gesicht.«

Donovan zeigte auf die Treppe. »Sie ist oben im Zimmer rechts. Der Buy-In beträgt eine Million. Sobald du bezahlt hast, wirst du reingelassen.«

Ich nickte und wandte mich der prunkvollen Treppe zu. Kurz hielt ich inne und warf einen Blick über die Schulter. »Danke noch mal.«

»Dank mir, indem du in meinem Casino einen Haufen Kohle verlierst und mein Mädchen wieder zum Lächeln bringst.«

»Ich werd mein Bestes geben.«

Ich bahnte mir einen Weg vorbei an Kellnern und Partygästen, bis ich den Pokerraum erreichte. Als ich hineinspähte, erblickte ich Henna, die mit einer Gruppe von Spielern auf den Beginn der nächsten Runde wartete. Neben ihr befand sich ein unbesetzter Platz. Ich wusste, dass er eigens für mich freigehalten wurde. Ich musste daran denken, Eric als Zeichen meines Danks eine Flasche Firewater zu schicken.

Ich trat an die Bankerin heran, übergab ihr den doppelten Buy-In-Betrag und nahm meine Chips entgegen.

Kaum hatte ich den Raum betreten, schaute Henna auf. Überraschung und Schmerz blitzten in ihrem wunderschönen Gesicht auf, bevor sie ihre einstudierte Maske aufsetzte, die jegliche Emotionen verbarg und nur Gleichgültigkeit zeigte.

Sie beobachtete, wie ich auf sie zuging. Ihr Blick verschlang mich dabei förmlich und erfüllte mich mit dem erleichternden Gefühl, dass sie mich immer noch wollte. Eric hatte gemeint, Henna wäre verletzlich, aber ich hatte Henna mehr von mir gegeben als irgendjemandem sonst. Als ich mich noch wenige Schritte entfernt befand, drehte sie sich den anderen am Tisch zu, sagte etwas und wartete dann darauf, dass der Dealer das Spiel begann.

Ich nickte jedem der Spieler grüßend zu. Zwei waren Hollywoodstars, die anderen Mitglieder wohlhabender Unternehmerfamilien aus aller Welt. Mit Henna und mir insgesamt acht Personen.

»Warum bist du hier?«, hörte ich Henna mit leiser Stimme sagen.

»Du weißt, warum.«

»Ich habe dir nichts mehr zu geben. Du hast dir schon alles genommen.«

»Etwas will ich noch, aber darauf kommen wir später zurück.«

»Verdammt, Zack. Ich kann das nicht.« Sie verlagerte das Gewicht, als wollte sie aufstehen und gehen. Ohne nachzudenken, legte ich ihr eine Hand aufs Bein.

Bei der bloßen Berührung fühlte es sich an, als schösse knisternde Elektrizität meinen Arm hoch und entfachte mein Verlangen nach der Frau, der meine Seele gehörte. Als sie erstarrte, wusste ich, dass sie es auch spürte.

»Bitte, Henna. Bleib. Spiel ein paar Runden und hör mich an. Wenn dir nicht gefällt, was ich zu sagen habe, musst du dich danach nie wieder mit mir abgeben.«

Sie seufzte und nickte. »Drei Spiele mindestens ist die Regel. Danach höre ich dir zu.«

Der Knoten in meinem Magen lockerte sich. Ich hatte zwar noch nichts geschafft, aber zumindest gab sie mir eine Chance.

Die nächste Stunde lang spielten wir. Die erste Runde gewann Henna, die nächste ich. Dann ging es ums Ganze. Ich musste diese Runde so lang wie möglich hinauszögern und inständig hoffen, dass Henna und ich die Letzten im Spiel sein würden.

Die Karten wurden ausgeteilt.

Jeder am Tisch hatte seine eigene Art, sein Blatt zu begutachten. Einige hielten sie hoch, inspizierten jede einzelne und legten sie dann hin. Andere wie Henna hoben den Rand an, warfen einen unverbindlichen Blick darauf und warteten dann.

Henna ertappte mich dabei, dass ich sie beobachtete. Sie zog eine Augenbraue hoch, bevor sie ihr Champagnerglas nahm und einen Schluck trank. Am liebsten hätte ich die Faust in ihr Haar gekrallt und ihr den selbstgefälligen Ausdruck mit einem Kuss aus dem Gesicht gewischt.

Die Runde dauerte dreißig Minuten, bevor Spieler zu passen begannen und der Pot auf weit über zwanzig Millionen anwuchs. Genau so hatte jene Nacht vor so vielen Monaten begonnen. Ein Spiel mit hohem Einsatz, und wir beide nicht bereit, aufzugeben. Wir glichen Haien, die Risiken eingingen und spielten, um den Pott abzuräumen.

Bis dahin war Gewinnen das Beste, was mir je passiert war. Dann führte jenes eine Kartenspiel zu einer der unglaublichsten Sexnächte meines Lebens und entfachte in meiner Seele ein Feuer, von dem ich nicht wusste, dass es entzündet werden musste.

In Hennas Wangen kroch eine leichte Röte, und ich war mir sicher, dass ihr dieselben Gedanken durch den Kopf gingen.

Der einzige Weg, sie je wieder in meine Armen zu bekommen, bestand darin, alles offen zu legen. Und wenn sie zusagte, hatte ich vor, diesen Raum zu räumen und sie auf diesem Pokertisch zu nehmen. »Ich passe. Sie beide sind ja wie zwei Kampfhunde. Vergnüglich zum Zusehen, aber schmerzhaft, wenn man mittendrin ist«, meinte die letzte andere Spielerin, Zoya Petrov, eine russische Erbin. »Wenn Sie beide es nicht treiben und die Spannung abbauen, wäre ich bitter enttäuscht von Ihnen. Für ein Paar, das nicht mehr zusammen ist, sprengt die Chemie zwischen Ihnen jede Skala.«

Damit erhob sich Zoya und zwinkerte Henna zu, bevor sie dem Dealer bedeutete, ihr zu folgen und sie aus dem Raum zu begleiten.

»Ich glaube, ich stimme ihrer Einschätzung zu«, sagte ich, als sich Hennas Röte verstärkte.

Sie ignorierte meine Äußerung und antwortete stattdessen mit: »Ich erhöhe um hunderttausend.«

Ich brauchte nicht auf meine Karten zu schauen, um zu wissen, dass Henna das bessere Blatt hatte. In ihren dunkelbraunen Augen lag ein Ausdruck, der besagte, dass sie bereit war, zuzuschlagen.

Zeit, alles offen zu legen und zu sehen, wie die Würfel fielen.

»Ich gehe mit und erhöhe um sämtliche Vermögenswerte von Lykaios International und ZL Holdings.« Ich fasste ins Jackett meines Smokings, zog einen Satz Dokumente heraus und legte sie auf die Chips.

## 22

Henna

»Das kann nicht dein Ernst sein«, sagte ich und spürte, wie mir all der Schmerz und die Emotionen der letzten Wochen im Hals brannten.

»Ich mein's todernst. Wenn du gewinnst, gehören sämtliche Aktiva von Lykaios International und ZL Holdings zu hundert Prozent dir.«

Meine Finger zitterten, als ich sie auf den Tisch über meine Karten legte. »Wo ist der Haken? Ich verstehe nicht, warum du das tust. Du machst nie etwas, wenn nicht was für dich dabei herausspringt.«

»Du hast recht. Es gibt einen Haken.« Seine saphirblauen Augen blickten tief in meine, als er in die Tasche seiner Hose griff. »So hatte ich das zwar nicht geplant, aber es erscheint mir richtig, dass es genau so passiert, wie alles angefangen hat.«

Zack legte eine dunkelblaue Schatulle auf den Papierstapel und klappte das unverkennbar von Harry Winston stammende Behältnis auf. Es enthielt einen Platinring mit einem mindestens siebenkarätigen Diamanten im Kissenschliff, umgeben von einem Kranz kleinerer rosa Diamanten.

Ich schluckte, als ein Tränenschleier meinen Blick trübte.

»Ich liebe dich, Henna. Dich zu verlieren war der schlimmste Fehler meines Lebens. Du bist die einzige Frau, die mich dazu bringt, etwas anderes als Rache zu wollen. Du bist die einzige Frau, die mich dazu bringt, mehr vom Leben zu wollen als den nächsten Gewinn. Du bist meine Zukunft. Du bist alles für mich.«

All die Gefühle des Wiedersehens mit ihm und der Erkenntnis, dass ich ihn immer noch wollte, explodierten in mir. So sehr ich mich bemühte, die Tränen zurückzuhalten, ich spürte bereits die Nässe auf den Wangen. Dieser Mann hatte mich ausgeweidet, und nun war er tatsächlich hier. Meinetwegen.

»Was ist mit Collin? Er ist ein fester Bestandteil meines Lebens.«

»Und auch von meinem.«

Das entsprach nicht der Antwort, die ich erwartet hatte.

»Was hat sich in den zwei Wochen geändert, seit ich Las Vegas verlassen habe?«

»Ich hab gelernt zu verzeihen.« Er verstummte kurz

und legte die Hand auf meine. »Ich hab gelernt, dass es Wichtigeres im Leben gibt.«

Sofort spürte ich bei seiner Berührung das vertraute Kribbeln.

Bevor ich fragen konnte, was seinen Sinneswandel herbeigeführt hatte, fuhr er fort: »Ich kann den ganzen Scheiß, den Collin uns angetan hat, nicht entschuldigen, aber ich verstehe es jetzt. Er hat deine Mutter, dich und unsere Schwester beschützt.«

Ich konnte meine Überraschung nicht verbergen.

»Also hast du es gewusst?«, fragte er.

»Ja. Es war ein offenes Geheimnis, mit dem meine Familie jahrelang gelebt hat. Wir haben erst neulich erfahren, dass Anaya die Wahrheit kennt.«

Zack nickte.

»Wie hast du's herausgefunden? Hat Collin es dir erzählt?«

»Nein. Das waren Hagen und Pierce. Sie wollten, dass ich verstehe, warum sie sich mit Collin versöhnt haben.«

»Und wie hast du mich gefunden? Nur Sylvia und Eric haben gewusst, dass ich hier bin.«

»Dein Kumpel Eric hatte Erbarmen mit mir. Ich war verzweifelt, Henna. Ich musste einen Weg finden, um mit dir zu reden.«

Während ich ihn beobachtete, wollte ich ihn so sehr berühren und seine Berührungen spüren.

»Du meinst, Sylvia hat sich mit ihm verschworen, um mich zu diesem Spiel zu bringen, damit du aufhörst, Tag und Nacht anzurufen.«

»Ja.« Ein Lächeln erschien auf seinen Lippen. »Ich muss schon sagen, mein letztes Gespräch mit Sylvia war interessant. Zum Glück konnte ich meine Argumente vortragen und sie überreden, mir zu helfen. Ich glaube, sie und Eric haben Spaß daran, die Kuppler zu spielen.«

Ich hätte nie erwartet, dass ausgerechnet ein internationaler Mafioso und eine genauso gefährliche Schifffahrtsmagnatin meine guten Feen sein könnten.

»Zack ...« Ich seufzte. »Ich bin mir nicht sicher ...«

»Liebst du mich noch?«, fiel Zack mir ins Wort.

Ich starrte ihn an. Er hatte mir das Herz zerfetzt. Hatte mich glauben lassen, er hätte mich benutzt. Damit hatte er mich tiefer verletzt als jemals jemand zuvor.

»Es spielt keine Rolle, was ich empfinde.« Ich wollte ihm die Hand entziehen, aber seine Finger schlossen sich um meine.

»Es bedeutet alles. *Du* bist für mich alles. Sag es mir. Liebst du mich, Henna? Ich verspreche, dir den Rest meines Lebens zu zeigen, dass ich es wert bin.«

Konnte ich es ihm sagen? Konnte ich bei ihm alles auf eine Karte setzen? Konnte ich überhaupt ohne ihn leben?

Mein Herzschlag pochte wie Trommeln in meinen Ohren.

Zack ließ den Kopf sinken, schloss die Augen und ließ meine Hand los. Er stieß sich vom Tisch ab.

»Wo willst du hin? Wir haben das Spiel noch nicht beendet.«

Überraschung trat in seine Züge, gefolgt von einer Sehnsucht, mit der ich nicht gerechnet hatte.

Gott, dieser Mann liebte mich wirklich.

Ohne den stechenden Blick von mir zu lösen, sagte er: »Ich will sehen.« Ich leckte mir die Lippen und legte die Karten offen auf den Tisch. »Royal Flush.«

»Sag mir, was das bedeutet, Henna.«

»Es bedeutet, dass wir beide gewinnen, unabhängig davon, welches Blatt du hast.« Ich stand auf, ging um den Tisch herum, bis ich vor ihm stand, und lehnte mich dann an die Kante zurück.

»Bist du sicher?« In seinen Worten lag eine Verletzlichkeit, die mich darin bestärkte, dass ich das Richtige tat.

»Stellt sich eher die Frage, ob *du* dir sicher bist. Ich werde dir das Leben nicht leicht machen. Ich werde dich auf Schritt und Tritt herausfordern.«

»Vor deinem Feuer hatte ich noch nie Angst.« Zack stand auf, packte mich an den Hüften und zog mich zu sich. »Sag es. Ich muss die Worte hören.«

Ich stemmte mich auf die Zehenspitzen hoch, schlang meine Arme um seinen Nacken und sagte: »Ich liebe dich, Zacharias Lykaios.«

»Gott, ich hätte nicht gedacht, dass ich diese Worte noch mal hören würde.« Zack krallte die Faust in mein Haar und presste den Mund auf meinen.

In seinem alles verzehrenden Kuss lagen Leidenschaft, Verlangen und vor allem Liebe. Er hob mich hoch und setzte mich auf den Tisch. »Wir heiraten gleich heute.«

Ich zog mich zurück. »Wir sind in Monte Carlo. Das

wäre nicht legal. Außerdem hast du mich noch nicht mal gefragt.«

»Ich hab nicht vor, dich zu fragen. Du würdest nein sagen, nur um mich zu verarschen.« Unwillkürlich musste ich lachen. »Gott, ich liebe dich.«

»Hör nie auf, es mir zu sagen.« Er küsste mich auf die Stirn, wo seine Lippen einige Augenblicke verharrten. »Du bist mein Ein und Alles.«

Mir stockte der Atem.

»Okay, du hast mich überzeugt. Wir heiraten.« Ich konnte die Freude in meiner Stimme nicht verbergen. »Ruf den Flugplan auf. Wir können innerhalb der nächsten Stunden in der Luft sein.«

»Wohin?«

»Las Vegas. Ich glaube, in der Kapelle wartet ein Elvis auf uns.«

Lesen Sie das nächste Buch in der Reihe:
*Meister der Geheimnisse*

Lies auch das Buch, mit dem alles begonnen hat – Pennys und Hagens verbotene Liebesgeschichte: *Meister der Sünde*

*Meister der Geheimnisse*

Geheimnisse sind dazu bestimmt, bewahrt zu werden. Manche für immer. Koste es, was es wolle.

Ich lebe und gedeihe mit Täuschung und Betrug. Manipulation ist mein Spiel, und niemand kommt je nahe genug heran, um die Wahrheit zu entdecken.

Adrian Kipos ist der Mann, den ich nicht haben kann. Er weiß Dinge, die er nicht wissen sollte, und er hat keine Skrupel, diese Informationen zu seinem Vorteil zu nutzen.

Ein Fehler und ich bin auf seinem Radar und habe es mit einem Mann zu tun, den ich niemals verärgern sollte. Um

ihn zum Schweigen zu bringen, muss ich ihm gehören.
Ganz und gar.

Nichts in meiner Welt ist jemals so, wie es scheint. Aber
jetzt bin ich gefangen zwischen meinem eigenen Verlangen
und meinem Untergang.

Ende

# ANMERKUNGEN DER AUTORIN

Mundpropaganda ist für jeden Autor ungemein wichtig. Wenn dir dieses Buch gefallen hat, stell bitte eine Rezension darüber online. Selbst wenn es nur ein, zwei Sätze sind, würde es etwas bewirken, und ich wäre unheimlich dankbar.

Alles Liebe, Sienna

Lies auch das erste Buch der Reihe Die Götter von Vegas:

*Master der Sunde*

Es war immer er ...
Der Mann, den ich nicht wollen, nicht begehren sollte, weil
er mein so sorgsam aufgebautes Leben zerstören könnte.

Hagen Lykaios verkörperte den Inbegriff von Sünde,
Dekadenz und Gefahr – von allem, was ich meiden sollte.
Nur eine unerwartete Berührung war nötig, und schon
verzehrte er mich, erfüllte mich mit Sehnsucht und dem
unbändigen Verlangen nach mehr.
Er hat gesagt, wenn ich mich auf seine Welt einließe,
würde er mich verderben, mich besitzen und alles
verändern, was ich je gekannt hatte ... Und was soll ich
sagen? Ich habe mich trotzdem darauf eingelassen.

https://geni.us/MeisterDerSunde

# ÜBER SIENNA

Inspiriert durch ihre Jahre im amerikanischen Wirtschaftsleben erzählt Sienna mit Vorliebe Geschichten, die sich um selbstbewusste, erfolgreiche Frauen drehen, die wissen, was sie wollen und wie sie es bekommen – und nicht nur im Schlafzimmer.

Ihre Heldinnen sind modern, gebildet und finden Liebe und Romantik oft unter ungewöhnlichen Umständen. Sienna verwöhnt ihre Leserinnen und Leser mit verführerischer, heißer Romantik, gepaart mit Machtspielen und lustvoller Befriedigung.

Sienna reist sehr gern und ist abenteuerlustig. Sie hat vor, selbst die entferntesten Winkel der Welt zu besuchen, und freut sich darauf, unterwegs die Vielfalt der Kulturen zu erleben. Wenn sie nicht gerade schreibt oder reist, arbeitet

Sienna mit ihrem Mann und ihren Kindern an ihrem persönlichen Happy End.

BÜCHER VON SIENNA SNOW

<u>Die Götter von Vegas</u>

*Meister der Sünde*

*Meister der Spiele*

*Meister der Rache*

*Meister der Geheimnisse*

*Meister der Kontrolle*

*Meister der Schicksals*

www.ingramcontent.com/pod-product-compliance
Lightning Source LLC
Chambersburg PA
CBHW061534210726
48287CB00006B/1950

<u>Die Götter von Vegas</u>

*Meister der Sünde*

*Meister der Spiele*

*Meister der Rache*

*Meister der Geheimnisse*

*Meister der Kontrolle*

*Meister der Schicksals*